Das Glück des Schmetterlings beim Fliegen

Barbara Imgrund wuchs im Allgäu auf und studierte Neuere deutsche Literatur, Mediävistik und Komparatistik in München. Anschließend arbeitete sie in verschiedenen Münchner Verlagen, bevor sie sich als Lektorin, literarische Übersetzerin und Autorin selbstständig machte.
Bereits während des Studiums jobbte sie als ausgebildete Schwesternhelferin auf der Krebs- und Aidsstation eines Münchner Krankenhauses. Heute besucht sie zusammen mit ihrem Hund als Besuchshundeteam eine Palliativstation und ist als ehrenamtliche Hospizbegleiterin in einem Pflegeheim tätig. Die Begegnungen mit kranken, alten und sterbenden Menschen berühren sie so sehr, dass sie sich auch in ihren Büchern immer wieder damit auseinandersetzt.
Barbara Imgrund lebt und arbeitet in Heidelberg.

https://barbara-imgrund.de

Das Glück
des Schmetterlings
beim Fliegen

Barbara Imgrund

Bibliografische Information der Deutschen Nationalbibliothek: Die Deutsche Nationalbibliothek verzeichnet diese Publikation in der Deutschen Nationalbibliografie; detaillierte bibliografische Daten sind im Internet über http://dnb.d-nb.de abrufbar.

© 2018 Barbara Imgrund, https://barbara-imgrund.de
Neuausgabe

Umschlaggestaltung: red.sign GbR, Stuttgart – Anette Vogt
Coverbilder: shutterstock: Butterfly Hunter; eyal granith
Lektorat und Satz: red.sign GbR, Stuttgart
Herstellung und Verlag: BoD – Books on Demand, Norderstedt

ISBN: 978-3-752-80330-3

Glück ist Talent für das Schicksal.

Novalis

Nullpunkt

Manchmal verirre ich mich.
Manchmal verliere ich mich.
Ich bin diese andere,
aus der Zeit gefallen,
aus der Haut gefahren,
verrutscht, verrückt,
nur noch daneben
und in meinem Fremdkörper
immer weniger: ich.

Hingekritzelt stand das da, bleistiftgrau auf klopapierbeige. Sie musste es nachts geschrieben haben, schlaftrunken, zwischen dem letzten und dem nächsten Abgrund. Sie erinnerte sich nicht.

Marie schüttelte den Kopf. Schüttelte die Nacht und ihre Gespenster ab. Sie faltete ihr sonderbares Poem zusammen und schob es unters Kopfkissen. Vielleicht taugte es ja als Albtraumfänger.

Die Hoffnung stirbt zuletzt.

1

Aufschrecken, ängstlich, in tiefer Nacht … Kein Geräusch, nichts … Blei auf den Lidern … Dunkel im Zimmer und Dunkel in ihr … Zittern und Fürchten wie damals als Kind … Allein, so allein … und noch immer kaum wach …

Marie kam allmählich zu sich. Lauschte mit angehaltenem Atem. Kein Monster im Raum. Nur dieser Traum, erneut dieser Traum. Ein Zitronenfalter mit Menschenaugen. Er wandte das Köpfchen und sah sie an. Unverwandt, zeitalterlang … dann flog er davon. Komm, komm, hieß das, ich zeige dir etwas, und sie folgte ihm. Es galt ihr Leben, warum, wusste sie nicht, und sie lief und lief, und sie erreichte ihn nie. Sie ahnte, sie musste zu ihm, und sie erreichte ihn nie. Verzweifeln und Schluchzen. Dann, plötzlich, ein Abgrund, jäh, schwarz und tief, und ein Gedanke, der von nirgendwo kam.

Ich bin die, die übrig bleibt.

Sie stürzte hinein in das schwarze Loch, und die Angst, die sie packte, hatte scharfe Klauen. Doch sie schlug nie auf, sie wurde nur wach. Und der Zitronenfalter war fort und sein Geheimnis mit ihm.

Du hast geträumt, Marie, nur geträumt …

Die Stimme ihrer Mutter flüsterte so klein durch die Zeit, sie hörte es kaum. Ihr Trost hatte keine Kraft, es war zu lange her. Marie passte nun selbst auf sich auf. Nur nicht so gut.

Ihre Augen gewöhnten sich an die Dunkelheit. Ihr fiel wieder ein, wo sie war. In Sicherheit. Beim Aufatmen kam sie sich schon albern vor. Träume zerstoben, wenn man Licht machte. Doch sie fand den Schalter nicht … Warum meinte der Zitronenfalter sie? Warum lockte er sie in den Abgrund? Sie sah das Gelb seiner Flügel, das sie an Frühling erinnerte und an freundliches Gaukeln im Sonnenschein, und sie verstand nicht, warum sie sich fürchtete. Diese Augen. Blaue Augen, so groß, dass man darin ertrinken konnte … Er wollte, dass sie in Abgründe blickte … Was sollte sie sehen?

Wieder schreckte Marie hoch. Ihr Haar war feucht, der Pyjama klebte auf der Haut. Kälte und Hitze schüttelten sie. Unter dem Pflaster klopfte es. Beim Verbandswechsel hatte sie die Wunde gesehen. Keine Spur von einer sauberen Naht, die heilen wollte.

Wenn sie den Rufknopf drückte, musste sie nicht mehr allein sein. Die Nachtschwester würde kommen und Licht machen. Sie würde ihr einen frischen Pyjama aus dem Schrank geben und den Kissenbezug wechseln. Ein bisschen hastig vielleicht, weil Marie nicht die Einzige auf der Station war, die gegen Dämonen kämpfte. Aber Marie würde gleich wärmer werden, und das Fürchten würde aufhören. Warum konnte sie sich dieses Geschenk nicht machen?

„Ist alles in Ordnung bei Ihnen?"

Die Nachtwache hatte lautlos die Tür geöffnet. Keine Schwester, ein Pfleger. Wie ein freundlicher Engel stand er dort, umflossen vom Licht, das hinter ihm aus dem Korridor hereindrang. Ein Engel aus Fleisch und Blut mit verdammt gutem Timing.

Sie setzte sich mühsam im Bett auf. „Ja … Nein … Ich weiß es nicht. Albträume." Sie klang wie eine Neunjährige. Dreißig Jahre zu jung.

Der Pfleger schaltete die Deckenbeleuchtung ein. „Haben Sie Ihre Schlaftablette genommen?"

Marie blinzelte in die plötzliche Helligkeit und schüttelte den Kopf. „Danach bin ich morgens so –" Sie suchte nach dem richtigen Wort. „Betäubt. Unzurechnungsfähig … Es fühlt sich nicht richtig an."

„Ich weiß." Der Pfleger nickte. „Möchten Sie darüber sprechen?"

Marie sah ihn groß an. „Worüber?"

„Über Ihre Albträume."

Gut, dann erzähle ich es eben. Die Nacht ist noch lang. Dunkelheit wie schwarze Watte. Zentnerschwer. Vielleicht wacht die Welt sonst nie wieder auf, und ich bleibe allein mit meiner Ewigkeit … Aber das denke ich immer um diese Zeit. Das geht vorbei, ich muss nur fest daran glauben. Ich bin ja wach.

„Ich bin doch wach, oder?", fragte sie.

„Ja." Der Pfleger zog den Besucherstuhl ans Bett und setzte sich so, dass Marie ihn sehen konnte, ohne sich den Hals zu verrenken. Nun konnte sie auch das Namensschild lesen, das oben an seiner Brusttasche befestigt war: Pfleger Emil. „Und ich bin hier."

„Das hilft." Marie wagte ein Lächeln. „Ein bisschen."

Dann begann sie zu erzählen, von dem menschenäugigen Zitronenfalter, der sie jede Nacht in den Abgrund lockte. Von der Angst und dem Kleinsein im Dunkeln und von der Leere bei Tageslicht. Davon, dass sie plötzlich nicht mehr wusste, wie das ging: weitermachen. Sie erzählte, als säße ein vertrauter Freund vor ihr und nicht ein Wildfremder. Aber sie wunderte sich nicht.

„Ich bin wie ein Gast im eigenen Leben. Als wäre ich nur auf der Durchreise, aber ich weiß nicht, wohin … Ich weiß überhaupt nichts mehr. Am wenigsten weiß ich Bescheid über die Marie, die ich bis vor Kurzem war. Während ich schlafe, stürze ich in ein schwarzes Loch, und Morgen für Morgen muss ich mühsam herausklettern." Sie fügte leise hinzu: „Sie haben ja keine Ahnung, wie anstrengend das ist."

Emil nickte. „Doch. Schon." Leise sprach er weiter. „Ich glaube, Sie müssen da durch. Traumbilder sind Übersetzungen, die unser Unterbewusstsein für etwas findet, das uns beschäftigt. Wenn wir träumen, verarbeiten wir schon. Und das ist gut."

Sie verzog den Mund. „Verarbeiten. Ich weiß nicht, ob man so etwas jemals verarbeiten kann."

„Wenn Sie den Träumen ihren Schrecken nehmen wollen, müssen Sie sich damit beschäftigen. Schauen Sie hin, nicht weg! Überlegen Sie, warum es ein Zitronenfalter ist, der Sie heimsucht, ein Zitronenfalter mit Menschenaugen … Vielleicht können Sie die Träume umdeuten. Vielleicht bedeuten sie etwas anderes, als Sie im Moment glauben, und Sie müssen gar keine Angst vor ihnen haben." Emil schüttelte den Kopf. „Das, was Sie erlebt haben, versteckt man nicht im Besenschrank und macht weiter, als wäre nichts gewesen. Sonst sucht es sich andere Wege. Unsere Dämonen finden uns, ob wir wollen oder nicht."

Marie sah ihn an, als wäre er wirklich ein Engel, der aus dem Licht gekommen war. Hinschauen. Finden. Umdeuten. Es klang so einfach. Wie ein Spiel, so leicht. Kinderleicht …

Emil war ein guter Pfleger, deshalb tröstete er sie nicht, als sie zu weinen begann. Er nickte nur und reichte ihr die Spenderbox vom Nachttisch. Im Hunderterpack kam das heulende Elend billiger. Sie nahm ein Taschentuch, schneuzte hinein und weinte weiter, weil sie noch lange nicht fertig war. Aber der Druck auf ihrer Brust wurde ein bisschen weniger, als würde ein Schmetterling losfliegen, sodass nur noch zehntausend andere übrig blieben.

Draußen auf dem Gang ertönte ein Signal – ein anderer Patient, den die Nacht umtrieb. Emil stand auf und rückte den Stuhl wieder an den Tisch. „Tut mir leid. Ich muss jetzt gehen. Aber ich bin die ganze Nacht nicht weiter als fünfzig Meter von Ihnen entfernt. Wenn Sie etwas brauchen oder der Zitronenfalter zurückkommt, klingeln Sie, ja?"

Marie nickte. Sprechen ging noch nicht wieder.

Als Emil schon an der Tür war, drehte er sich noch einmal um. „Sie hatten eine schwere Operation und haben viel Blut verloren – ganz zu schweigen von … allem anderen. Sie haben noch Fieber. Passen Sie gut auf sich auf."

Sie nickte erneut.

Emil schien etwas einzufallen. Er sah sie eindringlich an. „Ich habe keinen Vermerk in Ihrem Krankenblatt gelesen, dass Sie Ihre Schlaftabletten nicht nehmen … Sammeln Sie sie?"

Marie antwortete nicht.

„Sie haben nicht zufällig einen Plan B?", fragte er weiter.

„Es ist immer gut, einen Plan B zu haben." Ihre Stimme klang zitterig, aber in ihrem Blick lag Trotz.

Ihr guter Engel schüttelte den Kopf. „Das ist kein Plan. Das ist zur Hintertür hinausgeschlichen."

Sie fühlte, wie ihr das Blut in die Wangen schoss. „Denken Sie, was Sie wollen. Es ist mein Leben."

„Dann nicht mehr."

Marie wusste, dass er mit allem recht hatte, was er gesagt hatte, seitdem er ihr Zimmer betreten hatte. Sie hatte nur nicht genügend Taschentücher, um es zuzugeben. Stattdessen dachte sie daran, dass sie gleich wieder mit der Dunkelheit allein sein würde. „Ich muss etwas wissen", sagte sie nach ein paar Atemzügen.

Emil rührte sich nicht von der Stelle, obwohl die Patientenklingel ein zweites und drittes Mal ertönte. „Ja?"

„Haben Sie auch Ihre Dämonen – oder bin ich die Einzige?"

Emil lächelte, als hätte sich das Warten nun doch gelohnt. „Natürlich habe ich meine Dämonen", antwortete er. „Ich glaube, ich habe sie erfunden. Aber das glaubt jeder."

Dann schaltete er die Deckenbeleuchtung aus, zog die Tür hinter sich zu, und fort war er.

Reflexhaft knipste Marie die Nachttischlampe an. Die Schatten wieselten vor dem Lichtkegel in die hintersten Ecken des

Raums davon. Ansonsten: Leere. Kein Grund zur Besorgnis also, alle Dämonen und Zitronenfalter hatten Feierabend. Nach ein paar Sekunden knipste sie das Licht wieder aus. Zu leicht. Das war zu leicht.

Es klopft in meinem Bauch, als wäre Leben da drin. Sind das meine Dämonen? Anschauen soll ich sie. Umdeuten. Na gut, dann kommt, hier bin ich. Auf unruhige Nächte war ich schon eingestellt. Ich kann euch Schlaflieder singen, ich habe viel geübt in letzter Zeit. Nur sagt endlich, was zu sagen ist, ich bin so fürchterlich müde.

Heil will ich werden und falle doch immer mehr auseinander. Aus den Fugen … Alles gerät aus den Fugen.

2

Frühling lag in der Luft, und wenn Marie in den Klinikgarten hinunterging, fand sie hier und da sogar schon ein paar Gänseblümchen. Vor einer Woche hatte der Himmel noch Schnee gespuckt, und nun murmelte der Bach, der durch den kleinen Park floss, schon wieder lustig vor sich hin.

Ein Zitronenfalter flatterte vorbei. Er gaukelte ihr vor, dass alles leicht und mühelos war und dass das Leben jetzt wieder begann. Lügner, dachte sie, heute Nacht kommst du zurück und lockst mich wieder hinunter in dieses schwarze Loch. Jenseits der hohen Mauer, die den Garten begrenzte, strömte die große Straße dahin. Doch man hörte nicht mehr als ein Brummen wie von einem Bienenschwarm, der trunken vor Sonne war.

Marie saß auf der Bank und genoss die Wärme auf ihrem Gesicht. Nun will der Lenz uns grüßen ... Sie kramte in ihrem Gedächtnis nach der Melodie; mehr als ein paar Töne wollten ihr nicht einfallen. Es war zu lange her. Sie erinnerte sich ja nicht einmal mehr an das Gesicht ihrer Mutter, die ihr das Lied vorgesungen hatte.

Das Wiedersehen mit ihrem Spiegelbild vorhin war das blanke Grauen gewesen – Schatten unter den Augen, fleckige Haut, kleiner Blick. Kein Wunder, sie hatte noch stundenlang wach gelegen nach dem Gespräch mit Emil. Ein paar Mal war sie versucht gewesen, den Rufknopf zu drücken, um nicht mehr allein zu sein. Dann war ihr ein Satz eingefallen, den er gesagt hatte: Sie müssen da durch. Und sie hatte es ausgehalten, bis die Spenderbox auf ihrem Nachttisch leer gewesen war.

„Da bist du ja!"

Marie wandte den Kopf. Sie hatte ihn gar nicht kommen gehört. „Matti …"

Er beugte sich über sie und gab ihr einen Kuss auf den Scheitel. „Ich habe dich gesucht."

„Und hier bin ich … Hörst du, wie der Frühling kommt?"

Er lachte. „Nein. Aber ich sehe es."

Sie zog ihn neben sich auf die Bank. „Wenn wir beide ganz still sind, dann hörst du es auch."

„Also gut", nickte er. „Ich wollte dir zwar gerade erzählen –"

„Schsch." Sie drückte ihm den Zeigefinger auf den Mund. „Gleich. Aber lass uns vorher den Frühling hören."

Matti legte den Arm um sie. Dann lauschten sie dem Glucksen des Bächleins, dem Gezwitscher der Vögel und dem Aufatmen der Welt. Wenn die Sonne wollte, hatte sie schon ordentlich Kraft. Im Moment wollte sie, und mit ihrer Hilfe war es für ein oder zwei Sekunden ganz leicht, so zu tun, als wäre alles gut. Fast hätte Marie es selbst geglaubt.

Verstohlen betrachtete sie ihren Mann von der Seite. Ob er sich auch durch diese Nächte quälte? Wie viele unzählige Male hatte sie schon in Mattis Gesicht geblickt, in diese rehbraunen Augen, auf die etwas zu groß geratene Nase und den weichen Mund, der so selten laut wurde. Kein anderes Gesicht war ihr so vertraut wie dieses; an das ihres Vaters hatte sie sich nie erinnert, und das ihrer Mutter hatte sie längst vergessen. Matti war als Einziger immer bei ihr geblieben. Wie es wohl sein musste, auch ihn zu verlieren … Sie schob schnell ein bisschen Sonne vor den Gedanken.

Er wurde unruhig. Offenbar war er fertig damit, den Frühling zu hören. Er nahm seinen Arm wieder an sich.

Marie lächelte. „Na schön. Also los. Was wolltest du mir erzählen?"

„Wir haben den Zuschlag bekommen", sagte er. „Wir haben den Großkunden und das Projekt!"

Das Lächeln entglitt ihr nur einen Sekundenbruchteil lang. „Fein."

„Das klingt nicht begeistert."

„Nein, ehrlich. Gratulation." Sie rang sich noch ein halbherziges Lächeln ab. „Ich freue mich für dich. Ihr habt doch so schwer dafür gearbeitet."

„Allerdings", nickte er. „Es war ein harter Brocken. Aber wir haben es geschafft. Weißt du, was das heißt?"

„Nein. Was heißt es denn?"

„Das Projekt läuft mindestens zwei Jahre. Marie, das sind zwei Jahre, in denen wir uns keine Sorgen machen müssen. Zwei Jahre, in denen wir keine anderen Aufträge brauchen!"

„Ja, das ist schön", sagte sie leise. „Für dich. Aber es sind auch zwei Jahre, in denen ich keinen Mann haben werde. Das ist nicht so schön für mich."

Das Rehbraun in seinen Augen wurde schmal. „Fängst du schon wieder damit an?"

„Sonst tut es ja keiner."

Er rückte ein wenig von ihr ab, und sie merkte, dass sie fror. Von einem Augenblick auf den anderen schien die Sonne keine Kraft mehr zu haben. Wie sie.

Der Mann neben ihr in dem braunen Cordanzug, den sie so sehr an ihm mochte, biss sich auf die Lippen.

Matti, sag was. Lass mich nicht schon wieder allein, sonst wird das nichts mehr. Hörst du mich nicht? Ich schreie doch schon.

„Ich dachte, du würdest dich freuen", sagte er. „Aber da habe ich mich wohl geirrt. Ich irre mich in letzter Zeit öfter, was dich betrifft."

Dann sind wir schon zu zweit. Ich irre mich zurzeit auch öfter, was mich betrifft.

„Was soll ich tun?", fragte er, als sie immer noch nicht antwortete. „Wie willst du mich haben? Willst du mich überhaupt noch haben?"

„Ich weiß es nicht." Es kam so heraus aus ihr, sie musste gar nicht groß darüber nachdenken.

Matti öffnete den Mund. Schloss ihn wieder. Und nickte. Was das Fürchterlichste daran war.

„Es tut mir leid", flüsterte sie. „Ich habe es nicht so gemeint. Nein, ich … ich weiß nicht, ob ich es so gemeint habe. Ich weiß gar nichts mehr, ich –"

„Aber ich weiß es", fiel er ihr ins Wort. „Du hast es so gemeint. Du meinst es schon lange so. Nicht erst, seit …" Er fuhr sich durchs Haar. „Ich kann dir nichts mehr recht machen. Dabei nehme ich Rücksicht auf dich, wo ich kann. Ja, ich strenge mich wirklich an. Du glaubst gar nicht, wie sehr mir das zum Hals heraushängt …"

Du brauchst dich doch gar nicht anzustrengen. Nimm mich in den Arm, jetzt gleich, und sag mir, dass ich Marie bin und keine Fremde für dich. Oder für mich. Ich werde dir glauben, und alles wird wieder gut.

Kann es nicht wieder so werden wie früher? Du hast immer darauf geachtet, dass ich nicht abhob, und ich zeigte dir die Wolken. So haben wir uns kennengelernt: Ich war mit der Kamera hinter einem Schmetterling her, und du hast mich vor dem Laternenpfahl gerettet.

Sie wollte es sagen, aber sie fand ihre Sprache nicht wieder. Wohin waren all die Worte? Früher waren sie immer von ganz allein gekommen, wenn sie mit Matti zusammen gewesen war, sie hatte kaum ein Ende finden können. Früher.

Er sagt immer, ich träume zu viel. Weil ich nach oben schaue. Marie, die in den Wolken wohnt. Die sich zu viele Gedanken macht. Die zu viele Fragen hat. Aber ich bin Restauratorin, ich darf mich nicht mit dem begnügen, was man auf den ersten Blick sieht. Das Kunstwerk, wie es einmal gemeint war, finde ich nur, wenn ich genau hinschaue und Schicht um Schicht abtrage, was nachträglich aufgebracht wurde und das Ganze verfälscht.

Man musste das Andere sichtbar machen, den Kern, den der Künstler erschaffen hatte, bevor er ihn mit einer Form ummantelte. Diesen Mantel des Augenscheinlichen musste man abstreifen, wie neulich bei dieser wurmstichigen heiligen Margaretha aus dem dreizehnten Jahrhundert. Sie hatte Marie fast zur Verzweiflung getrieben mit diesem Kätzchen auf dem Arm. Eine Schutzpatronin mit einem Haustier? Niemals, Margaretha konnte nicht Margaretha sein.

Stunden und Tage hatte Marie sie immer wieder studiert und mit feinsten Pinseln gesäubert. Sie träumte schon von ihr, weil sie der Statue ihr Geheimnis nicht abringen konnte. Bis ihr das Glück zu Hilfe kam und sie das Schattenspiel der Sonne im richtigen Winkel beobachtete. Nicht Margaretha war falsch, sondern das Kätzchen! Es war ein kleiner Drache – jenes Fabeltier, das für die Versuchung Margarethas durch den Teufel stand. Margaretha durfte Margaretha bleiben, und Marie konnte sie endlich wieder heil machen, den Farbauftrag erneuern und sie nachvergolden. All das war nur noch Fingerübung, auch wenn es Mühe machte. Das Umdenken, das Anderssehen war viel schwerer gewesen.

Matti war nicht besonders gut im Gedankenlesen. Er ahnte nichts von den Heiligen, Fabelwesen und Schmetterlingen in Maries Kopf. Er wartete nur auf eine Antwort. Die nicht kam.

„Hör zu", begann er noch einmal. „Ich weiß, dass es dir schlecht geht, und nach allem, was war, ist das kein Wunder. Ich weiß nicht, ob ich dir helfen kann. Aber ich könnte es versuchen. Du müsstest mich nur lassen. Du müsstest nur den Mund aufmachen und mit mir reden."

Verzeih, aber das kann ich nicht. Ich kann es nicht sagen. Dies und alles andere nicht. Dein „nur" ist kein kleiner Schritt. Ich erinnere mich nicht mehr daran, wie Reden geht …

Es liegt nicht an dir. Ich bin es. Ich bin mein Problem. Ich falle in einen Abgrund, die ganze Zeit schon. Du weißt nicht, wie sich das anfühlt. Da unten ist es dunkel und kalt und so still.

Ironischerweise schickte der Frühling gerade jetzt eine Blaumeise vorbei; sie landete neben der Bank, auf der Matti und Marie schwiegen. Der kleine Vogel zeigte keine Furcht und hüpfte auf dem Boden hin und her, aber auch er fand die passenden Worte nicht. Dann zwei-, dreimal enttäuscht gezwitschert und wieder Abflug, irgendwohin, wo es mehr zu holen gab. Marie wäre gern mitgekommen.

Unterdessen hatte Matti genug gewartet. Er stand auf. „Vielleicht sollten wir uns ein andermal darüber unterhalten", sagte er leise.

Die Sonne täuscht, und der Frühling macht sich lustig über mich. Am Tag tun sie so groß, aber in der Nacht haben sie keine Macht. Und die Nacht ist lang, ich bin immer allein mit ihr … Wenn du jetzt gehst, werde ich mich im Dunkeln verirren und nie mehr herausfinden. Auch wenn ich es dir nicht sagen kann: Bleib bei mir, bleib bitte bei mir. Und dann rette mich.

Er konnte es nicht hören, und er konnte sie nicht beschützen. Aber das wusste sie ja schon. Zum Abschied wollte Matti seine Hand an ihre Wange legen, doch Marie wandte den Kopf ab; er brauchte nicht zu wissen, dass sie wieder Fieber hatte. Er nickte, als hätte er nichts anderes erwartet, und murmelte: „Bis heute Abend." Auf dem Weg zurück zum Parkplatz drehte er sich nicht noch einmal nach ihr um.

Wieder allein, dachte sie, während sie ihn als kleinen Punkt ins Auto steigen sah, und ich kann ihm nicht mal böse sein. Sie strich über das Holz der Bank, auf der sie saß. Es war alt und ausgeblichen und irgendwie gut. Und anders als sie hatte es eine Bestimmung: Es sollte eine Bank sein unter diesen Wolken am heutigen Tag. Für sie, für Marie, die in den Wolken wohnte. Vielleicht wusste das Holz ja sogar, dass es eigens zu diesem Zweck und zu keinem anderen gewachsen war. Ob Holz eine Seele besaß? Bei Bäumen konnte sie sich das vorstellen, denn sie lebten ja, und sie sprach manchmal mit ihnen, aber dieses Holz war doch schon tot … Sie schüttelte den Kopf. Blödsinn. Wenn Matti das hörte! Aber Matti war inzwischen schon auf halbem Weg in die Stadt.

Es ist eine merkwürdige Sache mit den entscheidenden Augenblicken im Leben, die alles verändern, sodass nichts bleibt, wie es war. Sie geschehen ganz von allein und ohne, dass man sie herbeigerufen hätte. Sie kommen auf Samtpfoten daher und gehen mucksmäuschenstill vorüber, und man schenkt ihnen zunächst gar keine Beachtung, weil sie so unscheinbar sind. Aber dann, später, wenn das Leben diese eine entscheidende Wendung genommen hat, ohne die es ein ganz anderes Leben geworden wäre, blickt man auf jenen Augenblick zurück, und man erkennt plötzlich, welche Macht in ihm lag. Und welcher Zauber.

„Miau!"

Marie hörte auf, mit dem Holz zu flüstern, und blickte über die Armlehne nach unten. Da saß mit einem Mal eine Katze mit rotweißschwarz geflecktem Fell. Eine Glückskatze. Ihr mandelförmiger Blick ruhte auf Marie und fragte: „Weißt du es denn nicht?"

Marie verstand sie auf Anhieb, und da niemand da war, vor dem sie sich lächerlich machen konnte, schüttelte sie den Kopf. „Nein. Ich habe noch nie so wenig gewusst wie heute Morgen."

Es musste die richtige Antwort gewesen sein, denn die Katze gähnte, streckte sich und spreizte die Krallen. Anschließend wickelte sie sich einmal um Maries rechte Wade, machte einen Buckel und sprang direkt neben ihr auf die Bank.

Behutsam legte Marie der Katze die Hand auf den Rücken. Mal ausprobieren, was so ging. „Hallo. Ich bin Marie. Und wer bist du?"

Sie hatte keine Erwiderung erwartet. Aber die Katze miaute erneut, und das hieß doch bestimmt etwas. Es klang jedenfalls freundlich. Man musste auf alles gefasst sein, sogar auf ein kleines Glück mit scharfen Krallen.

„Freut mich sehr", sagte Marie. Ihre Hand, schon mutiger, wanderte weiter und begann, das Tier hinter dem rechten Ohr zu kraulen. „Wem gehörst du denn?"

Keine Antwort, nur Schnurren.

„Wohnst du hier in der Gegend?"

Katzen sind wankelmütige Geschöpfe; sie tun, was auch immer ihnen durch ihr eigensinniges Köpfchen schießt, und legen sich nicht gern fest. Wer ihr Herz gewinnen will, muss es sich verdienen, und Vertraulichkeiten, die eben noch hingenommen wurden, werden gleich darauf bestraft. Zu viel Nähe legen sie günstigenfalls als Anbiederung aus – und als Sakrileg, wenn die Hoheiten einen schlechten Tag haben. Die Glückskatze hielt es augenscheinlich für angebracht, daran zu erinnern. Sie legte die Ohren an, fuhr die Krallen aus und kratzte beherzt einmal quer über diese Menschenhand. Marie zuckte zusammen und rückte ab von der kleinen Glückshexe an ihrer Seite.

Aufbruch war angesagt. Die Katze sprang zu Boden und tänzelte Richtung Mauer davon, den kleinen rotweißschwarzen Kopf schon voller neuer Abenteuer und von schlechtem Gewissen keine Spur. Marie legte die Lippen an den Kratzer und leckte das Blut weg.

Na warte. Wir werden ja sehen, wer von uns beiden das letzte Wort hat.

Sie kannten sich kaum, aber Marie hätte die Antwort ahnen können. Trotzdem hastete sie der kleinen Furie nach, auf die efeubewachsene Pforte in der Mauer am anderen Ende des Klinikgartens zu. Marie hatte sie noch nie geöffnet – warum auch, dahinter lagen nur der Alltag und die große Straße, die sie irgendwann wieder nach Hause bringen würde. Mit jedem Schritt schwoll der Verkehrslärm an, und unter dem Verband begann es wieder zu ziehen.

Die Katze blieb vor der Pforte stehen. Selbst einer kratzbürstigen Glückshexe war es nicht gegeben, aus dem Stand drei Meter hoch über die Mauer zu springen.

Schau, ich stehe hier und habe nicht das kleinste bisschen Mitleid.

„Miau."

Wie bitte? Ich soll dir den Sesam öffnen? Du hast mich eben blutig gekratzt!

„Miau."

Und was, wenn du auf die Straße läufst und unter die Räder kommst? Ich kann kein Blut sehen.

„Miau ..."

Und fort war das Tier, denn Marie hatte längst getan, wie ihr befohlen worden war. Nun stand sie da, die Hand auf der rostigen Klinke, und starrte dem kleinen Irrwisch nach, der sich frohgemut in den Stoßverkehr stürzte.

Sie werden sie überfahren, ich weiß es genau. Ich muss ihr nach. Ich will nicht schuld sein – nicht schon wieder schuld sein ...

Vergessen der Kratzer, vergessen das Fieber. Kein Gedanke daran, dass sie sich in ihrem Zustand, in Jogginganzug und Hausschuhen mitten im April besser nicht auf Wanderschaft begeben sollte. Marie hatte nur Augen für das Tier. Sie lief durch die Pforte auf den Bürgersteig und von dort direkt auf die Ausfallstraße. Wie gut, dass die Ampel gerade auf Rot geschaltet hatte und die Autos standen. Vielleicht hatte ja die Katze dafür gesorgt, damit Marie nichts geschah …

Schon wieder so ein Quatsch. Das muss aufhören.

Einen Atemzug später schlängelten sich beide zwischen den wartenden Wagen hindurch. Einmal drehte sich die Glückshexe zu ihr um, und Marie meinte fast zu hören, wie es in dem kleinen Kopf dachte: Kommst du jetzt endlich?

Die Autos fuhren gerade wieder an, als Marie die andere Straßenseite erreichte. Hier lief der Gehsteig neben einer mannshohen Mauer dahin. Auch sie war efeubewachsen; wo sie endete oder was sie umschloss, war nicht zu erkennen. Die Katze hatte ebenfalls überlebt und ließ sich etwa zwanzig Meter weiter vor einer Lücke in der Mauer nieder. Wie ein Metronom schlug ihre rotweißschwarze Schwanzspitze hin und her. Marie zögerte und blieb stehen.

Da sitzt sie und sieht so unternehmungslustig aus. Aber meine Mission ist hier zu Ende: Katze lebt, alles gut. Ich verzeihe ihr und kehre zurück in mein gemütliches Krankenzimmer mit den Zitronenfalteralbträumen …

Es sei denn, all das wäre Absicht gewesen, und sie hätte mich hierher gelockt.

Es musste das Fieber sein, das sie nicht auf dem Absatz kehrtmachen ließ. Hatte man sowas schon gehört: Katzen, die einen Plan haben? Wie aufs Stichwort wandte die Glückshexe den Kopf und fragte: Wie sieht's aus – hast du Mut?

Was glaubst du denn? Natürlich habe ich Mut! Immer, wenn jemand Licht macht oder die Sonne scheint oder gerade kein Zitronenfalter in Sicht ist …

Wir werden es so machen: Ich werfe einen Blick hinter diese Mauer, und wenn da nichts ist, was der Rede wert wäre, dann gehe ich keinen Schritt weiter. Hörst du? Dann endet hier unsere kleine Geschichte. Und das nächste Mal, wenn du dich im Klinikgarten blicken lässt, werde ich so tun, als würde ich dich überhaupt nicht kennen.

Im Handumdrehen hatte Marie das Tier erreicht. Von Flucht war keine Rede mehr; die Katze erwartete sie in aller Seelenruhe. Sie schien sich ihrer Sache sehr sicher zu sein. Warum, sah Marie, als sie durch die verrosteten Gitterstäbe der Pforte dort in der Mauer blickte: Dahinter lag ein Friedhof.

Bei Friedhöfen ging Marie das Herz auf. Schon als ganz kleines Mädchen hatte sie diese Orte geliebt wie jedes andere Kind Abenteuerspielplätze. Sie war noch nicht einmal in der Schule, als sie an der Hand ihrer Mutter zum ersten Mal einen Friedhof betrat. Ein alter Mann war gestorben – sie wusste nicht mehr, woher ihre Mutter ihn kannte, und sie selbst hatte ihn nie gesehen. Man sagte ihr, dass er nun tot sei und auf dem Friedhof beerdigt werden müsse, und zuerst war Marie ganz erschrocken gewesen, denn warum durfte er nun plötzlich nicht mehr zu Hause wohnen, sondern musste unter die Erde umziehen? Sie sah ihre Mutter weinen und ein paar andere Leute auch – bestimmt waren sie genauso erschrocken. Ihr fiel ein Stein vom Herzen, als man ihr erklärte, dass der alte Mann von alldem nichts mehr bemerkte und von jetzt an ewig schlafen würde.

So ganz hatte sie noch nicht verstanden, was das hieß: tot sein. Es interessierte sie aber, und so begleitete sie ihre Mutter von da an häufiger auf den Friedhof. Sie wollte nachsehen, ob der alte Mann nicht vielleicht doch in der Zwischenzeit aufgewacht war und wieder nach Hause wollte … Während ihre Mutter am Grab Unkraut zupfte, spielte Marie zwischen den Kreuzen und Grabmalen mit sich selbst Verstecken und lernte die Sprache der Engel und unschuldigen Marmorkinder. Wenn sie an diesen Friedhof dachte, hatte sie kein Bild vor Augen, sondern ein Gefühl von zu Hause, was sie als Erwachsene einigermaßen merkwürdig fand. Sie musste wirklich oft dort gewesen sein.

Später, als sie allmählich hinter das Geheimnis der Friedhöfe kam und ihre Mutter sie im Stich gelassen hatte, stahl sie sich immer wieder aus dem Heim auf den Friedhof, um die Namen und Daten der fremden Toten auf den Steinen und Grabplatten zu buchstabieren und sich Lebensgeschichten dazu auszudenken. Und noch viel später, als sie längst groß war, machte sie es sich zur Gewohnheit, in jeder Stadt, in die sie kam, zuerst auf den Friedhof zu gehen.

Matti schüttelte üblicherweise den Kopf darüber und wartete irgendwo in einem Café auf sie, bis sie damit fertig war, den Toten ihre Aufwartung zu machen: „Ich werde mir vielleicht eine Kirche oder das Rathaus oder irgendetwas ansehen, mit dem mein kleines Architektenherz etwas anfangen kann. Ich mag Orte, an denen es lebendig zugeht. Auf einem Friedhof liege ich noch lange genug herum."

Marie konnte es ihm nicht verübeln. Die meisten Menschen scheuten die Begegnung mit dem Tod. Sie selbst konnte sich der Wehmut längst vergangenen Kummers nicht entziehen, die so still über Friedhöfen weht. Es war eine sonderbare Faszination, die sie jedes Mal wieder packte – halb Ehrfurcht vor einem unausweichlichen Schicksal, das auch sie erwartete, und halb Mitgefühl mit demjenigen, der da bereits vorausgegangen war. Manchmal blieb sie sehr lange vor einem Grab stehen, weil ihr der Grabstein gefiel oder eine Eidechse, die sich darauf sonnte, oder weil sie wie früher als kleines Mädchen Geschichten zu diesem erloschenen, fremden Leben erfand.

Am liebsten mochte Marie die alten Friedhöfe – die, die längst aufgelassen waren. „Es ist so schön friedlich dort", hatte sie Matti zu erklären versucht. „Kein Trauerzug, der stört, keine Klagen und kein frischer Schmerz. Man hat seine Ruhe. Als Besucher und als Toter." Und Ruhe war wichtig. Ruhe war der glatte Spiegel, der sich nach dem Sturm über die See legte, als wäre nichts gewesen und alles schon immer gut.

Besonders mochte sie die schlichten Grabstätten. Sie hätte sie jederzeit einer protzigen Gruft oder einem Marmorsarkophag vorgezogen: „Zu laut. Das brauchen doch nur die, die übrig geblieben sind. Die anderen, die unter der Erde, haben das und alles andere hinter sich …"

Nicht, dass sie aus eigener Erfahrung sprach. Es gab weder einen Ort noch ein Grab, an dem Marie ihre Familie hätte aufsuchen können. Die Erinnerungen, die sie an ihre Mutter hatte, rissen plötzlich ab, als sie keine fünf Jahre alt war, und danach kamen nur noch Gesichter, die fremd waren und fremd blieben. Mama hatte viel gearbeitet und wenig geredet, aber sie war eben Mama und Zuhause gewesen. Manchmal glaubte Marie, dass sie entführt worden war. Alles war so schnell gegangen und so endgültig gewesen. Und so unbegreiflich.

„Warum hast du mich hierher gebracht?", fragte sie nun also die Katze. Die antwortete nicht, sondern musterte sie nur schweigend. Ihr Blick ging durch den dünnen Stoff des Jogging-anzugs, unter dem Marie längst fror, und direkt unter die Haut. Sie kam sich schutzlos vor, nach guten und schlechten Eigenschaften durchleuchtet, gewogen und womöglich für zu leicht befunden.

Nach einer kühlen Ewigkeit waren die kleinen Mandelaugen fertig mit Röntgen. Das Tier zwinkerte ihr zu, was schlicht unmöglich war, zwängte sich durch die Gitterstäbe der rostigen Pforte und lief schnurstracks auf den Friedhof.

Marie wäre ihr gern gefolgt, aber sie war keine Hexe, und so blieb ihr diese Pforte verschlossen, zumal ein antikes, mit Grünspan überzogenes Bügelschloss daran hing, das so aussah, als wäre es in den vergangenen Jahrzehnten nicht geöffnet worden. Marie rüttelte probehalber an den Gitterstäben, aber natürlich gaben sie nicht nach. Neugierig und ein bisschen sehnsüchtig warf sie einen Blick auf den Friedhof.

Er war zuallererst eines: grün. Gras wucherte überall zwischen grauen und schwarzen Grabsteinen. Es trug bereits die zarte Färbung des Frühlings. Hohe Eichen, Birken, Hainbuchen und Zypressen spendeten den Gräbern Schatten und Ruhe. Schon zeigten sich die ersten Blättchen an den Ästen, und ein Hauch von Lindgrün lag wie ein Flaum auf den Kronen. Gänseblümchen und Osterglocken wuchsen wild und ohne die ordnende Hand eines Gärtners im Gras. Marie sah ein rotes Eichhörnchen über den Kiesweg flitzen, den soeben die Katze genommen hatte. Hoffentlich gab es kein Blutvergießen.

Gleich gegenüber begann die erste Grabreihe. Sie rief, sie lockte, sie betörte Marie, sich Geschichten auszudenken für die Leben, die hier zwischen Vergangen und Vergessen begraben waren. Der Aprilwind fuhr in die Baumkronen und säuselte, dass alles bereit sei zu ihrem Empfang, sie müsse nur die Pforte durchschreiten. Er bekräftigte seine Einladung mit dem Duft von Bärlauch, dessen Schärfe Marie in die Nase stieg. An einem Ort wie diesem verstand sie sofort, warum der Volksmund diese Pflanze auch „Hexenzwiebel" nannte. Denn nachts, wenn die Geister der Toten umgingen, war auf einem Gottesacker nichts ferner als Gott.

Da stand sie nun und umklammerte die Gitterstäbe der Pforte wie eine Gefangene, die nicht hinaus wollte, sondern hinein. Was an sich schon sehr seltsam war und noch seltsamer angesichts eines Friedhofs. Er erschien ihr wie ein verheißungsvoller Hort der Ruhe verglichen mit dem Verkehr, der in ihrem Rücken tobte. Aber die Pforte gab keinen Millimeter nach, und der Rost, den sie angesetzt hatte, ließ wenig Hoffnung zu, dass sich diese Tür jemals wieder öffnen würde. Höchstens vielleicht zum

Jüngsten Gericht, wenn man denn unbedingt daran glauben wollte.

Wie aufs Stichwort donnerte es irgendwo über ihr. Bleigraue Wolken waren aufgezogen und hatten das Blau vom Frühlingshimmel gefressen. Ein Gewitter kündigte sich an; es versprach, heftig zu werden. Erst jetzt fiel Marie auf, dass ihre Füße in den dünnen Hausschuhen vor Kälte schon ganz klamm waren. Die Narbe dagegen klopfte hitzig.

Zeitgleich mit dem ersten Blitz sägte sich der Schmerz durch Maries Mitte. Sie krümmte sich und presste die Hände auf den Verband. Sie wusste, sie musste schleunigst zurück über die Straße, durch den Klinikgarten, die Treppe hinauf und auf ihre Station, in ihr Zimmer, ihr Bett. Sie biss die Zähne zusammen und wandte sich um – so langsam, dass sie aus dem Augenwinkel drüben, jenseits der Mauer, gerade noch einen rotweißschwarzen Pfeil vorüberhuschen und hinter einer Wasserzapfstelle im Gebüsch verschwinden sah.

Sie wusste, was das hieß.

Wir warten auf dich.

3

Abends kam Matti, wie er es versprochen hatte. Marie hatte es irgendwie geschafft, sich noch vor dem großen Regen auf ihre Station zurückzuschleppen. Nun lag sie in ihrem warmen Bett und erzählte aufgekratzt von ihrer Entdeckung auf der anderen Straßenseite. Dass ihre Augen vom Fieber und den Medikamenten glänzten und der neue Verband unter dem Pyjama dicker war als der alte, konnte Matti ja nicht wissen.

Er saß auf dem Besucherstuhl und hörte interessiert zu. Aber sie kannte ihn besser … Ihr fiel auf, dass sie nur noch schlecht von ihm denken konnte. Er bemühte sich doch so. Und das, obwohl es ihm zum Hals heraushing. Stimmt, das hatte er ja auch gesagt.

„Du hast wieder Fieber", stellte er fest, als sie ihren kleinen Abenteuerbericht beendet hatte. „Ich seh's dir an. Du hättest hier bleiben und dich ausruhen sollen. Die Toten laufen dir nicht weg …"

„Die Lebenden aber schon?", fragte sie. Lieber mitten hinein als weiter darum herum.

Mattis Gesicht wurde binnen eines Wimpernschlags todmüde. „Bitte nicht, Marie, ich kann jetzt nicht –"

„Du kannst nie."

„Marie – meine liebe, liebe Marie", sagte er leise. „Bitte sei nicht so zornig auf mich. Es ist auch mir passiert …"

Sie holte schon Luft für eine scharfe Erwiderung, doch dann hielt sie inne. Es stimmte. Sie war ungerecht. Sie mochte diejenige sein, die nun dieses Loch im Bauch hatte, aber auch er hatte etwas verloren. Jemanden.

Dieses Kind.

Unseren Sohn.

Der Stein, der notdürftig alles beschwert und an Ort und Stelle gehalten hatte, fiel ihr plötzlich vom Herzen, und alles purzelte in sich zusammen wie ein Kartenhaus, das der Sturm weggepustet hatte. Einfach so und ohne Grund. Denn der Sturm brauchte keinen Grund.

Marie suchte in Mattis Gesicht, das sie so gut kannte wie kein anderes, nach etwas zum Festhalten, bevor sie mitgerissen und begraben werden konnte unter den Trümmern. Sie waren nicht mehr Architekt und Restauratorin, Mann und Frau; sie waren nur noch verwaiste Eltern. Da standen sie in ihrem Leben herum und wussten nicht mehr, wie man die Dinge tat, die man immer schon getan hatte. Aufstehen, durchatmen, weitermachen.

Denn: wofür? Und: warum?

Da war ja nichts mehr.

Sie fühlte sich wie ein Schmetterling mit zerfetzten Flügeln. Wie sollte sie jetzt noch fliegen?

„Er fehlt mir so", flüsterte sie. „Keinen Atemzug hat er getan ... und er fehlt mir so."

„Ja." Matti nickte kaum merklich.

Sie schwiegen wieder. Es bedurfte keiner Erinnerung an das, was sich eingefräst hatte in ihr Gedächtnis. Wie sollte jemals vergessen sein, was gewesen war: Blasensprung. Wehen. Steißlage. Geburtsstillstand. Notkaiserschnitt. Blinken und Bangen. Und mit einem Schrei, der ausblieb, einem Herzschlag, der nicht zurückkehrte, das Verstummen der Welt ... Nulllinie und nie wieder Freude. Nie wieder, in alle Ewigkeit nicht.

Von draußen tropften Geräusche herein – rollende Stationswagen, Telefongeklingel, Stimmengewirr. Fast wäre man versucht gewesen zu glauben, die Welt sei noch heil. Aber man wusste es besser ... Vergangen das winzige Glück über den Frühling, den Friedhof heute Morgen.

Fremd und fremder werde ich mir. Ich konnte ihn nicht auf diese Welt bringen, nur in sein Grab. Ich bin keine Mutter. Ich bin die Unfrau mit dem Sternenkind. Ich falle in Abgründe und bin nicht mehr ich …

Ihre Hand glitt suchend über die Bettdecke, weil sie sich gern irgendwo festgehalten hätte. Doch ihr Mut reichte nur für Mattis kleinen Finger. Sie umfasste ihn. Klammerreflex, wie bei einem Neugeborenen … Sie ließ so schnell los, als hätte sie sich verbrannt.

Matti warf ihr einen Blick von der Seite zu und sah dann wieder zum Fenster hinaus. „Wie geht es bloß weiter?"

Marie schüttelte den Kopf. Woher sollte sie das wissen. Er war doch der Architekt mit all den Plänen in der Aktentasche.

„Erst einmal musst du wieder gesund werden", sagte er nach einer Weile. „All das hat dich doch sehr mitgenommen."

„Aber wohin?", fragte sie leise. „Wohin hat es mich mitgenommen? Das würde ich gern wissen. Dann könnte ich dort nach mir suchen."

„Ich komme mit."

„Ist gut." Pause. „Ich weiß nicht, ob wir das hier schaffen."

Er nickte wortlos.

Eben wussten wir noch, dass wir eine Familie werden. Und jetzt denken wir an Trennung. Wir sind übrig geblieben und wissen nicht mehr, was wir miteinander anfangen sollen. Ob wir noch einmal miteinander anfangen sollen. Dabei war es nie anders. Wir waren doch schon immer miteinander allein. Nur war das damals schön.

„Das Wichtigste ist, dass du erst mal gesund wirst", wiederholte Matti. „Und keine Ausflüge auf den Friedhof mehr. Der Arzt meinte, die Narben würden nicht gut verheilen. Das Fieber müsste längst weg sein."

Marie lächelte flüchtig. „Gute Idee." Sie strich das Bettlaken glatt. Im nächsten Augenblick verkrallte sie sich in die Decke. Schweiß trat ihr auf die Stirn. Es fühlte sich an, als würde sie in zwei Hälften zerteilt.

Matti sprang auf und ergriff ihre Hand. Sie war eiskalt. „Soll ich die Schwester holen?", fragte er.

„Nein", presste sie hervor. „Ist … ist gleich vorbei."

„Aber –"

„Ich … ich will nichts gegen den Schmerz", fiel sie ihm ins Wort. „Ich will das aushalten."

Sie atmete ein paarmal tief ein und aus, wie sie es im Geburtsvorbereitungskurs gelernt hatte. Sie hätte fast gelacht, wenn es nicht so wehgetan hätte. Endlich ebbte das Stechen ab, sie entspannte sich wieder. Dann sagte sie so leise, dass Matti es kaum verstand: „Das bin ich ihm schuldig. Dass ich auch ein bisschen leide."

„Du bist ihm nichts schuldig", wandte Matti ein. Er setzte sich wieder, ohne ihre Hand loszulassen. „Du warst die beste Mutter, die er hätte haben können. Sein ganzes kurzes Leben lang."

Mein Sohn. Ich habe mich so auf ihn gefreut. Es war wohl nicht genug, ich habe ihn nicht halten können. Eines Tages und viel zu früh hat er mich verlassen in einem Schwall aus rotem, totem Blut.

Marie war noch blasser geworden. „Ich bin keine gute Mutter." Sie dachte an das, was sie getan hatte. Was keine gute Mutter tun würde. „Ich wollte ihn nicht sehen … Was für eine Mutter bin ich, dass ich ihn nicht sehen will. Dass ich nicht Abschied nehmen will. Dass ich … ihn totschweige." Sie sah zu Matti. „Das ist, als würde ich ihn noch mal umbringen, oder?"

Matti schüttelte heftig den Kopf. „Marie …"

„Vielleicht ist er böse auf mich, weil ich nicht gut genug auf ihn aufgepasst habe."

„Das darfst du nicht sagen! Das darfst du nicht mal denken! Nie wieder! Du hast ihn nicht umgebracht. Es ist nicht deine Schuld. Es war die Steißlage … der Sauerstoffmangel … Du hast nichts falsch gemacht … Es ist nur, wie es ist."

Sie starrte mit glasigen Augen auf die weiße Bettdecke, als stünde dort in Geheimschrift geschrieben, wie die Sache mit dem Weiterleben funktionieren sollte. „Nur", murmelte sie. „Das sagst du so leicht. Es ist aber nicht leicht."

„Ich weiß."

Matti schien zu glauben, dass es half, wenn er ihre Hand zerquetschte. Als er das Zucken in ihrem Gesicht sah, ließ er erschrocken los.

Das Ziehen in meinem Bauch in der Nacht zuvor … Ich wusste, dass er nicht bleiben wollte. Zu wenig Platz in unserer aufgeblähten Leere. Kinder brauchen Luft zum Leben. Bei uns war sie raus, die Luft. Wir sind als Eltern durchgefallen.

Zeit kam und ging ins Zimmer, und keiner von beiden sagte etwas. Marie schloss die Augen, sie war so entsetzlich müde. Es gelang ihr, ein paar Minuten zu dösen, dann öffnete sich die Tür, und eine junge Schwester kam herein. Matti stand auf, trat ans Fenster. Die Schwester räumte das Tablett mit dem Abendessen, das Marie nicht angerührt hatte, auf den Servierwagen auf dem Gang. Als sie mit den Medikamenten zurückkehrte, fragte sie Marie, wie es ihr gehe, gab Schmerzmittel und Schlaftablette in die Pillenbox auf dem Nachttisch und maß ihre Temperatur. Nach dem Blick auf den Wert runzelte sie die Stirn und verkündete, dass sie einen Arzt schicken werde. Marie fragte nicht nach. Die Schwester wünschte beiden eine Gute Nacht und verließ das Zimmer.

Draußen war es nun fast dunkel. Auch auf dem Flur vor der Tür wurde es ruhig, und das Geschirrgeklapper verklang. Schichtwechsel, die Klinik rüstete sich zur Nacht.

Matti kehrte an Maries Bett zurück, doch er setzte sich nicht wieder. Er fuhr sich mit der Hand durchs Haar. „Wir müssen etwas besprechen", begann er.

Marie öffnete mühsam die Augen. „Kann das nicht warten?"

„Nein ... Ich fürchte nicht. Der Bestatter wartet auf meinen Anruf."

Marie wandte den Kopf ab. Dieses Wort ... Ihr Gesicht prickelte unter tausend Nadelstichen. Sie spürte, wie die Sprachlosigkeit wiederkehrte, der Sog in den Abgrund.

„Marie, wir müssen ihn beerdigen. Und vorher musst du dich von ihm verabschieden."

Er sagte das, als ginge es um die nächste Gartenparty, zu der sie eingeladen waren, und um das Kleid, das seine Frau dabei tragen würde. Wie Säure ätzten seine Sätze, fraßen das bisschen Vergessen fort, das die Betäubung watteweich über die letzten Tage gelegt hatte. Es pochte unter dem Verband, und Maries Wangen wurden heiß wie nach einem Schlag ins Gesicht.

„Geh weg", murmelte sie in ihr Kissen.

„Das höre ich jeden Abend von dir. Aber du musst endlich –"

„Nein, du musst endlich etwas – nämlich aufhören, mir zu sagen, was gut für mich ist und was nicht." Plötzlich saß sie kerzengerade im Bett. Ihr Gesicht war feuerrot, ihre Augen blitzten. „Denn das weißt du nicht, weil du nicht ich bist."

Einen Augenblick erwiderte er nichts. Dann fragte er: „Wann bist du so anders geworden?"

„Ich bin so aus der Narkose aufgewacht." Sie hielt seinem Blick stand. „Und ich werde nicht wieder so werden, wie ich war."

Er nickte. „Trotzdem müssen wir ihn –"

„Sag nicht immer ,er' und ,ihn'. Sag: ,unser Sohn'. Geht das?"

Er suchte in ihren Augen nach etwas, das er noch von früher kannte. Fehlanzeige. Er fand Fieber und Wut, die kaum die Angst darunter kaschierten, aber nicht die alte Marie. „Es tut mir leid. Aber ich kann dir nicht den Gefallen tun und es für heute gut sein lassen. Weil es nicht gut ist."

„Hör auf, Matti", flehte sie. „Bitte."

Mattis Kiefer mahlten. Er erwiderte nichts.

Sie hätte bestimmt die richtigen Worte gefunden, wenn sie nur nicht so matt gewesen wäre. Es fühlte sich an, als würde ein riesiger Schmetterling sie leersaugen. Keine Kraft mehr übrig, für gar nichts …

Sie riss sich zusammen. „Ich kann das nicht mehr … Du glaubst immer, dass du für mich mitdenken musst. Mitplanen. Wenn du könntest, würdest du mir alles abnehmen. Sogar … sogar das hier." Sie sprach sehr langsam. Dennoch spürte sie, wie sich kleine Schweißperlen auf ihrer Oberlippe bildeten. Dieser verdammte Schmerz. „Du kannst mir nichts ersparen. Oder mich vor etwas bewahren. Es ist schon zu spät, alles ist passiert, und sehr viel weiter geht es wohl nicht mehr hinunter … Na ja, es sei denn, es gäbe etwas, das ich noch nicht weiß." Sie lächelte bemüht, während sie nach etwas suchte, das rein theoretisch alles noch schrecklicher machen könnte. „Dass sie bei der OP einen Tumor entdeckt haben zum Beispiel. Oder dass ich überhaupt keine Kinder mehr bekommen kann …"

Irgendetwas geschah mit Mattis Augen. Dieser Blick … Urplötzlich erschrocken. Ertappt. Da gefror der Augenblick. Er schwebte mitten zwischen ihnen, als wartete er auf ein Zauberwort, um sich in Wohlgefallen aufzulösen. Aber sie kannte das Wort nicht, und so zersprang der Augenblick wie ein Eiszapfen klirrend in tausend Stücke.

Nein.

Marie starrte Matti an.

Nein.

Sie sah, dass er etwas sagte.

Nein.

Zeitversetzt, wie von weither drang Mattis Stimme an ihr Ohr. „Woher weißt du das?"

„Was?", fragte sie zurück. Sie wusste gar nichts, schon lange nicht mehr. Ein weiterer Eiszapfen barst, und noch einmal fragte sie: „Was weiß ich?"

Matti nahm all seinen Mut zusammen. Sie hatte keine Zeit, ihn dafür zu bewundern, denn Angst klopfte in ihr. Er wich ihrem Blick nicht aus. Dann flüsterte er: „Du wirst ... Wir werden keine Kinder mehr haben."

Nachhören. Nicht glauben können. Warten, als wäre es ein Scherz, eine Verwechslung, der Traum einer Fremden. Kaum atmen. Von fern ahnen. Dann dumpfes Dämmern. Begreifen. Dies galt ihr. War wahr. Dem Gedankensturm standhalten, den Erinnerungsfetzen, den nagenden Fragen: Warum? Warum schon wieder sie? Immer und immer wieder nur sie? Und was war schlimmer: dass es war, wie es war, oder Mattis Verrat?

Vielleicht war die Narkose nicht tief genug. Vielleicht habe ich doch etwas gespürt ... gehört. Die Ärzte, die Schwestern und Matti auch – kein Sterbenswort haben sie zu mir gesagt. Nicht ein Sterbenswort. Die ganze Station hat es gewusst.

Erst der nächste Herzschlag brachte sie wieder zu sich. Ihr Gesicht brannte wie nach einer Ohrfeige. Sie suchte Halt, irgendeinen Halt und fand an der Wand gegenüber den angeschraubten Flachbildschirm. Gerade Linien und rechte Winkel, aber ihr Blick rutschte daran ab ... Sie überlegte, ob sie schreien sollte, und schrie dann, lautlos wie immer. Die Stille dröhnte in ihren Ohren wie der Rettungshubschrauber, der ständig drüben auf dem Heliport landete.

Matti stand immer noch dort, wo er die ganze Zeit gestanden hatte. Er wartete auf einen Freispruch. Als keiner kam, floh er ans Fenster. Mit Blick in die Dunkelheit fuhr er sich übers Gesicht. „Du musst das verstehen …"

Marie nickte abwesend. „Ja, natürlich."

Er drehte sich wieder zu ihr um. „Ich hatte Angst um dich. Ich konnte es dir nicht sagen."

Wieder Roboternicken, sonst nichts.

Matti zog den Besucherstuhl an Maries Bett und setzte sich. „Lass mich erklären, warum –"

„Warum?"

Er holte tief Luft. „Es geht dir so schlecht. Das Fieber, deine Albträume … Die Ärzte meinten, es sei zu viel auf einmal. Ich sollte dich schonen."

„Schonen." Maries Mund war knochentrocken. „Und wann wolltest du es mir sagen?"

Ich bin so müde. Wenn er doch endlich gehen würde … Wenn ich doch endlich gehen würde. Ich will meine Ruhe. Ich will nach Hause. Auf den Friedhof drüben.

„Die Schlaftabletten in deinem Kulturbeutel … Wir dachten, dass du dir etwas antun willst."

Marie lachte. Es klang fremd, nicht nach ihr. „Nein. Falsch. Ganz falsch." Plötzlich wich die Benommenheit. „Wie schlecht du mich kennst. Ich stehle mich nicht davon." Sie setzte sich gerade auf. „Ich will die Schlaftabletten nicht nehmen, die sie mir jeden Abend geben. Und ich will keine Fragen aushalten müssen. Ich will nur wach sein für das, was mich erwartet."

Er sah sie unsicher an. „Was erwartet dich denn?"

Sie überlegte, ob sie es ihm erklären sollte. Dann fiel ihr wieder das andere ein.

Ich werde keine Kinder haben. Dieses eine nicht, das ich verloren habe, und auch nicht die anderen, die vielleicht noch zu mir kommen wollten. Sehen sie jetzt von irgendwoher auf mich und nehmen Abschied, wie ich es auch tun sollte? Werden sie sich eine andere Mutter suchen?

Sie dachte an ein kleines Gesicht, das sie niemals lachen sehen würde, und strich eine Falte auf der Bettdecke glatt. „Ich habe mal irgendwo gelesen: Wo die Angst ist, geht es lang. Ich habe es ausprobiert. Es stimmt."

„Und jetzt?"

„Jetzt muss ich da durch."

„Nimmst du mich mit – da durch?", fragte Matti leise.

Sie musste nicht lange überlegen. „Nein." Und noch einmal: „Nein."

Er sah sie an. Nickte dann. Hatte es nicht anders erwartet … Nach einer Weile, in der nur die Klospülung von nebenan zu hören war, sagte er: „Es tut mir leid. Ich hatte solche Angst um dich. Verzeih mir bitte."

Mit einem Mal konnte sie kaum noch atmen. Bekam keine Luft mehr. Sie musste allein sein, um dieses Gebirge von ihrer Brust zu wälzen. „Geh."

Eine Silbe, nicht lauter als das Rascheln von Zitronenfalterflügeln. Kein Wunder. Sie war doch verabredet mit ihrem Dämon, jetzt gleich, sobald das Licht gelöscht war. Sie hatte Neuigkeiten, wer weiß, was er dazu zu sagen hatte. Und Matti war nicht eingeladen.

Ein knappes Klopfen an der Tür, dann wurde sie auch schon geöffnet. Der Pfleger. Emil. Ihre Geheimwaffe gegen die Dämonen. Er trat ein und war in drei Schritten am Bett. Mit einem Nicken begrüßte er Marie und Matti. „Guten Abend. Schichtwechsel. Geht es Ihnen besser?"

„Der Arzt wollte noch nach meiner Frau sehen", sagte Matti.

„Mein Mann wollte gerade gehen", sagte Marie.

Der Pfleger sah von einem zum anderen. „Es ist ja auch schon spät." Er lächelte Matti zu. „Und Ihre Frau braucht so viel Ruhe und Schlaf, wie sie nur kriegen kann."

Marie hätte fast gelacht; nichts konnte sie so wenig gebrauchen wie ihren Schlaf, solange menschenäugige Zitronenfalter darin herumschwirrten. Matti stand auf und trat noch einmal zu Marie ans Bett. Sie mied seinen Blick, während er ungelenk über ihre Hand strich. Es sah nach erster Verabredung aus, nicht nach letztem Versöhnungsversuch. „Gute Nacht … Wir sehen uns morgen."

Sie nickte. Hauptsache, er ging.

Matti verabschiedete sich von Emil, nahm seine Jacke vom Garderobenhaken und schloss die Tür hinter sich.

Emil fragte: „Wie geht es Ihnen?"

Sie sah ihn glasig an. „Wie soll es mir gehen? Alle haben mich angelogen. Sie auch."

„Ändert das etwas?"

Die Frage überraschte sie so, dass sie erst darüber nachdenken musste. Der Pfleger ließ sie nicht aus den Augen, als wäre dies eine Prüfung und Marie könnte durchfallen. Sie blickte auf. „Nein. Wahrscheinlich nicht."

„Und es ist, wie es ist."

„Ja", sagte sie leise. „Es ist, wie es ist. Und es wird nie mehr gut."

„Woher wissen Sie das?"

Emil wollte sich heute offenbar nicht zu ihr setzen. Er stand immer noch am Fußende ihres Bettes und fragte von dort aus diese Dinge. Er war vielleicht gar kein Engel, sondern eine Ausgeburt des Fiebers und gar nicht da, denn ein Mensch aus Fleisch und Blut konnte doch nicht solche Fragen stellen. Aber hatte Matti ihn nicht auch gesehen? „Ich weiß es ja gar nicht", antwortete sie.

„Vielleicht sollten Sie sich dann mit dem beschäftigen, was Sie wissen", schlug Emil vor. „Und was unabänderlich ist." Er ging an ihren Nachttisch, schob die Pillenbox auf und reichte ihr zusammen mit dem unberührten Wasserglas die Schmerztablette. „Für den Rest haben Sie noch Ihr ganzes Leben lang Zeit. Natürlich nur, wenn Sie es damit verschwenden wollen."

Marie schluckte die Tablette und spülte mit Wasser nach. Ihre Augen schwammen plötzlich. „Keiner will bei mir bleiben." Sie räusperte sich, aber ihre Stimme blieb klein. „Ich bin so traurig ... und zornig."

„Zornig auf wen?" Und schon wieder so eine verboten simple Frage.

„Auf Matti", flüsterte sie, obwohl sich das doch von selbst verstand. „Auf meine Mutter ... Meinen Sohn ... Auf alle ... Alle lassen mich im Stich."

Ich bin die, die übrig bleibt.

„Sonst noch jemand?", setzte Emil nach.

Sie lauschte in sich hinein. Dabei fiel ihr auf, dass sie sterbensmüde war. Dass sie plötzlich Angst hatte, aber nicht wusste, wovor. „Ja." Sie nickte wie in Zeitlupe. „Auf mich ... Ich bin so zornig auf mich."

Das habe ich ja noch gar nicht gewusst.

Emil lächelte zufrieden.

„Keiner – keiner will bei mir bleiben", fuhr Marie mühsam fort. „Sie gehen alle einfach wieder. Ich bin eine Leerstelle. Eine Lücke." Warum waren ihre Lider nur so schwer? Und diese Angst – diese abgrundtiefe Angst vor Gott weiß was oder wem ... Maries Puls raste. Irgendetwas stimmte nicht.

„Schmetterlinge muss man fliegen lassen."

„Was?" Sie bekam vor Herzklopfen kaum noch Luft. Ihr Atem ging flach und abgehackt.

Der Dämonenfänger zuckte die Achseln. „Es ist kein Geheimnis. Im Gegenteil, alle wissen es. Aber sie verstehen es nicht."

Sie hörte ihn nur noch wie aus weiter Ferne. Hatte sie vielleicht aus Versehen die Schlaftablette genommen? Nein, ganz bestimmt nicht, das wusste sie genau. Der Zitronenfalter lockte heute nur besonders laut. Komm, komm. Ich warte schon.

„Wie ist es mit Ihnen?", fragte Emil. „Wollen Sie es verstehen?"

Was für eine Frage. Sie blinzelte, weil das Nicken schon zu anstrengend war.

„Nichts bleibt, wie es ist", sagte er, während er begann, ihre Bettdecke rundherum festzustecken, damit sie schön warmhielt. Erst jetzt bemerkte Marie, dass ihre Zähne klapperten. „Jeder Tag ist ein Schmetterling. Und Schmetterlinge müssen fliegen."

Auch wenn es vollkommen logisch klang, hatte sie leider keine Ahnung, wovon er sprach. Sie würde den Zitronenfalter fragen, wenn sie drüben war. Er musste es doch wissen. Sie war ja schon unterwegs, nur Geduld.

Sie spürte, wie Emil mit der einen Hand unter ihren Kopf fasste, um ihn zu stützen, und mit der anderen das Kissen aufschüttelte. Plötzlich raschelte etwas, und er hielt inne. Eine Erinnerung wehte sie an. Ihr Poem, der nutzlose Albtraumfänger. Ihr Kopf wurde wieder auf das Kissen gebettet. So lag sie gut, es konnte losgehen.

Sie fühlte eine kühle Hand auf ihrer Stirn. Als sie noch einmal die Augen aufschlug, sah sie wie von weither, dass er sie eindringlich musterte. „Der Arzt wird gleich hier sein", hörte sie ihn sagen. „Er gibt Ihnen etwas gegen das Fieber."

Marie lächelte in sich hinein. Da war einer, der kam und nicht ging. Das war gut, vielleicht konnte wenigstens er sie beschützen. Als sie sich zu ihrer Verabredung aufmachte, hörte sie wie durch Watte noch einmal die Stimme des Dämonenbetörers. Sie klang ganz hohl, als wäre sie in ihr.

„Ruhen Sie sich aus und werden Sie wieder heil."

Von irgendwoher knallte ein Gedanke mitten durch sie hindurch.

Ich bin die, die übrig bleibt.

Und dann nur noch: Nichts.

4

Licht. Bis hinter ihre geschlossenen Lider drang: Licht. Es war taghell, als sie die Augen aufschlug. Sie musste tief und fest geschlafen haben, hundert Dornröschenjahre lang. Blendend, das war das einzige Wort, das ihr einfiel. Ja, ihr ging es blendend, sie fühlte sich wie neugeboren und federleicht. Sie hatte sich wohl gesund geschlafen – oder „heil", wie Emil es ausgedrückt hätte. Verflogen die Schwere, das Fieber, der Schmerz, die Angst. Sie war wach und bei glasklarem Verstand. Ein Fortschritt zu gestern. Und noch immer Frühlingsbeginn, der lockte und rief. In dieses Licht.

Niemand sah sie, niemand hielt sie auf, niemand hatte Bedenken. Sie war schon auf dem Weg in den Klinikgarten, noch ehe sie es selbst wusste. Heute hatte sie keinen Blick für die Bank. Sie musste ja nicht mehr auf die Glückskatze warten, damit sie ihr den Weg wies. Sie kannte ihr Ziel. Dorthin zog es sie. Sie hatte es so eilig, dass sie im Nu drüben war.

Auf den letzten Metern beschleunigte eine Windbö ihre Schritte. Sie wehte Marie direkt vor die rostige Pforte. Das Schloss, das gestern so eisern den Friedhof bewacht hatte, war fort. Die Pforte stand weit offen. Also gab es doch noch einen Schlüssel und jemanden, der ihn hütete. Sie wunderte sich kaum darüber. Keine Zeit, sie wollte nur dort hinein. Vielleicht bot dieser Friedhof ein Zuhause wie jener Friedhof aus Kindertagen. Sie machte den ersten Schritt durch die Pforte und noch einen und noch einen, und dann gab es kein Zurück mehr.

Marie sah sich um. Grabstätten, so weit das Auge reichte, kleine Kreuze und große Grabsteine, dazwischen Bäume und

Büsche, die wild vor sich hin wucherten. Und über allem ein Hauch von Moder und ewiger Ruhe … Der Wind schob sie vor sich her, nur zu gern ließ sie sich treiben. Es fühlte sich wie Schweben an, frei und leicht. Flüchtig tauchte der Gedanke auf, dass sie nicht auf so einen Ausflug vorbereitet war. Aber das war man ja eigentlich nie.

Vorbei ging es an Bäumen, denen die Jahrzehnte anzusehen waren – ehrwürdigen Birken und Linden und Eichen, allesamt kahl und ausgehungert nach den ersten Knospen dieses Frühlings. Auch Zypressen und Eiben standen Wache und spendeten immergrünen Trost. Marie blieb hin und wieder stehen, um die verblichenen Lettern auf dem einen oder anderen Grabstein zu entziffern. Einige Engel winkten sie vorüber, zwei betende Hände gaben Marie ihren Segen, und ein trauerndes Elternpaar in altertümlicher Tracht erzählte ihr rasch von seinem hundert Jahre alten Kummer … Die übrigen Gräber würde sie sich später ansehen. Sie hatte noch so viel Zeit, sie war ja eben erst angekommen.

Die Narbe in ihrer Mitte tat gar nicht mehr weh. Marie spürte zwar, dass sie da war, aber die Medikamente schienen über Nacht wahre Wunder gewirkt zu haben. Es war auch höchste Zeit für Wunder, fand sie, während es auf schmalen Pfaden über den Friedhof weiterging, unter Bäumen und an zahllosen Grabstätten vorbei. Woher wusste sie, dass sie hier abbiegen und dort den kleinen Platz mit der Zapfstelle überqueren musste? Aber sie wusste es ja gar nicht, sie folgte nur diesem Sog, der seit der Pforte an ihr zerrte. Oder war das Einbildung? Sie hatte längst die Orientierung verloren und fragte sich, ob sie hier jemals wieder herausfinden würde.

Zu gegebener Zeit.

Sie blieb abrupt stehen. Woher kam das? Wer dachte da in ihr? Die Antwort saß wie vom Himmel gefallen ein paar Meter vor ihr auf dem Pfad und leckte sich die Pfoten. Die Katze von gestern. Die Glückshexe. Die, die Gedanken schicken konnte. Sie hörte auf, sich zu putzen, und warf Marie einen bernsteinäugigen Blick zu.

Hier ist es.

„Was?", fragte Marie. „Was ist hier?"

Die Augen in dem kleinen Gesicht wurden groß. Die Katze lief ein paar Schritte auf Marie zu, als wäre sie eine liebe, alte Bekannte, machte einen Buckel und wickelte sich maunzend um ihre Beine. Marie ging in die Hocke und strich ihr über den rotweißschwarzen Rücken. Vorsichtig, denn sie kannte ihre Launen.

Das Tier entwand sich ihr und lief davon, geradewegs auf zwei Gräber zu, zwischen denen ein Mandelbäumchen stand – das einzige weit und breit. Mit einem Meer aus rosa Blütenschaum trotzte es viel zu früh dem Wintergrau rundherum. Wenn das mal gut ging angesichts der Nachtfröste, die noch zu erwarten waren … Links neben dem Mandelbäumchen entdeckte Marie das Medaillon einer betrübten Ehefrau auf einem wuchtigen Granitblock. Der Grabstein rechter Hand war viel bescheidener gehalten – eine rohe, unbehauene Findlingsstele, aus der ein schmiedeeisernes Kreuz wuchs. Sie stand nicht mehr aufrecht, sondern neigte sich ein wenig zur Seite, als wollte sie jeden Moment umfallen.

Die Katze sprang auf den eingeebneten Grabhügel davor und begann, sich das Fell zu lecken. Ihre rosa Zunge harmonierte perfekt mit der Blütenpracht des Mandelbaums.

„Das hier soll es sein?" Marie fasste das unscheinbare Grab ins Auge. Altes Laub und Gras bedeckten die Erde ringsum. Falls es jemals eine Einfriedung gegeben hatte, war sie jedenfalls nicht mehr auszumachen. Und auch die Namensfrage ließ sich nicht mehr klären. In die Felsstele, die so aussah, als hätte eine Riesenhand sie geradewegs aus den Bergen hierher geschleudert, war früher eine Tafel eingelassen gewesen. Zweifellos hatte sie einmal Auskunft über Namen und Lebensdaten des oder der Toten gegeben. Nun war nur noch eine rechteckige Aussparung im Stein übrig. Die Tafel musste seit geraumer Zeit fehlen, denn der Stein war an dieser Stelle schon nachgedunkelt und ganz verwittert. Hier und da hatten sich im Laufe der Zeit Risse gebildet, und Flechten waren darüber gekrochen.

Maries Blick wanderte die Stele entlang nach oben. Nun erst sah sie, dass es gar kein Kreuz war, das sich in den Stein krallte, sondern ein Baum aus bemaltem Schmiedeeisen. Braune Wurzeln breiteten sich in kunstvoller Wirrnis über den Steinsockel aus. Ihnen entwuchs ein Stämmchen, das sich weiter oben in mehrere Äste verzweigte. Auf den ersten Blick wirkte es tatsächlich wie ein Kreuz. Die Äste waren mit rosa Blüten besetzt, wie sie der Mandelbaum neben dem Grab trug, und strebten nach links und rechts auseinander. Nach oben hin schlugen sie einen Bogen und vereinten sich wieder. Es sah aus, als würde sich ein Kreis schließen.

Marie bewunderte die Kunstfertigkeit dieses Lebensbaums. Jede Ader auf den Blütenblättern, die Kerben von Wurzeln und Stamm waren deutlich zu erkennen. Die Zeit und die Witterung mussten die Tafel mit den Lebensdaten irgendwann aus ihrer Verankerung getrieben haben, doch sie hatten ebenso wenig den Eisenarbeiten wie den Farben etwas anhaben können – sie wirkten frisch wie am ersten Tag und hatten nichts von ihrer Leuchtkraft eingebüßt.

Am kunstvollsten war der Schmetterling geraten, der auf dem Baum saß. Der Künstler hatte ihn im Verhältnis viel zu groß geschaffen, vermutlich, damit er besser zur Geltung kam. Seine Flügel waren zur Hälfte geöffnet; man konnte die zarten Adern sehen und wusste nicht, ob er gerade gelandet war oder eben abfliegen wollte. Er war zitronengelb, und sie kannte ihn gut.

Er war natürlich nach all den Jahren nicht mehr ganz heil. Die Farbe blätterte hier und da ab, sodass darunter das grünstichige

Schmiedeeisen zum Vorschein kam. Der rechte Fühler war zur Hälfte abgebrochen und der linke verbogen. Es verlieh ihm etwas Verwegenes – er war ja immer noch ein mächtiger Zitronenfalter, der in ihre Träume reisen konnte, wie es ihm beliebte. Jetzt traute sie ihm sogar noch mehr zu. Jetzt, da er sie auch bei Tageslicht gerufen hatte … Immerhin: Er hatte heute keine Menschenaugen.

Wie vom Erdboden verschluckt war indes die kleine Glückskatze. Marie wusste nicht, ob sie sich fürchten sollte, weil sie nun allein mit dem Zitronenfalter war. Zur Ablenkung begann sie, eine Geschichte zu erfinden für den Menschen, der hier unter diesem Schmetterling begraben lag, wie sie es von Kindesbeinen an vor namenlosen Gräbern getan hatte. Es musste eine Frau gewesen sein … oder nein, ein kleines Mädchen, so zart wie ein Schmetterling. Ein Unglück hatte auf einen Schlag ihr Leben zerstört, und –

Marie riss den Kopf hoch. Da drüben, gleich neben dem blühenden Mandelbaum, stand auf einmal eine alte Frau. Einfach so. Wie hingezaubert … hingehext. Es sah aus, als hätte ein kräftiger Windstoß sie hergeweht.

Die Frau erinnerte sie undeutlich an jemanden, vielleicht aus der Nachbarschaft oder aus der U-Bahn, die sie jeden Morgen nahm. Sie mochte Mitte sechzig, vielleicht auch schon siebzig sein. Die Falten standen ihr gut. Sie hatte das Haar zu einem grauen Dutt hochgesteckt und trug eine dunkelblaue Strickjacke, die mit rosafarbenen Röschen und grünen Blütenblättern bestickt war, einen blaugrün karierten Rock und Halbschuhe. In der Hand hielt sie eine Gießkanne, um das Grab zu wässern.

Die Frau sah Marie forschend an. Dann lächelte sie, und die Sonne ging auf. „Grüß Gott."

Marie lächelte zurück. „Grüß Gott", antwortete sie, obwohl sie Gott noch nie hatte grüßen lassen. Sie sah, dass der Arm der Frau zitterte. „Darf ich?" Mit drei Schritten war sie bei ihr und ergriff die gefüllte Gießkanne. „Ich helfe Ihnen. Hier übers Grab?"

„Ja, nur immer zu", nickte die Frau. „Übers Unkraut. Es soll wachsen. Alles, was will, soll wachsen."

Die Gießkanne war wirklich schwer, Marie musste beide Hände zu Hilfe nehmen. Die Narbe in ihrer Mitte protestierte gegen das Gewicht, deshalb stellte Marie die Kanne direkt vor dem Grab ab und kippte sie ein wenig nach vorn; das ging leichter. Es kam viel Wasser in einem kräftigen Strahl.

Die Frau ließ sie nicht aus den Augen, und Marie gab ihr Bestes. Aus irgendeinem Grund wollte sie, dass die Frau sie mochte. Ihre Schuhe bekamen dabei ebenfalls etwas ab, doch das machte nichts. Sie setzte die Gießkanne erst ab, als kein Wasser mehr da war und die Prüfung bestanden. Denn die Frau wirkte zufrieden, und Marie war so froh wie seit Wochen nicht mehr.

„Nun hat sie wieder genug", nickte die Frau.

„Wer?"

„Meine Tochter." Die alte Frau suchte den Blick des Schmetterlings. „Der Frühling ist da, darüber freut sie sich immer so. Die Blumen, das Grün … Sie soll wissen, dass sie nicht vergessen ist. Und er erinnert sie daran."

Etwas Frostiges kroch Marie über den Rücken und streichelte ihren Nacken mit hauchzarter Hand. Sie sollte vielleicht doch gehen, jetzt gleich. Aber ihre Füße … Sie rührten sich nicht. Sie wollten nicht fort von hier – nicht ohne diese Geschichte. Jedes Grab auf dem Friedhof war älter als diese Frau. Ihre Tochter konnte nicht hier liegen. Es musste eine Geschichte geben.

Die Frau streckte die Hand aus, und der Schmetterling duldete es, dass sie ihm über die Fühler strich, den halb abgebrochenen und den verbogenen. „Ich habe sie vor vielen Jahren verloren. Es war ein Unglück." Nun kamen die Flügel an die Reihe. Sie fuhr sie mit der Kuppe ihres Zeigefingers nach, so sanft, als könnten sie sonst Schaden nehmen. „Ich weiß nicht, wer hier liegt. Aber sie mochte Schmetterlinge so, und ich brauchte einen Ort, an dem ich ihr nahe sein kann." Sie sah hoch. „Bis jetzt jedenfalls."

„Passt er gut auf sie auf?", fragte Marie.

Wieder pflügte sich ein Lächeln durch die Runzeln der alten Frau. „Ja, das tut er."

Marie streckte die Hand aus.

Nachts bin ich wie gelähmt vor diesem Schmetterling und fürchte mich zu Tode. Aber jetzt bin ich wach und nicht allein. Er wird mir nichts tun. Vielleicht löst er sich ja in Luft auf, wenn ich ihn berühre, und ich kann endlich –

„Vorsicht!", warnte die Frau, und Marie zuckte zurück. „Er hat es nicht gern, wenn Fremde ihn anfassen. Er kennt dich noch nicht."

Marie wusste nicht, was sie sagen sollte. Sie wusste nur, dass ihre kalten Füße meinten, es sei höchste Zeit zu gehen. Aber daraus wurde nichts, denn die Frau gab ihr die Hand und sagte: „Ich heiße Rose. Das solltest du wissen, da du nun schon den Schmetterling kennst und das Grab meiner Anni."

Meiner Anni …

„Und ich bin Marie."

Die alte Frau bewegte die Lippen, ohne etwas zu sagen. Dann flüsterte sie kryptisch: „Zusammen seid ihr eine Anne Marie …" Und erneut ging die Sonne auf.

Eine verschwommene Erinnerung blitzte auf. Marie musste an ein Lächeln denken. Sie suchte es seit vielen Jahren in jedem Gesicht, jedem Gegenüber. Vergebens, immer vergebens. „Lustig. Anne ist mein zweiter Vorname."

„So?" Rose fasste sie einen Moment lang ins Auge und nahm dann wie selbstverständlich ihre Hand. „Setzen wir uns … wenn du Zeit hast und nicht gleich wieder fort musst …"

Marie schüttelte den Kopf. Unendlich viel Zeit hatte sie. Nirgendwohin musste sie. Sie war doch genau dort, wo sie sein sollte. Beiläufig dachte sie, dass das gut zu wissen war. Dass sie dieses Gefühl lange nicht mehr gehabt hatte.

Wie praktisch, dass unter dem Mandelbaum eine altersschwache Bank stand. Die beiden Frauen ließen sich darauf nieder, und sie brach völlig überraschend nicht zusammen. Eine Amsel begann, über ihren Köpfen zu singen.

„Ich bin gern hier", sagte Rose. „Man hat seinen Frieden hier, das sagt ja schon der Name. Es ist hübsch still, man kann gut mit den Toten reden."

Wieder dieser zarte, frostige Hauch in Maries Nacken. Sie nickte trotzdem.

„Mit den Lebenden dagegen eher nicht", fuhr die alte Frau fort. „Die, die hierher kommen, sind immer in Eile. Auf dem Sprung." Sie suchte Maries Blick. „Aber du nicht. Du hörst gern dem Frühling zu."

Maries Augen wurden groß. „Woher weißt du das?" Kein Gedanke daran, dass sie die alte Frau nicht kannte und ein „Sie" angemessener gewesen wäre.

Rose lachte. „Ach, ich denke es mir eben … Und du magst es, wenn man dir Geschichten erzählt."

Marie zuckte die Schultern. „Es ist lange her, dass meine Mutter mich mit Gutenachtgeschichten zu Bett geschickt hat."

„Schade, schade. Damit sollte man überhaupt nie aufhören. Ich habe meiner Kleinen bis zuletzt –" Rose schluckte. „Aber das tut jetzt nichts zur Sache."

Alles tat etwas zur Sache, das wusste Marie. Sie wusste nur nicht, worauf dieses Gespräch hinauslief. Oder dieser Friedhofsbesuch. Doch sie beschloss, sich in Geduld zu fassen und zu warten. Denn warten konnte sie zufällig ziemlich gut.

„Unsere Kinder gehören uns nicht", murmelte Rose. Es klang wie ein Selbstgespräch, ein geraunter Gedanke, der für niemand anderen bestimmt war. „Wir müssen sie ziehen lassen, wenn es an der Zeit ist. Sie sollen ihrer eigenen Wege gehen. In dieser oder einer anderen Welt."

Marie spürte ein Zerren und Zupfen, wie wenn sie langsam in kleine Fetzen gerissen würde. Weg hier, nur weg hier. Aber es ging nicht. Sie konnte nicht weg. Nun nicht mehr.

„Dieser Friedhof ist ein Dazwischenort", fuhr die alte Frau fort, während sie den Blick über den Schmetterling, das Mandel-bäumchen und die umliegenden Gräber schweifen ließ. Es war immer noch nicht klar, ob sie vielleicht nur laut dachte. „Es ist nicht hüben und nicht drüben. Hier treffen sich alle – die, die schon vorausgegangen sind, und die, die sie zurückgelassen haben." Sie strich ihren karierten Rock glatt. „Manchen gefällt es sogar so gut hier, dass sie gar nicht wieder gehen wollen. Oder sie haben noch etwas auszumachen mit jemandem und können ihn nicht loslassen."

Von wem sprach Rose da? Von den Lebenden? Den Toten? Marie schob sich eine Strähne aus dem Gesicht. Der Wind hatte aufgefrischt, und die mächtigen Baumwipfel um sie her rausch-ten, als wüssten sie etwas, das sie nicht verraten durften. Die Amsel war am Ende ihrer Geheimnisse angelangt und ver-stummt. Plötzlich wirkte der Zitronenfalter, der das Grab ohne Namen hütete, bedrohlich und fürchterlich vertraut.

Rose bemerkte ihre Unruhe. „Es ist nur der Wind. Er tut uns ja nichts."

„Weißt du das genau?", fragte Marie zurück. Sie lachte, damit es nicht zu ängstlich klang.

„Angst ist nicht schlimm, Mädchen", begütigte die alte Frau. Sie schien in Marie zu lesen wie in einem offenen Buch. „Sie gehört zum Leben wie das Atmen. Schäm dich nicht dafür. Wer einmal keine Angst mehr hat …"

„Was ist mit dem?", hakte Marie nach, weil dem Satz das Ende fehlte.

Rose machte eine wegwerfende Handbewegung, als wäre das hinlänglich bekannt. „Der ist schon tot. Entweder weil er unvorsichtig wird. Oder weil er nichts mehr spürt."

„Ich zum Beispiel habe vor allem Angst", sagte Marie leise.

„Vor dem Alleinsein. Vor dem Zusammensein. Dem Verlassen-werden. Dem Verlassen. Dem Verlieren. Dem Finden. Dem Stehenbleiben. Dem Weitergehen …" Sie lachte. „Sag, was dir gerade einfällt – ich habe todsicher Angst davor."

„Zitronenfalter", sagte Rose. „Die fallen mir gerade ein."

Marie hustete.

Wie kommt sie in meinen Kopf und was macht sie da? Wie kriege ich sie dazu, dass sie mich wieder allein mit mir lässt? Und wie stelle ich es an, dass ich mich nicht verliere und dass ich ich bleibe?

Während der Wind auffrischte, lauschte Marie ihren eigenen Gedanken nach. So also ging das: Man brauchte nur einen verwahrlosten Friedhof, ein bisschen Sturm und eine seltsame alte Dame, um sich selbst auf die Schliche zu kommen. Leugnen hatte keinen Sinn mehr. „Ja, Zitronenfalter sollte man nicht unterschätzen. Sie tun immer so hübsch und harmlos –"

„Erlaube mal!", unterbrach Rose. „Kein Zitronenfalter, den ich je getroffen habe, war harmlos!"

„Nicht?"

„Natürlich nicht. Ganz gefährliche Kreaturen sind das. Sie flattern hierhin und dorthin, tändeln mit dieser Blüte und bandeln mit jener an, und zwischendrin sonnen sie sich einfach so. Man darf ihnen wirklich keine Sekunde lang den Rücken zukehren …"

Marie war üblicherweise nicht schwer von Begriff, aber diesmal brauchte sie eine Weile. Dann lachte sie so laut, dass sie sich schnell die Hand vor den Mund schlug. Fragte sich nur, wer sich hier hätte gestört fühlen sollen.

Rose feixte. „Fast wärst du mir auf den Leim gegangen!"

Marie nickte. „Bei Zitronenfaltern verstehe ich keinen Spaß."

Die alte Frau ergriff ihre Hand. In diesem Augenblick grollte es hoch über ihren Köpfen. „Siehst du, da oben redet auch jemand mit … Du sollst keine Angst mehr haben." Der Wind riss ihr fast die Worte von den Lippen, doch sie tätschelte Maries Hand weiter. „Jetzt bleibst du erst einmal hier. Bald ist ohnehin Walpurgisnacht, da kann so manches geschehen."

Marie schüttelte den Kopf. „Ich kann nicht hier bleiben. Ich muss doch zurück."

„Müssen?", fragte die alte Frau und prüfte den ordnungsgemäßen Sitz ihres Dutts, als würde sich nicht gerade ein Frühlingssturm über ihnen zusammenbrauen. „Müssen musst du gar nichts. Höchstens sterben – wie alle anderen hier." Sie zuckte die Achseln. „Aber das ist auch keine große Sache."

Plötzlich trat Windstille ein. Ganz ruhig wurde es. Kein Blätterrauschen, kein Donnergrollen, kein Amselgesang. Nur atemloses Warten auf den großen Paukenschlag. In dem wie aus Blei gegossenen Zwielicht, in das der Friedhof getaucht war, verschmolzen drüben der Mandelbaum, das Grab und der Schmetterling aus Schmiedeeisen miteinander. Unwirklich sah das aus und ganz friedlich.

„Ich muss gehen, bevor das Unwetter richtig anfängt", sagte Rose und stand auf. Sie sah sich suchend um. „Wo ist sie denn bloß?", murmelte sie.

„Wer?", fragte Marie und erhob sich ebenfalls.

„Die Gießkanne … Ach, da steht sie ja." Die alte Frau wandte sich wieder Marie zu. „Ich würde dich gern mitnehmen. Aber du gehörst ja nach drüben."

Nach drüben … Woher sie das schon wieder weiß? Vermutlich sieht man es mir an, blass, wie ich bin, mit einem Loch im Bauch. Und wohin wollte sie mich überhaupt mitnehmen? Zu sich nach Hause? Nach Hause … Ich war schon lange nicht mehr irgendwo daheim. Ich bin viel besser im Fremdsein. Alleinsein. Anderssein …

„Wer ist nicht irgendwann fremd und allein und anders?", fragte Rose. Vielleicht wohnte sie ja in Maries Kopf. „Das ist doch nichts Besonderes, Mädchen. Man kann nur etwas ändern, wenn man endlich aufhört, sich leid zu tun. Wenn nicht, dann nicht."

Wenn nicht, dann nicht ... Tue ich mir leid?

„Wer tut sich nicht irgendwann einmal selbst leid?", fuhr die alte Frau fort. „Das passiert jedem von uns. Es ist auch eine Weile ganz bequem. Aber wenn die Weile um ist, merkt man, dass man stehen geblieben ist. Die Zeit ist nicht stehen geblieben, nur man selbst. Das ist das Vertrackte daran, denn man hat den Anschluss verpasst. Und dann?"

Marie wartete darauf, dass Rose sich selbst die Antwort gab, aber es kam nichts. „Ja, was ist denn dann?"

Die alte Frau blickte gen Himmel. „Das weiß ich doch nicht. Das musst du schon allein herausfinden. Und ich muss jetzt irgendwohin, wo ich trocken bleibe."

Das nahende Gewitter hatte lange genug die Luft angehalten und beschloss, dass nun alles da unten gesagt war. Es atmete aus, und eine Windbö schüttelte die Bäume ringsumher wie mit eiserner Faust. Es blinzelte, und ein Blitz sägte sich senkrecht durch den Himmel herab auf die Erde. Es lachte, und ein Donnerschlag krachte hernieder, dass Marie Hören und Sehen verging. Was gut passte, denn ihr war etwas eingefallen, das ihr Gesicht brennen ließ, als hätte ihr jemand eine geknallt.

Ich bin die, die übrig bleibt.

Große Tropfen klatschten auf Blätter und Gras und Grabsteine. Der Duft des Regens stieg ihr in die Nase, und es wurde spürbar kälter. Offenbar wollte das Gewitter nicht nur mal eben vorbeischauen, sondern bleiben. Rose schien das auch zu befürchten, denn sie eilte mit der leeren Gießkanne in der Hand davon. Grußlos. Sonderbare Sitten hatten sie hier.

Nach ein paar Metern drehte sie sich doch noch einmal um. „Weißt du, es ist nämlich so", rief sie durch das Trommeln des Regens. „Menschen kommen, Menschen gehen. Aber du – du bleibst dir." Dabei deutete sie mit der Gießkanne auf Marie; es sah wie die Verlängerung ihres Arms aus. „Du bist der einzige Mensch, mit dem du dein ganzes Leben verbringst. Meinst du nicht, dass du dich langsam mit diesem Menschen anfreunden solltest? Und dass du schon ein bisschen zu alt bist für Selbstmitleid?"

Auch diese Ohrfeige traf und saß. Punktlandung. Marie spürte, wie sie trotz der Kälte rot wurde.

Und Rose war noch nicht fertig. „Denk nicht immer darüber nach, was dir fehlt – oder wer", rief sie gießkannenschwingend, während der Regen immer stärker wurde. Er schien ihrer Frisur nichts anhaben zu können, der Dutt hielt. „Du hast doch schon so viel. Du hast dich!"

Das Ausrufezeichen hinter ihrem letzten Wort setzte ein Donnerschlag, der Marie zusammenfahren ließ. Als sie wieder dorthin blickte, wo Rose eben noch gestanden hatte, sah sie gerade noch ein Fitzelchen Gießkannengrün hinter einem Marmorsarkophag verschwinden.

Ich habe schon so viel, sagt sie. Ich habe mich, sagt sie ... Aber wer ist ich? Ich kenne mich kaum. Ich bin Marie, die in den Wolken wohnt. Die Mutterlose. Die Kinderlose. Die, die keine Wurzeln schlägt. Die, bei der niemand bleiben will. Außer Matti, der Verschweiger, der Verräter ... Ist das Selbstmitleid, wie Rose es nennt? Und wie kann ich aufhören, mit mir zu leiden – oder an mir?

Der Wind pustete Marie einen Schwall Regen ins Gesicht. Erst jetzt bemerkte sie, dass sie schlotterte und ihre Füße Eisklumpen waren. Sie steckte die Fäuste unter die Achseln. Sie musste dringend ins Warme. Aber wo war es schon warm auf einem Friedhof?

Sie hatte keine Ahnung, wo die Pforte lag, und lief aufs Geratewohl los. Schützend hielt sie eine Hand an den Bauch. Aber es kamen keine Schmerzen, da war nur dieses Gefühl, dass sie eine Narbe hatte und etwas wieder in Ordnung kommen musste. Tatsächlich hatte sie zum ersten Mal seit Langem das Gefühl, nicht wie benommen durch ihr Leben geschubst zu werden. Nun lief sie, und sie bestimmte, wohin es ging.

Ein Ast knackte ganz in ihrer Nähe, sie hätte es durch das Prasseln des Regens beinahe überhört. Marie blieb stehen und sah sich um. Weiß wölkte der Atem aus ihrem Mund. Aber weit und breit kein Mensch oder sonst ein lebendes Wesen, nur ein Knabe aus Marmor, der mit gesenktem Gesicht seinen eigenen Tod betrauerte. Konrad hieß er der Grabinschrift zufolge, und er war keine zehn Jahre alt geworden.

„Tag", sagte jemand in ihrem Rücken.

Sie fuhr herum. Hinter ihr stand ein Mann, der eine Sekunde zuvor noch nicht da gewesen war. Er trug lehmbespritzte Gummistiefel, eine durchweichte blaue Hose und einen Anorak, dessen Kapuze er so tief ins Gesicht gezogen hatte, dass man es fast nicht erkennen konnte. Vom Schild der Baseballkappe darunter tropfte der Regen. Schwer zu sagen, wie alt der Mann war. Alles, was ihr auffiel, war sein Blick, weil er sie aufspießte.

Marie beschloss, sich nicht zu fürchten. „Hallo", antwortete sie durch den Regen.

„Hast du dich verlaufen?", fragte er. Seine Stimme klang warm, und das war ganz angenehm unter diesen Umständen.

„Nein … Doch." Marie rieb sich die nassen Oberarme. „Ich weiß es nicht so genau. Im Moment will ich einfach nur ins Trockene."

Der Mann musterte Marie, und einen flüchtigen Augenblick lang hellte sich seine Miene auf. Sicher sah sie aus wie eine nasse Maus. Dann wischte er sich zusammen mit den Regentropfen das Lächeln aus dem Gesicht und nickte. „Kannst mitkommen."

Wohin, verriet er nicht; er drehte sich nur um und ging los. Marie wusste verschwommen, dass sie ihm vertrauen durfte, und folgte ihm. Das Tempo, das er vorlegte, war stramm, und sie hatte Mühe, Schritt zu halten. Es ging scheinbar planlos kreuz und quer durch die Gräberreihen und unter den Bäumen dahin, die vor Nässe troffen. Das Gras schmatzte satt unter ihren Füßen, während immer wieder Donner grollte.

Ein paar Minuten und Richtungswechsel später schälte sich ein kleines graues Gebäude mit rotem Dach, einem winzigen Glockenturm und einem windschiefen Kreuz obenauf aus dem Regen. Man sah auf den ersten Blick, dass das eine oder andere Jahrhundert an der Kapelle genagt hatte. Moos wuchs zwischen den Mauerritzen, und auf dem Dach fehlten ein paar Ziegel.

Der Mann ging zügig auf die altersschwache Pforte zu, die sich an der Schmalseite befand. Sie beschwerte sich quietschend, als er sie aufstieß. „Hinein in die gute Stube", sagte er. Er zögerte kurz, als grübelte er, ob es eine Benimmregel gab, derzufolge man einer Frau die Tür aufhalten musste. Im letzten Augenblick trat er aber doch noch vor Marie ein. Ein Kavalier offenbar. Ganz alte Schule.

Modergeruch, Kerzenschein und kalter Zigarettenrauch empfingen sie. Es war trotz der Kerzen ziemlich dunkel; die Stockflecken an den Wänden, von denen der Putz abplatzte, waren dennoch nicht zu übersehen. Wenigstens kam der Regen nicht durch, das Dach schien zu halten. Der Mann streifte wortlos Kapuze und Baseballkappe ab, zog den Anorak aus und hängte die Kleidungsstücke zum Trocknen über eine Kirchenbank. Er wischte sich die Nässe aus dem Gesicht. Dann ging er mit schwerem Gummistiefeltritt durch den Kirchenraum und machte sich an einer Anrichte zu schaffen.

Währenddessen zog Marie die nasse Jacke aus und drapierte sie neben dem Anorak des Mannes über die Kirchenbank. Sie wrang ihr Haar aus und schüttelte den Kopf ein paarmal, dass es spritzte wie bei einem nassen Hund.

„Willst du Tee?", kam es aus der Tiefe des Raums. Der Mann stand noch immer an der Anrichte, aber nun dampfte es aus einem kleinen Kochtopf vor ihm. „Ist gleich fertig." Er grinste zu ihr herüber. „Ich hab nur Kamille. Aber Hauptsache warm, würde ich sagen."

Sie nickte. Allmählich gewöhnten sich ihre Augen an das Zwielicht, das durch die verschmutzten Fenster drang. Marie nahm links und rechts ein paar altersdunkle Kirchenbänke wahr, außerdem den in Auflösung begriffenen Läufer unter ihren Füßen, der so lang wie der Innenraum war und irgendwann einmal rot gewesen sein musste. Einige verblasste Bibelszenen an den Wänden begleiteten ihren kurzen Weg nach vorn. Dann stand Marie vor dem Mann. Die Anrichte war keine, sondern der weltlichste Altar, den sie jemals gesehen hatte.

Auf einen Blick erkannte sie, dass das Holz in desolatem Zustand war: wurmzerfressen und von oben bis unten von Rissen durchzogen. Dass sie nicht längst den Altar gesprengt hatten, war vermutlich nur den Fürbitten des unbekannten Namenspatrons zu verdanken, der über diese Kapelle wachte. Der Zahn der Zeit hatte nicht viel mehr als das nackte Holz übrig gelassen, an dem nur hier und da noch Reste von Goldfarbe klebten. Das Altarbild fehlte wohl schon länger, und auch nach einem Kreuz oder anderen religiösen Insignien hielt Marie vergeblich Ausschau. Die Kerzen, die überall im Raum verteilt waren, dienten ja wohl eher praktischen Zwecken.

Dafür zierten andere Dinge den Altar. Eine Kochplatte zum Beispiel, auf der gerade Teewasser in einem Topf brodelte. Ein Radio mit CD-Player und Antenne, daneben aufgestapelt einige CD-Hüllen. Die oberste zierte ein Totenkopf, der sich harmonisch in die Umgebung einfügte. Aus einem Aschenbecher mit buntem „Loreley"-Aufdruck quollen gebrauchte Teebeutel. Maries Blick blieb an ein paar Zeitschriften gleich nebenan hängen, deren Papier sich wellte, was den Titelmädchen und ihren hervorstechendsten Eigenschaften eine ungeahnte Dynamik verlieh. Ganz zuunterst, als es eigentlich nicht mehr schlimmer kommen konnte, lag eine bekleckste Plastiktischdecke mit Osterhasenmuster.

„Der heilige Matthäus."

„Was?" Marie riss sich von den Osterhasen los.

Der Mann hielt ihr eine dampfende Tasse hin. „Matthäus", wiederholte er und wies mit dem Kopf auf eines der Wandbilder. „Das ist der Hausheilige hier. Der Oberguru sozusagen."

„Der Oberguru", wiederholte sie. Sie nahm einen Schluck und verbrannte sich die Zunge. Solche Temperaturen hätte sie der Kochplatte gar nicht zugetraut. Immerhin, sie spürte ihre Hände schon wieder.

Der Mann saß inzwischen auf den Altarstufen. Das schien er öfter zu tun, denn dort lagen ein paar Polster und Kissen, die wie alles andere hier ihre beste Zeit längst hinter sich hatten. Das war die Gelegenheit, endlich ihren Kavalier in Augenschein zu nehmen. Er war jünger, als Marie angenommen hatte – ungefähr ihr Alter, schätzte sie. Das braune Haar trug er kurz geschoren, was den Kopf und das kantige Gesicht mit den schmalen Lippen betonte; die Haut war wettergegerbt, wie es zu jemandem passte, der seine Zeit draußen bei den Toten verbrachte. Seine Hände wirkten ein wenig zu derb. Marie entschuldigte es damit, dass er hart zupacken musste. Dann traf sie ein Blick aus seinen Augen. Sie waren so dunkel wie das Holz der Kirchenbänke und noch viel älter.

Eine Melodie tänzelte plötzlich leichtfüßig quer durch die Kapelle und wieder zurück. Der Tanz der Zuckerfee. Marie hatte sich den Klingelton bei Tschaikowsky ausgeborgt; es war ihre Lieblingsmusik von Kindesbeinen an. Er passte hier besonders gut, denn Tschaikowsky war ja auch schon lange tot.

„Willst du nicht rangehen?", fragte der Mann.

„Ich weiß nicht", erwiderte Marie. „Eher nicht."

Die Zuckerfee drehte weiter ihre Pirouetten. In der Kapelle war nichts anderes mehr als diese glockenhelle Melodie zu hören. Maries Jacke, in der das Handy mit der Zuckerfee steckte, dämpfte den künstlichen Klang und ließ nur noch Musik übrig, und das machte sich ganz hervorragend in dem Dämmerlicht. Plötzlich war viel Platz zum Denken da, und Marie fiel auf, dass es ihr gut ging. Sie fühlte sich so leicht, es war hell in ihr, sie hatte keine Schmerzen und fror nicht mehr. Wer weiß, vielleicht kam eines Tages ja doch alles wieder in Ordnung.

„Hört das Gebimmel auch irgendwann wieder auf?", fragte der Mann.

Wie auf Kommando verstummte die Zuckerfee. Kapitulation.

„Geht doch", brummte der Mann. Und dann, nach einer Pause: „Setz dich. Ich tu dir nichts."

Marie stand noch immer an die Teetasse geklammert herum. Auf dem alten Steinboden zu ihren Füßen hatte sich schon eine kleine Pfütze gebildet. Sie sagte sich, dass sie nur herausfinden würde, wozu es sie in diese Kapelle verschlagen hatte, wenn sie blieb. Außerdem war das Stakkatogetrommel des Regens gegen die trüben Kirchenfenster noch lauter geworden. Marie fügte sich und nahm neben dem Mann auf den speckigen Kissen Platz.

„Adrian."

„Marie."

Schweigen und Schlürfen.

„Und was treibt Marie auf den Friedhof?"

Schulterzucken. „Ich weiß es nicht genau. Es geschieht etwas mit mir." Sie lauschte ihren Worten nach. So hatte sie es noch nie betrachtet, aber es stimmte. „Und dem muss ich nachgehen."

„Aha."

„Ich träume. Es ist nicht schön, was ich träume."

Es war so düster, da gingen einem diese Dinge leichter über die Lippen. Die marode Friedhofskapelle und die Tasse Kamillentee in der Hand halfen ebenfalls.

Adrian nickte. „Ja, sowas kommt vor. Das Leben ist kein Wunschkonzert."

Marie sah ihn verstohlen von der Seite an. Wie musste man ticken, wenn man auf einem Friedhof arbeitete? Sie wusste es nicht und ließ lieber ein bisschen Abstand zwischen sich und ihm. Fröstelnd zog sie die Schultern hoch. „Ganz schön kalt hier."

Adrian stellte die Tasse weg und stand auf. „Ich hab hinten in der Sakristei ein paar Klamotten. Nicht stadtfein, aber trocken. Komm mal mit."

Marie folgte ihm. Links neben dem Altar schälte sich aus dem Dämmer eine Tür, die sie vorher nicht bemerkt hatte. Das alte Holz stöhnte, als Adrian sie öffnete und in den stockdunklen Raum dahinter trat. Im Handumdrehen brannten dort fünf, sechs Kerzen.

Es war eher eine Rumpelkammer als eine Sakristei. Unter einer dicken Schicht aus Spinnweben und Staub schliefen alte Kirchenbänke, geborstene Grabkreuze, verwitterte Gedenktafeln, Engel mit angeschlagenen Nasen oder Flügeln und ein paar Schränke, in denen wohl früher das Zeremonialgerät für die Messe und der Kirchenschmuck untergebracht gewesen waren. Rechts neben der Tür erzählte ein elegant geschwungenes Waschbecken mit tropfendem Hahn und Patina von besseren Zeiten. Es roch nach Muff und Ewigkeit.

Adrian ergriff eine brennende Kerze und ging auf den Schrank zu, der am besten erhalten wirkte. Er besaß noch alle Türen und schien wenigstens hin und wieder vom Staub der Jahrzehnte befreit zu werden. Adrian hielt die Kerze an einen Leuchter, der daneben auf einer altersschwachen Kirchenbank stand. „Da, nimm mal."

Und schon hielt Marie den brennenden Leuchter in der Hand, während Adrian die Schranktüren öffnete. Stoff kam zum Vorschein.

„Such dir was aus. Wird dir alles zu groß sein. Ich bin auf Damenbesuch nicht vorbereitet." Adrian grinste.

Er versuchte, nett zu sein. Das war nicht verboten. Marie lächelte zurück. „Macht nichts. Hauptsache trocken."

Adrian nickte und kehrte zurück in den Kapellenraum. Die Tür ließ er eine Handbreit offen. Marie war es recht; sie wollte in dieser Gruft nicht allein sein. Nach ein paar Augenblicken floss durch den Spalt Licht in die Sakristei. Adrian musste auch am Altar ein paar Kerzen angezündet haben.

Als sie sich wieder zu ihm gesellte, machte er sich eben wieder an der Kochplatte zu schaffen. Marie trug nun einen dicken grauen Strickpullover, in dem sie fast ertrank, und einen verwaschenen Blaumann, dessen Beine sie hochgekrempelt hatte.

„Es gibt noch mal Tee", brummte Adrian nach einem Seitenblick auf Marie.

Sie wusste es zu schätzen, dass er ihren Aufzug nicht kommentierte, und setzte sich wieder auf die Altarstufen. Jetzt, da es heller war und sie nicht mehr fror, wirkte alles gleich viel gemütlicher – vor allem, wenn man an draußen dachte. Sie ließ den Blick durch den Kapellenraum schweifen. Die Heiligenszenen an den Wänden sahen im flackernden Kerzenschein sehr lebendig aus, auch wenn hier und da die Farbe schon verblasst war oder ein Stück Putz fehlte. Einen Märtyrer beobachtete sie dabei, wie er in heißem Öl gesotten wurde. Er ertrug es stoisch, und ein anderer lachte gar, während ihm die Heiden mithilfe einer praktischen Kurbelvorrichtung die Gedärme aus dem Leib drehten. Der Künstler hatte viel Freude am Detail gehabt.

Der Tee war fertig. Adrian reichte Marie ihre Tasse und ließ sich mit seiner eigenen in der Hand auf seinem alten Platz neben ihr nieder.

Diesmal war sie gewarnt und trank nicht gleich. „Und du bist hier also der Friedhofsgärtner?", fragte sie und pustete in die Tasse.

„Mädchen für alles", erwiderte Adrian. „Der Friedhof steht unter Denkmalschutz, und ich sehe zu, dass er nicht völlig verkommt. Ist eine Heidenarbeit. Du wirst am einen Ende fertig und fängst am anderen wieder an."

„Und was heißt das? Kreuze polieren und Gräber ausheben?"

Er schüttelte den Kopf und schlürfte todesmutig. „Hier kommt schon lange niemand mehr unter die Erde. Die letzte Beerdigung ist ein paar Jährchen her. Ich hab trotzdem viel zu tun. Die Wege von Unkraut freihalten, abgebrochene Äste wegräumen, Schäden an den Gräbern begutachten, Knochen einsammeln …"

„Knochen einsammeln?"

„Klar. Der Boden arbeitet und treibt immer mal wieder ein paar übrig gebliebene Knochen nach oben. Die verrotten hier nicht alle, das liegt an der säurehaltigen Erde. Vor allem nach solchen Regengüssen wie heute ist es schlimm. Morgen muss ich wieder ran, alle Gräber abgehen. Das ist dann so ein bisschen wie Pilzesuchen." Er zuckte mit den Schultern.

„Und was machst du mit den Knochen?" Marie drehte die Tasse zwischen den Händen. Sie wagte noch immer nicht zu trinken.

Wieder Schulterzucken. „Wegen der Totenruhe muss ich sie aufheben. Aber keiner von ihnen dürfte noch Angehörige haben, deshalb ist es eigentlich egal. Ich hab ein paar alte Särge genommen, da liegen sie jetzt drin." Ihm kam ein Gedanke. „Willst du mal sehen? Sie stehen in der Sakristei …"

„Lass mal", winkte Marie ab. „Ich glaub's dir auch so." Wieder Pusten. „Mich interessiert eher, wie man zu dieser Arbeit kommt. Ich meine – das ist doch ein bisschen schräg. Warum trägst du nicht Zeitungen aus oder suchst dir einen ordentlichen Job?"

„Was ist denn ein ordentlicher Job?", fragte Adrian interessiert.

„Na ja", erwiderte Marie, „der Beruf, den du gelernt hast. Bankkaufmann oder Arzt oder meinetwegen Hutmacher, wenn's das noch geben sollte." Sie fasste sich endlich ein Herz und trank. Gefahr erkannt, Gefahr gebannt.

„Aber ich habe nichts gelernt." Adrian prostete ihr mit der Tasse zu. „Deshalb ist wohl auch nichts Ordentliches aus mir geworden. Nur der Quasimodo dieses Friedhofs."

„Und wie wird man Quasimodo?" Marie ließ nicht locker. „Dazu muss es doch eine Geschichte geben. Es gibt immer eine Geschichte." Sie trank noch einen Schluck. „Ich meine – nicht jeder könnte auf dem Friedhof arbeiten. Dazu muss man eine Neigung haben. Man muss zumindest gern draußen sein." Ihr fiel die CD ein. „Oder bist du Totenkopffetischist?"

Adrian lachte. Es sah aus, als hätte er noch eine Kerze angezündet. Die hier gab besonders viel Licht. Er war ihr völlig fremd und von einer Sekunde auf die andere vertraut wie ein Bruder. Mindestens.

Liebe Marie, reiß dich zusammen. Alles, was du jetzt brauchst, ist Ruhe und Zeit zum Nachdenken. Bestimmt bist du deshalb auf diesem Friedhof gelandet – um dich zu besinnen und nicht, weil das Schicksal dich einem Knochensammler in die Arme treiben wollte. Finger weg von dem Knaben, der Platz ist noch nicht wieder frei. Mal abgesehen davon, dass du mit diesem Zitronenfalter alle Hände voll zu tun hast. Und mit ein paar anderen Kleinigkeiten dazu.

„Nein", sagte Adrian, und die Kerze ging wieder aus. „Knochen und Schädel sind mir ziemlich egal. Ich brauchte eine Aufgabe, und das hier hat sich so ergeben. Seitdem bin ich hier."

„Und wie lange ist das: seitdem?", fragte Marie.

„Schon immer."

Sie sah ihn verwundert an. „Aber das hier ist doch keine Lebensstellung. Das macht man mal vorübergehend, und dann … Du kannst doch nicht ewig hier bleiben."

„Wieso kann ich nicht?" Sein Tonfall änderte sich. Ein bisschen Freundlichkeit war weg.

Marie starrte in ihre Tasse. Warum sollten sie sich streiten. Sie gab sich einen Ruck. „Es geht mich ja eigentlich nichts an. Vergiss es."

Eine kleine Weile war es still in der Kapelle – so still es eben sein konnte, während der Regen gegen die Fensterscheiben trommelte, ständig irgendwo Holz knarzte und hier und da ein brennender Docht zischte. Dann, mitten in das Ächzen des alten Gemäuers hinein, meldete sich die Zuckerfee wieder zu Wort.

Adrian wies mit einer Kopfbewegung hinüber zu Maries nasser Jacke. „Willst du nicht rangehen? Vielleicht ist es wichtig."

Marie schüttelte den Kopf. „Ich will's nicht wissen."

„Das geht dich wohl auch nichts an?"

Er lernte schnell. Sie nahm Zuflucht zu einer Gegenfrage. „Meinst du, der Regen hört bald auf? Ich kann doch nicht ewig hier bleiben."

Die Zuckerfee hatte diesmal einen wesentlich kürzeren Atem und blieb mitten in der nächsten Pirouette stecken. Einen oder zwei Augenblicke später piepste es. Marie musste nicht nachsehen, um zu wissen, was Matti schrieb. Wo bist du? Ich mache mir solche Sorgen. Bitte komm zurück. Etwas in dieser Art.

Hier sitze ich und kann nicht anders. Vielleicht wird man ja wunderlich, wenn man jede Nacht mit einem Zitronenfalter Fangen spielt. Wenn man ein Kind verliert und sich gleich mit dazu. Wenn man einfach keine Wurzeln im Leben schlägt. Wenn man Marie ist, die in den Wolken wohnt.

Adrian nahm Marie die leere Tasse aus der Hand und stand auf. „Du scheinst es ja mit der Ewigkeit zu haben", sagte er, während er zum Altar zurückging. „Da bist du hier richtig. Von mir aus kannst du bleiben. Du störst mich nicht. Und die anderen wohl auch nicht." Er wies mit dem Kopf Richtung Friedhof. „Was den Regen betrifft … in einer Viertelstunde ist er vorbei. Höchstens."

„Woher weißt du das?"

Hoffentlich hatten sie hier eine Toilette, denn Adrian füllte die Tassen nun zum dritten Mal. Er zuckte die Achseln. „Ich weiß es eben."

„Hast du einen besonders guten Draht nach oben?"

Adrian kehrte mit den dampfenden Tassen zurück. „Wo, wenn nicht hier? Kleiner Dienstweg sozusagen."

Sie lachten beide, während Marie ihren Tee in Empfang nahm. Auf diesem Friedhof ging es überhaupt recht heiter zu.

„Das eben war kein Spaß", sagte Adrian. „Ich meine das ernst. Walpurgis steht vor der Tür, wir können jede Hilfe gebrauchen. Bleib, wenn du willst."

„Was passiert denn an Walpurgis?", fragte Marie vorsichtig. „Ist das nicht ein Hexenfest?"

„Wir feiern die Feste, wie sie fallen", antwortete er. „Walpurgis ist die Nacht zum ersten Mai. Frühling. Auferstehung." Er zwinkerte ihr zu. „Wenn du weißt, was ich meine."

Spinnenfinger krochen über Maries Nacken. Die Härchen stellten sich auf, eines nach dem anderen. Das Flackern der Kerzen wirkte nicht mehr so freundlich. Es warf Schatten an die Mauern der Kapelle, als geisterten hier die Seelen all der Toten da draußen umher. Marie trank schnell einen Schluck Tee gegen das Frösteln. „Ich weiß es nicht, und ich will es auch gar nicht wissen, glaube ich."

„Wenn du bleibst, wirst du wohl nicht darum herumkommen", erwiderte Adrian ungerührt. „Und du willst doch bleiben, oder?"

Ein eindringlicher Blick traf sie, und wieder fragte sie sich, warum sie dieses Gefühl der Vertrautheit nicht abschütteln konnte. Sie wusste doch, dass sie diesen jungen Mann noch nie getroffen hatte. „Ja", erwiderte sie zögernd und blies in ihren Tee. „Ich denke schon. Da drüben hält mich nichts … niemand."

„Dachte ich mir." Adrian nickte. „Wobei man manchmal vielleicht auch zu streng ist mit denen, die einem am nächsten stehen."

„Mir steht niemand am nächsten", blaffte Marie.

„Hui", sagte Adrian. „Das klingt nach schlechter Laune und schlechter Energie. Das kannst du dir hier sparen."

„Wieso? Macht ihr hier auf heile Welt?"

Der Regen klatschte unvermindert heftig gegen die blinden Kirchenfenster, und in immer kürzeren Abständen dröhnte der Donner über die Kapelle hinweg. Keine Frage, jemand da oben ließ die Muskeln spielen – oder war das der Zitronenfalter, der wieder einmal mit nur einem Flügelschlag eine Naturgewalt heraufbeschworen hatte? Marie wusste es nicht. Sie wusste nur, dass es sicher kein Spaß wäre, jetzt aus der Kapelle geworfen zu werden, nur weil sie sich nicht hatte benehmen können. Die Welt da draußen war im Moment alles andere als heil.

Warum fahre ich die Krallen aus? Er hat mir doch nichts getan. Matti vielleicht – der schon. Ja, und der Zitronenfalter und das Schicksal und meine Mutter und mein Sohn, der erst gar nicht zu mir kommen wollte. Auf sie alle kann ich guten Gewissens böse sein. Aber doch nicht auf Adrian.

„Ich hab's nicht so gemeint", sagte sie, ohne den Blick von der Teetasse zu heben.

„Und ob du's so gemeint hast", entgegnete Adrian. „Aber was soll's. Wenn du bleibst, kannst du dich hier in unserer heilen Welt ja mit Gräberschaufeln abreagieren. Wirkt Wunder gegen Wut."

„Welche Wut?"

„Deine auf den Rest der Welt."

Marie schnaubte leise. „Was weißt denn du davon."

„Jede Menge."

Sie hob den Kopf. „Von meiner Wut?"

Adrian zuckte die Achseln. „Nein. Aber von meiner. Und ich erkenne sie, wenn ich sie an jemand anderem sehe."

„Du bist wütend?", fragte sie verblüfft, so als hätte sie allein das Monopol darauf. „Und warum?"

„Ich hätte gern ein Leben gehabt. Und nicht das hier."

Wieder diese Spinnenfinger in Maries Nacken. Sie wischte sie mit ihrer warmen Teetassenhand weg. „Was hindert dich daran, irgendwo da draußen nochmal neu anzufangen?"

Er lachte leise, aber es klang nicht sehr froh. „Neu anfangen? Wie denn? Das hier ist Friedhof – letzte Station. Das passt nur ans Ende des Lebenslaufs."

Merkwürdige Leute sind das hier. Ergeben und trotzig und traurig. Vielleicht lässt sich der Tod ringsherum nicht anders aushalten. Vielleicht fängt man irgendwann an, ihn wie einen lästigen Nachbarn zu ertragen, mit dem man eben leben muss. Schicksalsgemeinschaft …

„Das Schicksal ist ein Arschloch", sagte Adrian sachlich.

„Wie bitte?"

Er nickte. „Ist doch so. Freie Entscheidung? Zufall? Ich lach mich tot …" Er schüttelte den Kopf. „Nein. Ich sitze hier fest und komme nicht mehr weg."

„Du redest wie ein alter Mann", sagte Marie. Nach einem Blick durch die Kapelle fügte sie hinzu: „Dafür hast du's dir hier wenigstens gemütlich gemacht. Totenkopf-CDs, Herrenmagazine, Kamillentee – Herz, was willst du mehr?"

Sie mussten beide lachen. Endlich.

„Kennst du Rose?", unterbrach Marie nach einer Weile das schlürfende Schweigen.

„Soll das ein Witz sein?", entgegnete Adrian. „Wir kennen uns besser, als uns manchmal lieb ist."

Seltsamer Spruch. Aber sie wunderte sich über gar nichts mehr. „Wir sind uns vorhin am Schmetterlingsgrab begegnet."

„Na, dann bist du ja schon mit der Thematik vertraut."

„Mit welcher?", fragte Marie vorsichtig. Es gab hier so viele Thematiken, man kam leicht durcheinander.

„Selbstmitleid", antwortete er. „Angst. Und zu guter Letzt: Nichtloslassenwollen."

Er stand auf, um die Tassen auf den Altar zu stellen. Wo er sie zu spülen gedachte, blieb sein Geheimnis. Mit Blick auf das Altarbild des heiligen Matthäus, der sehr anschaulich sein Leben auf einem Scheiterhaufen aushauchte, sagte Adrian: „Das Schmetterlingsgrab. Rose pflegt es seit weit über dreißig Jahren. Es ist die einzige Verbindung zu ihrer Tochter. Wie eine Nabelschnur, sagt sie. Nur, dass es eben das Gegenteil davon ist …"

„Was ist denn mit ihrer Tochter passiert?", fragte Marie.

„Frag sie selbst bei Gelegenheit. ‚Das Schicksal hat uns getrennt', sagt sie immer. Es war ein Unglück. Rose wollte es lange nicht wahrhaben, dass sie ihre Kleine nie wiedersehen würde. Irgendwann hat sie dann wohl ein Grab gebraucht, zu dem sie gehen kann. Eines, das niemandem sonst gehört."

Marie zog die Schultern hoch. „Eigenartige Geschichte. Ist sie oft dort?"

„Jeden gottverdammten Tag."

Marie lachte das Frösteln weg und wechselte gekonnt das Thema. „Du bist so ziemlich der weltlichste Friedhofsgärtner, der mir jemals begegnet ist."

„Und wie viele waren das bisher?", fragte Adrian.

„Du – und …" Der Fetzen einer Erinnerung streifte Marie, doch sie bekam ihn nicht zu fassen. Es war nur eine Ahnung, ein Hauch, der sie anwehte und gleich wieder verflog. Kein Bild, kein Gesicht, nur ein Gefühl. Gemütlichkeit und Frieden.

Ich weiß ja nicht mal mehr, was das ist. Und ich bin so müde. Keine Gewissheiten mehr, nur Fragen und Leerstellen. Kein Stein mehr auf dem anderen. Genau das Richtige für Matti. Nur nicht für mich.

Adrian schien seine Frage schon vergessen zu haben. Er reckte den Hals, hielt den Atem an und lauschte. „Es hat aufgehört zu regnen!", verkündete er. „Ich hab's dir ja gesagt!"

Marie hatte plötzlich einen schalen Geschmack im Mund. Von einem Moment auf den anderen verließ sie der Mut, der sie hierher geführt hatte, und alles, was übrig blieb, war Verzagtheit und Furcht. Fremd, überall war sie fremd – in dieser Kapelle genauso wie im eigenen Leben. Es gab keine Vertrautheit, nirgends, bei niemandem. Vertraut war nur das Fremdsein. Das kannte sie gut. Und jedesmal nahm sie die Beine in die Hände und lief.

„Schön, dann werde ich jetzt mal wieder gehen", sagte sie matt und stand auf.

„Wohin denn?", fragte Adrian.

Sie schwieg.

„Wenn das so ist, dann weiß ich was Besseres", sagte er und erhob sich ebenfalls. „Wir haben noch jede Menge zu tun vor Walpurgisnacht. Und du wirst uns helfen."

Sie protestierte nicht, sie stimmte nicht zu. Sie stand einfach nur da, unfähig, sich zu rühren, wie ein Schmetterling, der von einem Gewitter überrascht worden war. Er musste nun den Regen aushalten, weil seine Flügel nichts auszurichten vermochten gegen diese Gewalt. Es gab keinen Fluchtweg. Kein Entrinnen. Keinen Plan B.

Adrian legte ihr die Hand auf die Schulter. „So schlimm wird's nicht werden. Und eines musst du immer wissen …"

Sie sah ihn fragend an.

„Schmetterlinge fliehen nicht. Sie fliegen."

5

„Hast du die richtige Bürste?", rief Adrian ihr über einen pummeligen Marmorengel hinweg zu. „Dann mal los. Alles muss runter – das Moos, die Flechten und was sonst noch so auf dem Ding wächst. Sonst nimmt der Stein das Gold nicht an."

Marie beugte sich über den wuchtigen Sarkophag, auf dem sie kniete. Sie trug wieder den Blaumann und einen verwaschenen Faserpelz, und ihre Füße steckten in Gummistiefeln, die mindestens zwei Nummern zu groß waren – alles freundliche Leihgaben von Adrian. Die dunklen Kraushaare hatte sie mit einem Kopftuch gebändigt. Sie musste aussehen wie die Gänseliesel aus dem Märchen, aber Adrian schien es ebenso wenig zu stören wie die Toten.

Sie tauchte die Bürste in den Eimer mit warmem Wasser, der neben ihr stand, und begann, den schwarzen Marmor zu bearbeiten. Frühjahrsputz auf dem Friedhof war Knochenarbeit. Im Klartext hieß das nämlich abgebrochene Äste und altes Laub einsammeln, windschiefe Kreuze und Stelen zurechtrücken, abgefallene Tafeln wieder anbringen, verwitterte Grabsteine reinigen und verblasste Inschriften nachvergolden.

Nach dem Regen hatte es endlich aufgeklart. Die Vögel zwitscherten, was das Zeug hielt, während Eichhörnchen im Frühlingsfreudentaumel die Bäume hinauf und hinunter jagten. Einige Besucher hatten sich eingefunden und belegten die Bänke oder spazierten zwischen den Grabsteinen umher. Das Leben war nach dem langen Wintergrau auf einmal wieder so abartig schäfchenwolkenleicht.

Marie zählte sich nicht mehr zu jenen, die nur zur Stippvisite vorbeikamen. Sie wollte bleiben. Sie gehörte auf den Friedhof, als wäre er zu Hause. Ihr ging es gut hier, und das Drüben jenseits der Mauer war fern, so fern. Sie brauchte keine Medikamente, keine Ärzte und keinen Matti. Sie brauchte das hier, was immer es war. Sogar die Narbe verhielt sich ruhig, auch wenn da vielleicht etwas nur schlief. Marie fragte nicht danach.

Dieser Friedhof wirkte besser als jede Medizin, jedes Krankenhaus. „Dazwischenort" hatte Rose ihn genannt, und so kam er Marie auch zunehmend vor – nicht ganz von dieser Welt und doch ziemlich irdisch. Nach und nach wurden ihr die Kapelle, die Gräber, die Haupt und Nebenpfade, die Zapfstellen für das Gießwasser vertraut, und sie fand sich immer besser zurecht. Grabmale eigneten sich wunderbar als Wegweiser: hier der Sensenmann und dort das kleine Mausoleum – diese Bilder prägten sich leichter ein als jeder Plan auf dem Papier. Bald fiel es Marie ganz leicht zu sagen, wo sie sich gerade befand und wo die Kapelle lag. Denn die Kapelle war das geheime Herz des Friedhofs. Hier fanden sie das Werkzeug und alles andere, was sie für die Arbeit brauchten, und hierher kehrten sie stets zurück.

Marie hatte als Erstes verrottetes Laub vom Vorjahr zusammengerecht, ein paar Dutzend Mal den Schubkarren damit gefüllt und es auf den Kompost geschafft. Das Rechen war die reinste Meditation – sie fand, dass auch Matti es dringend ausprobieren sollte. Man musste im Hier und Jetzt und ganz gegenwärtig sein, um gleichmäßig Druck auf den Rechen auszuüben, damit er nirgends hängen blieb und genug Laub aufnahm. Außerdem durfte man nicht zu viel und nicht zu wenig dabei denken und eben nur das, was gut für das Rechen war. Dazu das immergleiche, satte Geräusch der Zinken, die durchs Gras pflügten, und die Befriedigung, wenn eine Stelle gänzlich vom Laub befreit und für den Frühling bereit war … Kon-Zen-tra-tion, dachte Marie und klopfte sich selbst innerlich auf die Schulter. Auch ihr Humor war wieder da.

Die Zuckerfee hatte noch ein paarmal getanzt, aber nun drehte sie keine Pirouetten mehr. Eher beiläufig wunderte sich

Marie über Mattis Zurückhaltung. Er rief nicht an und kam sie auch nicht suchen, obwohl er von dem Friedhof wusste. Ob er begriffen hatte, dass sie das hier ohne ihn tun musste? Dass sie in Zukunft so einiges ohne ihn würde tun müssen und vielleicht ja sogar alles? Und dass sie das nur hier und an keinem anderen Ort herausfinden konnte?

Nach dem großen Regen wirkte der Himmel wie blankgewaschen. Alle Wolken zerstoben, und es blieb nur Licht, Licht, Licht übrig. Deshalb sollte es nun an die Generalüberholung der Grabinschriften gehen. „Das ist was für zarte Hände, das machst du", hatte Adrian verfügt.

Bevor die verblassten Inschriften nachgezogen werden konnten, mussten die Grabsteine von sämtlichem Bewuchs gesäubert werden. Doch Marie kam mit ihrem Sarkophag kaum voran. Sie musste an Sisyphus denken, während sie verbissen den schwarzen Stein mit der Bürste bearbeitete.

„Geht das auch mit Gefühl?", rief Adrian, der inzwischen drüben vor dem Sandsteinkreuz kniete. „Du verkratzt ja den Marmor! Das mag er gar nicht!"

Marie wischte sich mit dem Handrücken über die Stirn. Mit Gefühl … Das war nicht gerade ihre Königsdisziplin.

„Marmor ist ein Weichgestein", dozierte Adrian. „Da geht gar nichts mit Drahtbürste und Gewalt. Und pass auf, dass die Gummistiefel keine Schrammen machen!" Er schüttelte den Kopf, tauchte den Schwamm ins Wasser und widmete sich wieder seinem Sandsteinkreuz.

Marie fasste den Marmor, auf dem sie kniete, ins Auge – hatte er Geheimnisse, von denen sie nichts ahnte? Bei näherer Betrachtung entdeckte sie helle Äderchen in der schwarzen Oberfläche. Sie fuhr mit der Hand darüber. Der Stein war kühl und glatt, doch an vielen Stellen hatte ihm die Witterung der letzten hundert Jahre zugesetzt, und feine Risse hatten sich gebildet, in denen Flechten und Moose nisteten. Sie mussten weg, ebenso wie der Efeu, der am Kopfteil des Sarkophags emporrankte und schon über die Oberkante kroch. „Das kann in ein paar Jahren den ganzen Stein sprengen, wenn er nicht hart genug ist", hatte Adrian gesagt.

Überhaupt hatte er einiges gesagt. „Du kannst in der Sakristei hinten schlafen", zum Beispiel. „Aber ich warne dich – es ist kalt, dreckig und feucht. Bisher hat es da keiner lange ausgehalten. Und wenn du im Weg rumstehst oder nicht arbeiten willst oder jammerst, bist du schneller wieder draußen, als du bis drei zählen kannst."

Sie hatte zu allem genickt. Selbst als sie das Kämmerchen sah, schluckte sie nur kurz. Alles, was sie wusste, war, dass sie hier sein musste. Es war eine Gewissheit, die sich nicht einmal von Moder, Spinnweben und ans Tageslicht strebenden alten Knochen ins Bockshorn jagen ließ. In dem winzigen Raum fanden mit Mühe und Not ein Bettgestell mit einer durchgelegenen Matratze und eine wurmstichige Kommode Platz. Es gab eine winzige Fensterluke, die sich wider Erwarten öffnen ließ, und nachdem Marie eine Weile gelüftet hatte, konnte man wieder unbeschadet durch die Nase atmen. Unterdessen hatte sie geputzt und gewischt, den Schimmel aus den Zimmerecken gekratzt und allerlei altes Gerümpel in die Aschentonne geworfen.

Beim Ausmisten hatte sie einen roten Plastikbehälter gefunden, in dem irgendwann einmal ein Grablicht gebrannt hatte. Sie füllte ihn mit Wasser und stellte einen Gänseblümchenstrauß hinein. Die improvisierte Blumenvase erhielt einen Ehrenplatz auf der Kommode, und als Marie auch noch einen alten Schlafsack von Adrian auf dem Bett ausgebreitet hatte, sah es fast schon wohnlich in ihrer kleinen Zelle aus.

Adrian kam und besichtigte ihre Bleibe. Kleine Staubkörner tanzten im Sonnenlicht, das zum ersten Mal seit Jahrzehnten wieder durch die gesäuberte Fensterluke in den Raum fiel. „Na, dann mal an die Arbeit", war alles, was er dazu zu sagen hatte. Und Marie zierte sich nicht und fasste tüchtig mit an, nun, da es ihr so viel besser ging und sie neue Kraft spürte. Adrian sollte es nicht bereuen, dass er sie auf dem Friedhof aufgenommen hatte.

Er fragte nicht, was sie hierher getrieben hatte. Immerhin schien er sie irgendwie zu mögen – er verzieh ihr ihre linken Hände. „Du kannst nichts dafür", sagte er. „Du bist eine Frau." Jedem anderen hätte sie dafür die Rote Karte gezeigt. Ihm nicht. Sie fühlte sich ihm seltsam verbunden. Er war ihr so vertraut, als hätten sie miteinander die Schulbank gedrückt. Nein, weiter zurück, als wären sie Gefährten von Kindesbeinen an gewesen … Aber auch daran hatte sie keine Erinnerung. Natürlich nicht. Es gab keine.

Als sie sich in ihrer Zelle zum ersten Mal auf dem maroden Bettgestell ausstreckte und der Kapelle beim Flüstern über die alten Zeiten zuhörte, half es zu wissen, dass Adrian ein paar Schritte entfernt im Geräteschuppen schlief. Sie dachte an ihre erste Begegnung: Er hatte in der Kapelle Tee für sie gekocht und ihr trockene Kleider gegeben, er hatte die richtigen Fragen gestellt und an den richtigen Stellen geschwiegen, und später hatte er ihr erlaubt zu bleiben. Er schien immer zu wissen, was zu tun war. Dann dachte sie an Matti und stellte sich beide nebeneinander vor. Es war ein unfairer Wettbewerb. Adrian konnte gar nichts falsch machen, weil Matti das schon erledigt hatte.

„Komm bloß nicht auf die Idee, mit Chemie an die Steine zu gehen", platzte Adrian in ihre Gedanken. Es klang wie ein Selbstgespräch, denn er hatte nur Blicke für sein Sandsteinkreuz. Mittlerweile war er am Querbalken angelangt, der schon aus der Entfernung arg mitgenommen wirkte. Zu Verdauungszwecken legte der eine oder andere Vogel dort augenscheinlich gern eine Zwischenlandung ein.

„Auch nicht mit Säure oder einem Hochdruckreiniger", fuhr Adrian schrubbend fort. „Alles Gift. Mit Wasser kannst du dagegen nichts falsch machen. Kernseife oder unser Spezialgemisch ist auch erlaubt. Zum Beispiel für ganz schwere Fälle wie Vogelschiet."

„Spezialgemisch?", fragte Marie von ihrem Sarkophag herab. „Was ist da drin?"

„Das soll Siegfried dir erklären", erwiderte Adrian und wies mit dem Kopf auf den Pfad hinter sich, ohne von seinem Kreuz abzulassen.

Marie blickte über die Schulter und fuhr zusammen. Sie hatte niemanden kommen gehört. Woher wusste Adrian, dass dort nun ein Mann stand? Er war mittelgroß und stand leicht gebeugt da, einen Gehstock in der Hand und einen mürrischen Blick im Gesicht. Das schlohweiße Haar loderte ihm ungekämmt um den Kopf. Es wirkte, als würde er sie schon eine Weile anstarren.

Sie nickte ihm zu. „Grüß Gott."

Der Alte brummte etwas zu sich selbst, das sie nicht verstand. Dann wandte er sich an Adrian: „Lasst ihr also jetzt Frauenzimmer an die Gräber?"

„Ja."

„Hm."

„Das ist schon in Ordnung. Sie hilft uns."

„Weibsbilder stiften nur Unruhe", sagte Siegfried. „Die hat der Teufel gesehen."

Adrian lachte. „Die Totenruhe wird sie schon nicht stören."

„Und an dem Marmor fuhrwerkt sie herum, als wäre es ordinärer Granit. Zerkratzen wird sie ihn!"

„Entschuldigung", sagte Marie kleinlaut.

„Kümmere dich nicht darum", sagte Adrian. „Siegfried ist Steinmetz a. D. und außerdem ein Grantlhuber. Alles weiß er besser. Trotzdem gehört er dazu. Er ist unser Chefvergolder. Ist doch so, oder, Siegfried?"

Der alte Mann brummte etwas Unverständliches, ohne das Weibsbild aus den Augen zu lassen.

„Erzähl ihr von unserem Spezialgemisch", schlug Adrian vor und wandte sich wieder seinem Kreuz zu. Der Querbalken wollte einfach nicht sauber werden. „Du weißt schon – das für die ganz hartnäckigen Fälle." Er deutete mit dem Schwamm nach oben, Richtung Himmel.

„Hm", machte Siegfried, etwas milder gestimmt, weil sein Sachverstand gefragt war. „Aber das ist kein Weiberkram, das sag ich dir gleich, Fräulein! Das ist hohe Kunst!"

Marie nickte verständnisvoll. Die Frauen mussten Siegfried übel mitgespielt haben. „Was hat es denn mit dem Spezialgemisch auf sich?", schmeichelte sie.

„Sie soll sich nur ja nicht einbilden, dass ich ihr das Rezept verrate!", fuhr Siegfried fort, als wäre sie gar nicht da. „Das wird vom Vater auf den Sohn vererbt und bleibt in der Familie. Und damit basta."

Adrian verdrehte die Augen. „Na, nun mach es mal nicht so spannend, Siegfried. Es ist nur ein Rezept."

„Und geheim", beharrte Siegfried.

„Wenn du weiter so biestig zu ihr bist, dann wird sie gar nichts mehr von deinem Spezialgemisch wissen wollen!" Adrian zwinkerte Marie über den pummeligen Engel hinweg zu. „Er ist nämlich in Rose verliebt. Alte Liebe rostet nicht. Aber sie will nichts von ihm wissen. Deshalb ist er so schlecht gelaunt. Immer."

Siegfried wurde noch knurriger, falls das überhaupt möglich war. „Wie gesagt, es ist ein sehr altes Steinmetzrezept", brummte er. „Ich weiß nicht, wie alt es ist, aber ich habe es schon von meinem Vater gelernt und der wieder von seinem und so weiter. Jedenfalls muss der Stein vorher ganz sauber und trocken sein. Am besten wäscht man ihn mit Wasser ab." Er hob mahnend den Finger. „Aber nur mit einer weichen Bürste oder mit einem Schwamm, Fräulein!"

Als Marie nickte, fuhr Siegfried versöhnlicher fort: „Aufgemerkt, jetzt kommt es. Das Geheimnis liegt im Anstrich. Wenn man es richtig macht, kann man den Stein imprägnieren, damit er nicht so schnell verwittert."

Marie fragte: „So wie einen Regenmantel?"

In den Augen des alten Mannes blitzte es auf. Ein Frauenzimmer, das mitdachte! „Ja, wie einen Regenmantel. Man erhitzt Bienenwachs und versetzt es mit warmem Terpentin. Natürlich kennt niemand außer den Eingeweihten das Mischungsverhältnis." Siegfried lächelte fein. Offenbar zählte er von den Anwesenden nur sich selbst zu diesem erlesenen Kreis. „Jedenfalls muss das Ganze immer flüssig bleiben. Man kann zum Beispiel ein Stövchen und ein Teelicht nach draußen mitnehmen. So macht es der Junge immer." Siegfried wies mit dem Stock zu Adrian hinüber. „Und dann bringt man es mit einem groben Pinsel direkt auf den Stein auf. Aber das hast du wohl bei dem Kreuz da vergessen, was, Junge?"

Adrian nickte. „Ja, hab ich wohl. Kommt nicht wieder vor. Das hier mache ich nicht noch mal mit. Ab jetzt pinseln wir sie alle ein."

Siegfried kratzte sich am Kopf. „Es gibt da übrigens noch ein Rezept …"

„Noch eins?", fragte Marie. Sie fand sich als Souffleuse eigentlich recht überzeugend.

„Ja, Mädchen, das waren schlaue Steinmetze früher. Die haben sich was überlegt. Chemie hatten sie ja noch nicht. Außerdem zerfrisst die dir sowieso nur den Stein."

Siegfried wurde immer redseliger und vergaß für einen schwachen Moment sogar seine Abneigung gegen das weibliche Geschlecht. Er sprach über Anstriche aus Lein- oder Mohnöl, die man je nach dem zu behandelnden Stein mit Terpentin verdünnen müsse. Gerade bei weicheren Gesteinsarten, die mehr unter der Witterung litten, wie etwa Sandstein (ein Nicken an Adrians Adresse) oder Marmor (nun zu Marie hinüber), empfehle sich diese Behandlung. Es sei natürlich mit einer Dunkelfärbung des Steines zu rechnen, aber die gehe vorüber. Am besten wiederhole man diese Vorgehensweise alljährlich. All das wüssten im Übrigen nur noch die alten Steinmetze. In den neuen Lehrbüchern stehe nichts mehr davon, und so sei zu befürchten, dass diese Geheimnisse bald unwiederbringlich verloren seien. „Wenn mich mal die Englein holen kommen, dann weiß es so gut wie keiner mehr."

Adrian widersprach: „Dich kommen die Englein nicht mehr holen. Todsicher."

Der Alte schien seine Meinung über Marie plötzlich geändert zu haben. Sicher, sie war nur eine Frau, aber sie konnte zuhören, und sie gab auch fast keine Widerworte. „Schau dir nur mal den Sarkophag da unter dir an", sagte er zu ihr. „Das ist ein Meisterstück, das können sie heutzutage gar nicht mehr: Siehst du, wie der Steinmetz das Kissen gearbeitet hat, auf dem die Grabtafel aufliegt? Jede Falte erkennt man, es wirkt ganz natürlich. Hier hat er ein wenig gepatzt, man sieht noch den Ansatz des Schrifteisens. Aber es ist eben von Hand gehauen, nichts vom Fließband, und alles aus Naturstein."

Um einen Blick auf die Grabtafel zu werfen, kroch Marie zum Fußende – vorsichtig natürlich, um den Marmor und ihre junge Bekanntschaft mit Siegfried nicht zu beschädigen. Die goldenen Lettern waren schon fast verblasst und kaum noch zu lesen. Bisher hatte sie sich nicht für die Person interessiert, die da unter ihr lag. Nun versuchte sie sich an der Entzifferung der Frakturschrift. Es waren zweimal drei Zeilen. Offenbar handelte es sich also um zwei Personen: In der ersten Zeile standen jeweils Vor und Nachname, in der zweiten die Lebensdaten und in der dritten …

„R – E – N – T – I – E – R", buchstabierte Marie. Sie hob die Augenbrauen. „Rentier?" Und drei Zeilen weiter unten las sie, nun schon flüssiger und noch viel verständnisloser: „Rentiersgattin." Pause. „Rentiersgattin???"

Ein Leuchten flutete das Gesicht des alten Griesgrams. Man sah ihm an, dass er es lieber weggebissen hätte wie vermutlich so manchen Lehrjungen, damals, in seiner aktiven Zeit. Aber das Leuchten war stärker und kletterte in Windeseile von den Augen über die Nase hinunter zu den verkniffenen Mundwinkeln. Dort angekommen, zog und zerrte es an den schmalen Lippen, bis sie in der Mitte auseinander rissen und der Alte in das fistelndste Gelächter ausbrach, das Marie jemals gehört hatte. Stoßweise kam es aus seinem Mund, und seine Schultern hoben und senkten sich im Takt dazu. Es ließ an einen mittelschweren Asthmaanfall denken.

Nach einer Weile ebbte der Lachkrampf ab, und Siegfried fasste sich wieder. „‚Rentier' sagt sie. ‚Rentier'! Hast du das gehört, Junge?" Er zog ein großes weißes Taschentuch aus der Manteltasche und wischte sich damit über die Augen. „Mädchen, das ist Französisch und kommt von ‚Rente'! Der Mann musste nicht arbeiten. Und seine Frau Gemahlin auch nicht." Bei der bloßen Vorstellung, dass hier ein skandinavischer Hirsch mit seiner Kuh begraben liegen könnte, drohte ihn ein weiterer Anfall zu übermannen. Doch Siegfried rang ihn nieder. Mit dem Lachen kannte er sich nicht so gut aus wie mit Grabsteinen. Da war es besser, wenn man es nicht gleich übertrieb, so ganz ohne Übung.

Als Siegfried sich wieder gefasst hatte, sagte Adrian: „Schön, dass ihr euch so gut versteht. Ich hatte schon ein bisschen Sorge. Aber es wird prima klappen."

Siegfried horchte auf, und Marie fragte alarmiert: „Was wird prima klappen?"

Adrian grinste. „Siegfried wird dir das Vergolden beibringen."

„Das braucht er nicht", erwiderte Marie. „Ich bin Restauratorin, da gehört das Vergolden zum Handwerk. Ich habe schon zig Statuen –"

„Ich? Bist du noch bei Trost?", fiel Siegfried ihr ins Wort. Weg war die gute Laune. „Nur über meine Leiche."

Adrian nickte. „Sag ich doch. Es wird allmählich Zeit, dass du dein Wissen unter die Leute bringst. Ich hab's dir ja sowieso nie recht machen können." Er zuckte die Achseln. „Und tot sein wirst du sowieso noch lange genug."

Siegfried umklammerte den Griff seines Stocks so fest, dass seine Knöchel weiß wurden. Er wirkte ehrlich entsetzt.

„Wie gesagt: Ich habe das gelernt", versuchte Marie es noch einmal. „Und wenn Siegfried es lieber selbst machen will, dann kann ich doch auch etwas anderes –"

„Das ist es ja", wurde sie abermals unterbrochen, diesmal von Adrian. „Er will es vielleicht, aber er kann es nicht mehr." Er zwinkerte dem alten Grantler zu. „Der Zahn der Zeit nagt nicht nur an den Grabsteinen. Stimmt's?"

Marie bekam allmählich Mitleid mit Siegfried. „Nun lass ihn doch!"

„Keine Sorge, Siegfried ist abgebrüht", beschwichtigte Adrian. „Er geistert schon seit Ewigkeiten hier auf dem Friedhof herum, den haut nichts mehr um. Hab ich recht?"

„Hm", machte Siegfried.

Adrian triumphierte: „Siehst du! Keine Widerrede mehr. Er mag dich eben. So schnell hat er noch nie ‚Fräulein' gesagt. Aber er hat seine Prinzipien. Du bist ein Weibsbild. Das ist das Problem."

„Fräulein sind immer weiblich", gab Marie zu bedenken.

„Aber die meisten wollen nicht vergolden."

„Ich auch nicht."

„Doch. Willst du."

„Warum sollte ich?"

„Schon vergessen?" Adrians Blick wurde streng. „Du bist hergekommen und willst nicht wieder weg – warum auch immer, ich blicke da nicht durch. Meinetwegen. Aber du musst dich schon nützlich machen, das ist der Deal. Und weil du ein Fräulein bist, bekommst du eben leichte Arbeiten. Vergolden zum Beispiel. So einfach ist das." Marie öffnete den Mund, doch Adrian winkte ab. „Und auch wenn du es schon kannst, wirst du es auf die Art machen, die Siegfried dir beibringen wird."

„Das kannst du nicht von ihm verlangen!", protestierte Marie selbstlos.

„Natürlich kann ich das. Er geht mir auf die Nerven." Adrian warf Siegfried einen Blick zu. „Und den einen oder anderen Gefallen ist er mir auch noch schuldig."

Marie setzte erneut an. „Aber –"

Weiter kam sie nicht. Siegfried rammte seinen Stock in den Kies, dass es nach allen Seiten spritzte. „Schluss jetzt!", herrschte er sie an. „Das Geschnatter hält ja kein Mensch aus, kein lebender und kein toter!" Er kniff die Augen zusammen und sah von einem zum anderen. Dann ein Seufzen, gottergeben. „Ich mach es ja."

Adrian nickte. „Hab ich nicht anders erwartet. Ihr könnt gleich anfangen."

Marie sah Siegfried groß an. „Aber eben hast du doch noch gesagt: nur über deine Leiche!", wandte sie ein.

„Der Klügere gibt nach." Der Alte wies mit dem Kinn auf Adrian. „Und wenn er sagt, dass du bleibst, dann muss man sich damit in Gottes Namen abfinden. Manchmal geschehen noch Zeichen und Wunder, wer weiß, vielleicht kannst du ja doch irgendwas."

Derselbe Charmeur wie Adrian. Sie mussten verwandt sein. Marie versuchte es ein letztes Mal: „Aber –"

„Schnickschnack", unterbrach sie Siegfried. „Genug jetzt. Ich hab nicht ewig Zeit." Er schickte Marie einen Blick, den er lange an seinen Lehrjungen geübt haben musste. „Jetzt reinigst du noch deine Tafel hier, und dann fangen wir an. Abgemacht!"

„Abgemacht", antwortete Adrian. „Walpurgis steht vor der Tür. Da müssen die Steine in Abteilung B glänzen." Und als bedürfte das keiner weiteren Erklärung, kehrte er zu seiner Arbeit an dem Sandsteinkreuz zurück. Auch Siegfried schien keinen Klärungsbedarf mehr zu sehen. Er kam mühsam auf die Beine und humpelte ohne ein Wort auf seinen Stock gestützt von dannen.

Marie würde also noch einmal das Vergolden lernen, auf Siegfrieds Art. Gerade noch rechtzeitig, bevor sie sich wieder einmal leid tun konnte, fiel ihr ein, dass es ihre Idee gewesen war, hierher zu kommen. Niemand hatte sie gerufen, wenn man vielleicht einmal von dem Zitronenfalter absah. Es war also nur recht und billig, wenn sie sich nützlich machte, selbst wenn das bedeutete, dass sie diesen Siegfried ertragen musste.

Vielleicht wird man ja wunderlich, wenn man so viel Zeit auf dem Friedhof verbringt. Man gewöhnt sich an den Tod, weil er immer da ist und bleibt. Viel Zeit gibt es hier und wenig Eile. Es ist ein bisschen wie geborgte Ewigkeit. Dafür darf ich zu Gast bei Verstorbenen sein und die Welt draußen lassen. Es tut nichts mehr weh, gar nichts. Wir werden sehen, wohin mich das bringt.

Marie betrachtete ihr Werk. Die Tafel des Rentiers und seiner Gattin erstrahlte in neuem Glanz, während eine braune Brühe aus dem Schmutz ungezählter Jahre in Maries Eimer schwamm. Sie beobachtete ein welkes Blatt, das darauf trieb. Es sah wie ein kleines Rettungsboot aus, das sich ein wenig mühsam über Wasser hielt. Wie sie.

Ein Knurren riss sie aus ihren Gedanken. Es war Adrians Magen. Sein Herr und Meister begann, seine Sachen zusammenzupacken. „Mittagspause", sagte er.

Sie schüttelte den Kopf: „Kein Hunger." Es gab so viel zu denken, das konnte sie unmöglich aufschieben. Adrian zuckte die Achseln und schlug den Weg zur Kapelle ein.

Sie hatte noch nicht wieder Zeit gefunden, zum Schmetterlingsgrab zu gehen. Dabei gab es hier Zeit im Überfluss – wie auf jedem anderen anständigen Friedhof auch. Man hatte nur weniger Gelegenheit als draußen, sie zu verschwenden. Marie bürstete ein letztes Mal die fast verblichenen goldenen Lettern ab. Es war wirklich höchste Eile geboten. Noch ein, zwei harte Winter, und es wäre, als hätte es den Rentier nebst Gattin nie gegeben. Und nicht nur zwei Leben, sondern auch alle Erinnerungen an sie wären unrettbar ausgelöscht.

Ihr fiel ein, was Adrian gesagt hatte: dass bis Walpurgis die ganze Abteilung wieder glänzen müsse. Wie dieser Kraftakt zu bewältigen sein sollte, wusste sie nicht – aber vielleicht gab es dafür ja auch ein Geheimrezept. Nicht weniger rätselhaft fand sie übrigens die Tatsache, dass man ein heidnisches Fest auf einem Friedhof feierte.

Sie warf die Bürste in den Eimer, und das Rettungsboot kenterte. Als sie aufstand, zog es kurz in ihrer Mitte. Sie wusste, dass sie sich keine Sorgen mehr machen musste. Vielleicht, weil die Wunde ihren Zweck erfüllt hatte. Sie war doch jetzt hier.

Ich habe das Kind verloren und mich selbst gleich mit, und jetzt fehle ich mir. Ich werde kein Leben geben, nie wissen, wie schön das ist und wie weh es tut. Ich bin so leer, dass ich es nicht einmal spüre. Ich, die Unfrau. Die Nicht-Mutter. Die, die übrig bleibt.

Aber wer weiß, vielleicht gibt es noch etwas anderes, das zu vergolden sich lohnt. Ich könnte es suchen gehen, ich habe ja sowieso gerade nichts Besseres vor. Vielleicht findet es sich irgendwo hier zwischen Grabsteinen und Moder und Ewigkeit. Und vielleicht, vielleicht bin ich irgendwann wieder ganz und zu Hause in mir.

„Grüß Gott!"

Marie fuhr zusammen. Der leere Eimer schepperte leise gegen ihr Knie und hinterließ einen feuchten Abdruck auf Adrians Blaumann. Sie drehte sich um. Da, ein paar Grabreihen entfernt, stand Rose und winkte ihr zu. Heute trug sie Altrosa. Es passte gut zu ihrem Namen.

„Bist du immer noch da, Kind?", fragte die alte Dame.

„Ja", antwortete Marie. „Und ich werde wohl auch noch etwas länger bleiben."

„Das wurde auch höchste Zeit."

Marie hob die Augenbrauen. „Wieso?"

„Du solltest dich sehen: totenbleich und wie ein Geist, der nicht weiß, wo er hingehört … Da kommst du besser zu uns zum Aufpäppeln, nicht wahr?"

Marie fand die Idee interessant, zur Kur auf den Friedhof zu gehen. Sanatorium Ewige Ruhe. Dann ging ihr auf, dass sie genau deshalb hier war: um wieder heil zu werden und Frieden zu finden. Wie auch immer das ging. Sie nickte.

„Nun schau dir das an!" Rose beugte sich über etwas. Marie konnte nicht erkennen, was es war, ein klobiger Grabstein verdeckte ihr die Sicht. Sie stellte den Eimer ab und ging hinüber, um nachzusehen. Ebenjener Grabstein, ein naturbelassener Felsblock, gehörte zu den Eheleuten Hermine und Wilhelm Himmelreich, beide anno 1907 verblichen. Ein Name wie geschaffen für diese Umgebung. Im Vorbeigehen stellte Marie fest, dass das Todesdatum übereinstimmte. Vielleicht hatte es einen Unfall gegeben. Oder einer von beiden war gestorben, und der andere hatte es nicht ohne ihn ausgehalten. Es gab ja die aberwitzigsten Geschichten. Diese hier behielt der Stein für sich.

Rose erwartete sie mit einem Strahlen im Gesicht, das ihre Runzeln noch besser zur Geltung brachte. „Die Vergissmeinnicht sind da!" Sie deutete auf das Grab zu ihren Füßen. Ein verschnörkeltes, rostiges Eisenkreuz wachte am Kopfende, und ein kniehohes Gitter, das längst Patina angesetzt hatte, umgab die Ruhestätte. Mitten darin leuchtete ein blauer Fleck, der die Form eines Herzens hatte, wenn man nur lange genug hinschaute.

„Blaue Grasmücke", erläuterte Rose. „Ein Myosotisgewächs. Frühestblüher. Ich hätte trotzdem nicht gedacht, dass sie angehen."

„Du hast sie gepflanzt?", fragte Marie.

„Ja. Ich wollte ausprobieren, ob es stimmt."

„Was?"

„Das Frühestblühen."

„Und?"

Rose lachte sie an. „Wir haben Ende April. Das ist ziemlich früh!"

Marie wies auf das Kreuz. „Und wer liegt hier, dass du ihm Vergissmeinnicht bringst?"

„Florenz Keller", antwortete Rose. „15. Februar 1888 bis 7. Juli 1899 – ich habe letztes Jahr mal den Rost weggekratzt. Ein kleiner Junge, nicht viel älter als meine Anni. Und weil Florenz ‚der Blühende' heißt, habe ich mir gedacht, dass ein bisschen Hellblau auf seinem Grab nicht schaden kann."

Marie musterte sie verstohlen. Der graue Haarknoten war ordentlich geschlungen, der altrosa Janker saß tadellos über der grauen Hose. Insgesamt eine gepflegte Erscheinung.

Auf ihr Inneres passt sie nicht so gut auf. Ihre Uhr ist stehen geblieben, seitdem ihr Mädchen fort ist. Was hat Adrian gesagt? Schon weit über dreißig Jahre … So lange darf man nicht trauern. In dieser Zeit wächst eine Generation heran. Man holt die Toten nicht zurück, indem man aufhört zu leben. Die Kleine hat sicher längst ihren Frieden. Nur ihre Mutter findet ihn nicht. Es muss doch etwas geben, das dieser Frau die Vergissmeinnicht aus dem Herzen reißt …

Dann sagte sie aber doch nur: „Es ist schön, dass du dich um sein Grab kümmerst."

„Das verkürzt die Wartezeit", erwiderte Rose leichthin.

„Wartezeit?"

„Ja", nickte die alte Frau. „Darauf, dass ich endlich hinüberkomme." Der Augenblick hielt den Atem an. Ein Flackern in Roses Blick, ein Beben ihrer Lippen, dann war es schon wieder vorüber. „Es wird Zeit."

Marie wusste keine Antwort darauf. Was nicht weiter ins Gewicht fiel – Rose wechselte so gekonnt das Thema, als müsste sie nur rasch eine andere Pflanze gießen. „Ich esse mittags immer auf dem Friedhof." Sie zeigte auf den Rucksack, den sie auf einem bemoosten Grabmäuerchen gleich nebenan abgestellt hatte. „Wenn du Hunger hast ... es reicht für uns beide."

Marie nickte. „Sehr gern."

„Gehen wir zur Bank am Schmetterlingsgrab. Du hast doch nichts dagegen? Es sind nur ein paar Schritte."

Marie hob den Eimer auf und folgte Rose, die auf den Kiesweg zurückkehrte. Die alte Dame schien mit schlafwandlerischer Sicherheit von jedem beliebigen Punkt des Friedhofs aus den Weg zu finden. Nach über dreißig Jahren vielleicht auch kein Kunststück.

Unter dem blühenden Mandelbaum ließen sie sich nieder. Rose stellte den Rucksack zwischen sich und Marie auf die Bank und begann auszupacken. Verschiedene Plastikbehälter kamen zum Vorschein: klein geschnittenes Gemüse, Tomaten, Wurst und Käse, dazu Brot. Sogar an Salz- und Pfefferstreuer hatte sie gedacht, an eine Thermoskanne mit Tee, Besteck und Servietten.

„Der Mensch muss ja schließlich von etwas leben", meinte sie, während sie den Janker auszog. Die Sonne war herausgekommen und wärmte schon ein bisschen. „Manchmal bleibe ich etwas länger. Jeden Tag bis zum Abend, wenn ich ehrlich bin."

„Danke." Marie ließ sich nicht zweimal bitten und griff zu. „Du bist den ganzen Tag hier? Wirklich jeden Tag?"

Rose säbelte beherzt eine dicke Scheibe Brot vom Laib herunter und reichte sie Marie. Dann schnitt sie auch eine für sich ab. „Ja, jeden Tag. Was soll eine alte Frau wie ich sonst schon mit der Zeit anfangen."

„Na ja ..." Marie ließ es sich schmecken. „Da würde mir schon einiges einfallen."

„Was denn?"

„Ich weiß nicht ... Spazierengehen zum Beispiel. Kurse in der Volkshochschule belegen. Museen besuchen. Kuchen für das Rote Kreuz backen. Andere Leute treffen. All sowas eben."

„Ach …" Rose machte mit der Messerhand eine wegwerfende Bewegung, bei der auch ein wenig Käse mitflog. „Wie gesagt, ich bin eine alte Frau. Mein Leben ist hier."

„Leben?", entfuhr es Marie. „Ich meine …" Sie hielt inne.

„Was meinst du, Kind?", fragte Rose freundlich, während sie eine Scheibe Käse und eine Scheibe Wurst auf ihr Brot legte.

„Ich meine, dass ich gar nichts von deinem Leben weiß", sagte Marie schnell.

„Was willst du denn wissen?"

Marie zuckte mit den Schultern. „Keine Ahnung." Da sie ein bisschen Mut brauchte, griff sie nach einer halben Karotte. „Wenn du willst …" Sie biss ein Stück ab. „Wenn du willst, dann erzähl mir von Anni."

Rose ließ ihr Käsewurstbrot in den Schoß sinken. Auf die Serviette, die sie über die graue Hose gebreitet hatte, fielen ein paar Krümel und ein paar Sekunden. „Von Anni", murmelte sie. Ihr Blick wanderte zu dem Grab, und einen Augenblick lang zitterten die Flügel des Schmetterlings drüben ganz leicht.

Marie sah, dass es einen Kummer geben musste, der sich auch in über dreißig Jahren nicht abnutzte. Dieser hier war frisch wie am ersten Tag, als hätte ihm all die Zeit nichts anhaben können. Vergessen waren das Käsewurstbrot und das Picknick.

„Anni war so ein sonniges Kind", begann Rose irgendwann. „Sie hat mir so viel Freude gemacht." Dann gingen ihr wieder die Worte aus.

Ein sonniges Kind – das klingt schön. Nach viel Licht. Und wie viel Dunkelheit hat sie hinterlassen … Nur noch ein Schattendasein führt ihre Mutter. Ich kann sie mir gar nicht da draußen vorstellen, jenseits der Mauer, in der Welt. Aber das macht nichts, hier sind doch alle irgendwie tot. Die Toten sowieso und die, die herkommen, eigentlich auch. Nicht nur Rose. Auch Siegfried. Adrian. Ich … Wir sind hier gestrandet. Ein paar Überlebende. Wir klammern uns an unsere Scholle

Marie schüttelte den Kopf, um die Gedanken zu vertreiben. In letzter Zeit dachte etwas in ihr, das sie nicht kannte. Es wusste Dinge, die sie nicht wusste. Und es war ihr so fremd, dass es ihr Angst machte. Ein Satz fiel ihr plötzlich ein: Wo die Angst ist, geht es lang. Das hatte sie selbst einmal zu Matti gesagt. In jenem anderen Leben, das ein paar Tage her war.

„Was ist mit Annis Vater?", fragte Marie.

„Er hat uns früh verlassen."

„Das tut mir leid."

Rose winkte ab. „Es ist schon lange her. Er war nicht so wichtig."

Wie kann ein Vater nicht wichtig sein? Ich gäbe etwas darum, einen Vater zu haben.

„Ich habe sie verloren", fuhr Rose fort. „Es war wie im Nebel. Ich streckte die Hand nach ihr aus, aber ich erreichte sie nicht mehr … Sie war böse auf mich. Sie wich immer weiter zurück, hinein in den Nebel." Rose lehnte sich zu Marie hinüber und senkte verschwörerisch die Stimme. „Und dann war sie fort. Einfach fort."

„Wieso war sie böse auf dich?", fragte Marie. „Und was heißt das – sie war fort? Ist sie ausgerissen?"

„Wir haben uns verpasst", erwiderte die alte Frau. „Ich wollte sie vom Malkurs abholen und war in Eile. Aber ich wurde aufgehalten. Ein schlimmer Autounfall." Sie schüttelte den Kopf. „Selbst schuld. Wer läuft auch über die Straße, wenn die Ampel rot ist! Man muss doch aufpassen … Es dauerte Ewigkeiten – die Retter, der Stau, das

Durcheinander. Dabei wusste ich die ganze Zeit, dass meine Anni auf mich wartete. Und als ich endlich da durch war und es hinter mir hatte, war es natürlich zu spät. Ich habe sie überall gesucht. Aber ich habe sie nicht gefunden. Nie mehr."

Marie sah sie ungläubig an. „Aber wohin soll denn ein kleines Mädchen vom Malkurs verschwinden? Jemand muss doch gesehen haben, wohin sie gegangen ist!" Ihr fiel etwas ein. „Oder hat sie jemand entführt?"

Rose schnippte einen Krümel von der Serviette. Das Käsewurstbrot auf ihrem Schoß wurde allmählich trocken. „Ist das noch wichtig? Ich habe sie nicht wiedergesehen. Nicht an diesem Tag und nicht am nächsten. Und in der folgenden Woche nicht und überhaupt nie mehr."

Marie biss sich auf die Lippen. Der Kummer, der in diesen dürren Sätzen wohnte, schien keinen Trost zu kennen. Weil es keinen Trost gab. „Was hat die Polizei gesagt? Du warst doch bei der Polizei?"

Rose zuckte mit den Achseln. „Ich war allein. Niemand hat mir geholfen. Und nichts und niemand hätte sie mir wiederbringen können."

„Du hast sie wirklich nie wiedergesehen?"

„Nie wieder." Roses Blick flog zu dem Schmetterling dort drüben. Er schwieg schmiedeeisern wie immer.

„Aber kleine Ausreißerinnen verschwinden nicht einfach so vom Erdboden", sagte Marie. „Irgendjemand muss sie doch gesehen haben. Hast du es einmal ..."

„Ich weiß manchmal Dinge", unterbrach sie die alte Frau.

„Bitte?"

„Ich weiß manchmal Dinge", wiederholte sie. „Plötzlich ist ein Bild in meinem Kopf. Oder eine Stimme. Und dann weiß ich etwas."

„Und was weißt du dann?"

„Es war schon immer da. Schon als ich ein kleines Mädchen war. Unsere Hündin hatte geworfen, und am nächsten Tag fehlte ein Welpe. Ich habe meinen Vater zu ihm geführt. Ich wusste es einfach. Er lag im Stall in der Futterkiste. Dort ist er im Schweinefutter erstickt. Der Nachbarssohn hatte ihn versteckt, er wollte ihn behalten. Der Junge war nicht ganz richtig im Kopf. Oder im Krieg: Auf der Flucht wachte ich eines Nachts auf, weil ein Mann etwas zu mir gesagt hatte. Außer meiner Mutter und mir waren nur Frauen in der Stube, und alle schliefen. ‚Wartet nicht auf mich, ich gehe ins Eis', hatte der Mann gesagt, der gar nicht da war. Nach dem Krieg erfuhren wir, dass in dieser Nacht der Vater gestorben war. In Sibirien. Von dort kamen nicht mal die Toten wieder." Rose lächelte, weil es schon so weit weg war, dass es nicht mehr wehtat. „Und so geht es hin und hin. Ich werde die Stimmen nicht los."

„Und was haben sie über Anni gesagt?", fragte Marie.

Rose zupfte die Serviette auf ihrem Schoß zurecht. „Es war, kurz nachdem wir uns verloren hatten. Ich war schon nicht mehr ich. Ich schlief nicht mehr, aß nicht mehr, dachte nicht mehr. Es war tagein, tagaus nur noch Nacht. Es wurde gar nicht mehr hell. Einmal wusste ich plötzlich, dass ich aufstehen musste. Ich sah auf die Straße. Tagsüber ist sie sehr belebt, nur nachts liegt sie wie ausgestorben da. Aber da war eine Bewegung. Aus dem Schatten der Häuser schlüpfte etwas Kleines und lief auf die Straße. Es war eine Katze, ich konnte sie genau sehen. Es hatte geregnet, die Straße glänzte noch nass im Laternenlicht, wie ein schwarzer Fluss voller Diamanten. Die Katze war dreifarbig. Rotweißschwarz. Man nennt diese Katzen –"

„Glückskatzen", unterbrach Marie. Und dann noch einmal, leiser: „Glückskatzen."

Rose nickte. „Dreikönigskatzen. Glückskatzen. Wie auch immer."

„Und was geschah dann mit deiner Katze?", fragte Marie atemlos.

„Sie blieb stehen, als hätte sie meinen Blick gespürt. Sie drehte sich langsam um. Irgendwie würdevoll sah das aus – das können Katzen ja gut. Würdevoll sein, meine ich. Dann setzte sie sich hin und begann sich zu putzen, mitten auf der Straße."

„Mitten auf der Straße?"

„Ja. Aber nicht lange. Denn dann kam ein Auto und hat sie überfahren."

„Nein!"

„Doch." Rose tätschelte Maries Bein. „Es hat ihr nicht geschadet. Als das Auto weg war, saß sie immer noch da. An derselben Stelle wie zuvor. Und da sah sie mich an. Dieser Blick … Ich hatte das Gefühl, dass sich ihre Augen in meine bohrten, ich konnte sogar das Gelbe darin sehen, aus dieser Entfernung … Es fühlte sich wie eine halbe Ewigkeit an, aber wahrscheinlich dauerte es nur einen Moment. Dann, als es Zeit war, erhob sie sich und stolzierte hinüber auf die andere Straßenseite. Aber sie kam nie dort an. Denn noch bevor sie den Bürgersteig erreichte, hatte sie sich in Luft aufgelöst."

„Sie hatte was?"

„Ja, du hast schon richtig gehört. Meine Augen waren damals gut und sind es heute immer noch. Daran lag es nicht. Es war die Katze. Sie wurde immer weniger, mit jedem Schritt. Sie wurde durchsichtig, bis ich den Asphalt durch ihren Bauch hindurch sah. Dann war sie ganz weg."

„Du hast geträumt!"

„Nein. Ich habe zugesehen, wie eine Katze überfahren wurde und sich dann in Luft auflöste. Aber das ist eigentlich auch nicht wichtig."

Marie klammerte sich an die nächste Karotte ihrer Wahl. „Man hat den Eindruck, bei dir ist nie etwas wichtig."

„Doch", nickte Rose. „Das, was sie gesagt hat. Das war wichtig."

„Was sie gesagt hat …" Marie wusste nicht, ob sie an dieser Stelle lachen durfte. Sie ließ es vorsichtshalber bleiben.

„Ja, du wirst es nicht glauben."

„Das könnte sein."

Rose nahm die Hand von Maries Bein und lehnte sich ein wenig zurück, um die Jüngere besser in Augenschein nehmen zu können. Ein halber Meter und diverse Jahrzehnte lagen zwischen ihnen. „Es hat also noch nie eine Katze zu dir gesprochen?"

Marie lächelte. „Nein. Ich denke nicht. Davon wüsste ich."

„Sie sprechen auch ohne Worte", half Rose nach.

„Nein, ich bin mir ganz sicher."

Rose schüttelte den Kopf. „Junges Fräulein, ich glaube dir nicht. Du hast diesen Blick, und du denkst diese Dinge. Du erzählst nur nicht davon. Aber wir kommen noch darauf zurück."

Eine Weile war es still auf der Bank. Jede hing ihren Gedanken nach. Auf diesem Friedhof gab es zum Glück haufenweise Zeit, die man in alle Ewigkeit nicht aufbrauchen konnte. Das unterbrochene Gespräch wartete daher, bis beide mit Schweigen fertig waren.

Rose erinnerte sich an ihr Käsewurstbrot, das auf der Serviette vor sich hin trocknete. Sie nahm es in die Hand und biss hinein. „Alles rein pflanzlich", verkündete sie, nachdem sie geschluckt hatte. „Ich hätte nie gedacht, dass vegan so gut schmeckt. Seitdem ich hier mit den Eichhörnchen spreche, tun mir die Tiere so leid, die wir essen – da dachte ich, ich probiere es mal aus. Man könnte höchstens noch einen Hauch süßen Senf dazugeben, dann wäre es perfekt."

Mit den Eichhörnchen spricht sie, mit den Toten. Nur mit den Lebenden hapert es … Vermutlich wird man irgendwann so, wenn man so lange ein fremdes Grab und den eigenen Kummer pflegt. Man wird wunderlich – und in ihrem Fall auch ziemlich wunderbar …

„Was du jagst, flieht vor dir. Und was du loslässt, folgt dir nach."

„Bitte?" Ertappt blickte Marie von ihrer Karotte auf.

Rose biss erneut von ihrem Brot ab. „Na, das waren die Worte der Katze. Oder jedenfalls waren das die Worte, die plötzlich in meinem Kopf waren, als sie da auf der Straße saß und mich mit ihrem gelben Blick durchbohrte. Kurz nachdem sie überfahren worden war."

„Sie waren in deinem Kopf?"

„Ja, so wie die Stimme meines Vaters, in der Nacht, als er starb. Und all die anderen Stimmen auch, die mich diese Dinge wissen ließen." Rose sah besorgt auf. „Oder hast du am Ende geglaubt, dass Katzen wirklich sprechen können?"

Marie antwortete mit einer Gegenfrage. „Und was haben deiner Meinung nach die Worte, die in deinem Kopf waren, zu bedeuten?"

„Das habe ich mich natürlich auch gefragt", nickte Rose. „Und irgendwann habe ich sie verstanden."

„Und?"

„Ich dachte, dass ich meine Anni nicht wiedersehen würde, solange ich sie suchte. Ich glaubte, dass die Worte mir das sagen wollten." Rose lächelte. „Und dass sie vielleicht wieder zu mir zurückkommen würde, wenn ich sie nicht mehr suchte. Siehst du, und deshalb habe ich damit aufgehört. Mit dem Suchen nach Anni, meine ich. Stattdessen habe ich dieses Grab gefunden." Rose fasste sich an den Kragen, um einen Knopf zu schließen, der gar nicht da war. „Es sind dreißig Jahre vergangen, und ich habe losgelassen, und jetzt sitze ich immer noch an diesem Grab und warte auf meine Anni. Deshalb hatte ich schon angefangen, mich zu fragen, ob die Glückskatze vielleicht gelogen hat."

„Glückskatzen lügen nicht", entgegnete Marie, als hätte sie jahrelange Feldforschungen zum Thema hinter sich. „Vielleicht hast du sie ja nur falsch verstanden ..." Gerade war ein Gedanke an ihr vorübergehuscht, von dem sie undeutlich ahnte, dass er der Anfang von etwas sein könnte. Sie versuchte, ihn festzuhalten, damit er ihr nicht wieder entglitt.

„Das dachte ich auch. Aber dann warst du plötzlich da."

Die Härchen in Maries Nacken übten wieder mal Sit-ups. „Und welchen Schluss ziehst du daraus?", fragte sie, ohne sich ihr Unbehagen anmerken zu lassen.

Die alte Frau zuckte die Achseln. „Dass man die Orakelsprüche von Glückskatzen nicht allzu wörtlich nehmen sollte. Oder allzu ernst."

„Sie könnte doch auch gemeint haben, dass du Anni ganz loslassen musst, wenn du deinen Frieden finden willst."

„Und wie lässt man ganz los?", fragte Rose.

„Ich glaube, du solltest Abschied von deiner Tochter nehmen. Wünsch ihr alles Liebe und lass sie dann gehen. Ich meine: wirklich gehen. Wohin sie auch will … Ohne dich."

Ein Windstoß kam von nirgendwoher und wollte schon die Serviette auf Roses Schoß davonwehen. Sie konnte sie gerade noch festhalten wie Marie eben ihren Gedanken. „Ich soll meiner Tochter also Lebewohl sagen", sagte die alte Frau nach einem Augenblick.

Marie fand diese Formulierung unter den gegebenen Umständen seltsam, doch sie nickte. „Ja, ich glaube schon. Sag ihr, was du ihr nicht mehr sagen konntest. Dass du gern noch ein bisschen länger auf sie aufgepasst hättest. Dass du gern gesehen hättest, wie sie groß wird. Vielleicht, wenn dir danach ist, willst du sie ja auch um Verzeihung für etwas bitten, für das du dich nicht mehr entschuldigen konntest. Sag ihr alles, was du willst. Wenn du sie nur endlich loslässt."

„Und was wird dann aus ihr?"

„Um sie brauchst du dir keine Sorgen zu machen. Frag dich lieber, was aus dir wird. Das gehört auch zum Loslassen dazu."

Wer sagt das? Das bin doch nicht ich. Wer denkt das? Doch nicht ich! Ich habe so etwas noch nie gedacht … Ich weiß ja selbst nicht, wie Loslassen geht. Ich halte fest, ich verbeiße mich. Ich klammere mich an das, was ich kenne. An meine Traurigkeit. Meine Verlorenheit. Meine Wut darüber, übrig zu sein, verlassen, allein. Diese Marie verteidige ich mit Zähnen und Klauen. Will ich mich die nächsten Jahrzehnte in diesem Kreis drehen bis zum bitteren Ende? Und dann? Ich weiß es nicht. Wie ich gar nichts mehr weiß.

„Also gut." Rose legte den Rest ihres Brotes auf die zerknüllte Serviette in ihrem Schoß und sah Marie erwartungsvoll an. „Was wird dann aus mir? Wenn ich all das gesagt habe? Wenn ich all das getan habe? Wenn ich sie losgelassen habe?"

Marie nahm die Runzelhand der alten Frau in ihre. „Dann suchst du dir ein Leben. Eines mit lebendigen Menschen, meine ich. Mit Freundinnen und einem Strickzirkel meinetwegen. Mit einem Schwätzchen im Treppenhaus, mit Kino oder Theater oder Ausflügen ins Grüne oder was du sonst eben gern tust. Jedenfalls etwas, das nicht auf dem Friedhof stattfindet."

„Das kann ich nicht."

„Doch." Marie drückte Roses Hand. „Das kannst du. Du hast nur lange nicht geübt."

„Das ist nicht so leicht, Kind. Du hast ja keine Ahnung –"

„Stimmt." Marie lehnte sich zurück und sah zum Grab hinüber. „Aber vielleicht hat Siegfried mehr Ahnung. Der hat doch auch jede Menge Zeit und vertrödelt sie hier."

Rose machte eine wegwerfende Handbewegung. „Ach, Siegfried …"

„Du könntest etwas mit ihm unternehmen. Dann hat er weniger Zeit, mir und allen anderen auf die Nerven zu gehen."

„Wir sind nicht gut füreinander. Außerdem müsste ja dann ich seine Launen aushalten."

„Vielleicht wird seine Laune besser, wenn er wachgeküsst wird."

Rose zog die Augenbrauen hoch. „Nach dir."

Marie schüttelte sich. „Nein, danke. Mir reicht es schon, dass ich Vergolden von ihm lernen muss."

„Wirklich?", fragte Rose. „Siegfried hat noch nie jemandem das Vergolden beigebracht. Nicht einmal Adrian."

„Das hat der auch gesagt … Aber warum macht Siegfried so ein Geheimnis daraus? Dafür gibt es doch sogar Kurse in der Volkshochschule."

„Aber Vergolden ist eine Kunst", entgegnete Rose. „Die Kunst, etwas Unscheinbares wertvoll zu machen. Die Kunst, wie man sehen lernt, was unsichtbar ist. Das lernt man nicht an einem Wochenende."

„Du redest wie Siegfried." Marie seufzte. „Dabei kann ich es schon. Ich bin Restauratorin."

„Dann streng dich umso mehr an. Du solltest es dir nicht mit Siegfried verscherzen, wenn du jemals auf diesem Friedhof deines Lebens froh werden willst."

Marie lachte. Auf dem Friedhof seines Lebens froh werden – das musste sie sich merken … Wie aufs Stichwort schoss ein dicklicher, karamellfarbener Blitz auf den Kiesweg. Die Katze erstarrte, als sie Rose und Marie sah. Sie wirkte noch ein wenig korpulenter, als sie einen Buckel machte und den Schwanz in die Höhe reckte. Dann entspannte sie sich und kam hoheitsvoll näher.

„Wer hat dich denn gerufen?", fragte Rose. „Das ist Kater", sagte sie zu Marie. „Gleich lernst du auch sein Frauchen kennen. Sie gehen immer zusammen spazieren."

„Ein Kater, der Gassi geht?"

Da schlurfte auch schon ein altes Mütterlein in einem abgeschabten Herrenmantel heran. Es bewegte sich sehr langsam und auf einen Stock gestützt; die aufgedunsenen Füße steckten in unförmigen Schnürschuhen. Das silbergraue Haar der Greisin war zu einem Knoten geschlungen, und aus den Runzeln dieses alten Gesichts blickten Rose und Marie zwei erstaunlich junge, blaue Augen entgegen.

„Hallo, Gretel", begrüßte Rose die alte Frau. Sie sprach mit einem Mal sehr laut. „Wie geht's denn immer so?"

Gretel blieb vor der Bank stehen. Sofort kam Kater ange-
sprungen und schmiegte sich an ihre Beine; Marie fürchtete
schon, er werde sein Frauchen zu Fall bringen. Sie sah so zerbrechlich aus. Aber Kater wollte nicht spielen, er wollte beschützen. Als das allen klar war, ließ er sich zu Gretels Füßen nieder
und begann, seine Pfoten eine nach der anderen sauber zu
lecken.

Gretel hob den Stock leicht zum Gruß und nickte. Ihre Hand
zitterte, die Knöchel der Finger traten wie weiße Murmeln hervor. „Es zwickt und zwackt überall", sagte sie mit einer hohen,
durchdringenden Stimme. „Aber für die ewige Ruhe reicht's
noch nicht. Zu viel zu tun."

„Gretel ist fast neunzig und schwerhörig. Keiner kennt den
Friedhof so gut wie sie", erläuterte Rose in unverminderter
Lautstärke. „Sie wohnt praktisch hier. Und sie ist eine der weni-
gen, die noch jemanden begraben haben, bevor der Friedhof
aufgelassen wurde."

„Mein Johannes liegt hier", bestätigte die rüstige Gretel.
„Gleich dort drüben. Ich muss ihm immer vorsingen."

„Vorsingen?", fragte Marie. Eigentlich hatte sie vorgehabt,
sich über nichts mehr zu wundern. Aber das war hier echt
schwer.

„Ja, damit die Zeit schneller vergeht. Er wartet doch auf
mich", erklärte Gretel. Sie sah Marie an. „Ich bin ausgebildete
Sängerin. Ich habe an so gut wie allen großen Häusern gesun-
gen."

„Du bist heute früh dran", rief Rose.

„Ja", nickte Gretel. „Ich weiß auch nicht, was mit Kater ist. Er
wollte unbedingt raus. Manchmal hat er diesen Drang. Ich
glaube, weil Walpurgis vor der Tür steht. Das treibt uns doch
alle um, nicht?"

„Wollen Sie sich nicht setzen?", fragte Marie.

„Was sagst du, Kind?" Gretel hielt sich die freie Hand ans Ohr
und verzog das Gesicht, als hätte sie in eine Zitrone gebissen.

Marie beugte sich vor und erhob die Stimme. „Setzen Sie sich doch!"

Die alte Frau schüttelte den Kopf. „Nein, nein, ich muss gleich weiter. Schnell den Abendsegen singen und dann Kater zurückbringen. Und heute Abend in die Oper."

„In die Oper?", fragte Marie.

„Ja, Kind, kennst du *Hänsel und Gretel*? Die Gretel ist meine Paraderolle. Die wollen sie immer wieder hören." Die Greisin kicherte wie ein junges Mädchen. „Sie können gar nicht genug davon kriegen."

Marie stutzte, aber ein Blick von Rose hieß sie herunterschlucken, was ihr auf der Zunge lag. Stattdessen sagte sie: „Den Abendsegen kenne ich auch. Jemand hat ihn mir vorgesungen, ich war noch ganz klein … Vielleicht meine Mutter. Ich weiß es nicht mehr. Ich erinnere mich nur noch an dieses Lied."

Gretel lächelte fein. Dann begann sie eine kleine Melodie zu summen. Tatsächlich, ihrer Stimme war die Ausbildung anzuhören. Katers Schwanzspitze wippte im Takt. „Und nun muss ich los", unterbrach sie sich mitten im Refrain. „Johannes und die anderen warten schon."

„Lass dir Zeit", mahnte Rose. „Sie laufen dir ja nicht weg."

„Schon recht, Eile mit Weile", nickte Gretel. Kater sprang auf, um wieder die Vorhut zu übernehmen. „Wenn ich stürze", murmelte sie schon im Gehen, „kann ich heute Abend nicht auf der Bühne stehen, und dann muss die Vorstellung ausfallen. Natürlich haben sie keine zweite Besetzung. Die Leute kommen ja nur wegen mir …" Während sie sich langsam entfernte, wurde ihre Stimme leiser und leiser. „Ich will gar nicht daran denken", sagte sie zu Kater und schüttelte den Kopf. Und dann hörten Rose und Marie nur noch das Trällern von Gretels kräftigem lyrischem Sopran.

„Sie ist ein bisschen verkalkt", sagte Rose, noch ehe die Greisin außer Sichtweite war. „Aber dabei sehr liebenswürdig. Sie tut niemandem etwas."

„Dann ist sie also gar keine Sängerin?", fragte Marie.

Rose zupfte sich ein karamellfarbenes Katzenhaar von der Hose. „Wo denkst du hin! Natürlich ist sie das. Aber über ein paar Gesangsstunden und den Kirchenchor ist sie nie hinausgekommen. Sie hat immer davon geträumt, Gesang zu studieren und eine große Sopranistin zu werden. Du hast ihre Stimme gehört. Talent hatte sie. Aber dann kam Johannes, und die Bühnenlaufbahn war vorbei, noch bevor sie angefangen hatte." Sie sah Marie listig an. „Manchmal glaube ich, dass sie ihm so oft am Grab vorsingt, um sich zu rächen. Jetzt kann er sich ja nicht mehr wehren."

Marie lachte. „Aber *Hänsel und Gretel*? Der Abendsegen? Sie scheint sich doch auszukennen ..."

„Ich bitte dich", erwiderte Rose und öffnete die Thermoskanne, die sie ebenfalls mitgebracht hatte. „Der Abendsegen war zu ihrer Zeit ein Gassenhauer, den kannte jedes Kind. Glaubst du wirklich, eine Opernsängerin würde ihren Kater ‚Kater' nennen?"

Während der verfressene Vierbeiner und die alte Dame hinter der Buchsbaumhecke drüben verschwanden, goss Rose dampfenden Tee in zwei Becher und reichte einen davon Marie.

Sie nahm erst einen vorsichtigen Schluck, nachdem sie ein paarmal gepustet hatte. Seit Adrians Kamillentee war sie auf der Hut. Eine Weile blieb es still. Nur Pusten und Schlürfen und Vogelgezwitscher und sonst nichts.

„Meine Glückskatze hat auch etwas gesagt", meinte Marie endlich, als nur noch ein Schluck Tee und ein Rest Mittagspause übrig waren. „Sie wollte, dass ich ihr nachgehe. Ich wusste es einfach. Sie hat mich hierher gelockt. Auf den Friedhof."

„Und weißt du auch, warum?", fragte Rose.

Marie zuckte die Achseln. „Nein. Aber es war wie Zauberei. Ihr Blick ... du hättest ihren Blick sehen sollen. Und dann, als sie mich hatte, wo sie mich haben wollte, war sie plötzlich fort. Als hätte sie ihre Mission erfüllt und könnte nun gehen."

„Sie verschwinden spurlos", sagte Rose.

„Wie meinst du das?"

„So, wie ich es sage. Sie hinterlassen keine Spuren."

„Aber was heißt das?"

Rose sah Marie an. „Dass es Glückskatzen sind. Richtige Glückskatzen. Sie tauchen auf und verschwinden, und dazwischen gibt es sie nicht."

„Dazwischen gibt es sie nicht?", wiederholte Marie.

„Ist dir noch nie der Gedanke gekommen?", fragte Rose.

Marie zögerte. „Ich weiß nicht."

„Nun hör mal zu, du gescheites Mädchen", sagte Rose. „Du wirst hier auf dem Friedhof noch eine Menge lernen müssen. Zum Beispiel Katzen vertrauen, die von Zeit zu Zeit unsichtbar sind. Vergolden auf Siegfrieds Art. Nicht hadern, wenn es genug zu freuen gibt. Und das Leben nehmen, wie es ist, denn du hast nur eins."

Nicht hadern, wenn es genug zu freuen gibt ... Das Leben nehmen, wie es ist ... Manchmal in letzter Zeit wäre ich froh, wenn ich mich unter der Erde verkriechen könnte. Nur noch Ruhe und Frieden und kein Warum und Weshalb. Ich kann nicht noch ein paar Jahrzehnte so weitermachen. Es hat keinen Sinn.

„Marie." Rose berührte sie am Arm.

Sie erschrak. „Was denn?"

„Du musst jetzt endlich anfangen."

„Womit?"

„Am besten mit dem ersten Wort."

Die Lärche wiegte sich über ihren Köpfen im Wind. Rauschend wisperte sie etwas, das Marie noch nicht verstand. Es war schon Nachmittag und dies eine sehr lange Mittagspause, aber Siegfried und die Grabsteine schienen Marie nicht zu vermissen. Sie schloss die Augen und atmete die Luft ein, die nach Vergangenheit und Aufbruch roch, nach Moder und Frühling.

„Ich träume", sagte sie. „Ich träume, und manchmal weiß ich nicht mehr, was Traum ist und was Wirklichkeit."

„Das kommt vor", meinte Rose.

„Du kennst das?"

Rose winkte ab. „Hör nicht auf mich. Weiter."

„Ich träume von einem Zitronenfalter mit Menschenaugen. Er lockt mich an einen Abgrund, und ich springe hinunter. Jede Nacht, seitdem ich mein Kind tot geboren habe. Es ist kein freundlicher Zitronenfalter, glaube ich."

In Roses Augen war plötzlich viel Weiß. „Du hast ein totes Kind?"

Marie schwieg einen Augenblick. „So hat es noch niemand ausgedrückt", sagte sie langsam. „Ja ... ich habe ein totes Kind. Und ich bin hohl. Leer. Es ist, als wäre ich gar nicht mehr da. Deshalb suche ich mich. Aber ich finde mich nicht. Ich finde mich einfach nicht."

„Vielleicht hast du dich ja verändert und erkennst dich nur nicht, und das ist das ganze Geheimnis?", schlug Rose vor.

Marie bedachte sie mit einem Seitenblick. Diese Frau sagte seltsame Dinge, über die man nachdenken musste. „Ich ... ich weiß es nicht. Ich fühle mich nicht mehr. Das Gefühl, ich zu sein, ist weg. Weg wie alles andere. Ich weiß nicht mehr, wer das ist: ich."

„Was ist mit deinem Mann? Du hast doch einen Mann?"

Marie nickte. „Matti. Matti ist nett. Und Architekt. Er glaubt, er liebt mich, weil ich zu seinem Leben gehöre wie seine Aktentasche ... Ich glaube, er irrt sich. Er verwechselt Gewohnheit mit Liebe. Das ist nicht dasselbe."

„Und warum bist du hier?"

„Wegen der Glückskatze. Sie hat mich hierher gelockt."

Rose schüttelte den Kopf. „Nein."

„Was – nein?"

„Nein heißt: Sie hat dich nicht hierher gelockt. Vielleicht hat sie dir den Friedhof gezeigt. Aber für den Rest bist du ganz allein verantwortlich. Du bist freiwillig geblieben. Weil du es wolltest und niemand sonst."

„Ist das wichtig?", wollte Marie wissen.

„Natürlich. Weil nicht immer die anderen schuld sind an dem, was dir zustößt."

Immer frei von der Leber weg, meine Herrschaften, heraus damit! Hier muss sich niemand verstellen. Hier können alle sagen, was ihnen auf der Seele liegt, sich austoben, ihre Marotten pflegen und bleiben, wie sie sind. Liebe Güte, dieser Friedhof wächst mir allmählich ans Herz.

Aber das Glashaus … das verdammte Glashaus. Wollte sie nicht auch lieber bleiben, wie sie war? Sich ausgiebig an ihrem eigenen Elend weiden und sich einreden, dass alle – zum Beispiel Matti und das gesamte Universum – Schuld hatten und nur sie ohne Fehl und Tadel und Verantwortung war? Nur ging das nun nicht mehr so gut. Nicht, seitdem sie Zuflucht bei Toten gesucht hatte und zu ahnen begann, dass es sehr viel gab, was sie nicht wusste. Vor allem über sich selbst.

„Meinetwegen." Marie nickte. „Die anderen sind also nicht schuld … Und was fange ich jetzt damit an?"

Rose hob die Hand und strich Marie vorsichtig über die Wange. Die Jüngere musste höllisch aufpassen, dass ihr nicht die Tränen in die Augen schossen, so lieb war das. „Ich habe keine Ahnung", entgegnete Rose. „Sag du's mir. Es ist dein Leben. Niemand kennt sich so gut darin aus wie du."

„Ich kenne mich schon lange nicht mehr aus."

„Wessen Augen hat der Zitronenfalter?"

„Wie bitte?"

„Der Zitronenfalter", wiederholte Rose. „Du hast gesagt, er hätte Menschenaugen. Kennst du sie?"

Marie schüttelte den Kopf. „Ich habe keine Ahnung. Ich weiß es nicht ... Ich weiß nur, dass ich meinen Jungen verloren habe. Dass ich keine Kinder mehr bekommen kann. Und dass mein eigener Mann nicht den Mut hatte, es mir zu sagen. Er hat mich lieber angelogen."

Rose nahm Maries Hand. „Und jetzt bist du hier, weil du deinen Frieden haben willst."

Marie verzog den Mund zu einem kleinen Lächeln, das gleich wieder erlosch. „Ich weiß nicht mehr weiter, Rose. Ich war früher immer zuversichtlich. Dass ich aufwachen und dann schon irgendetwas aus dem Tag machen würde. Dass alles einen Sinn hätte. Diese Zuversicht habe ich nicht mehr. Es gibt keinen Sinn. Wahrscheinlich hat es nie einen gegeben."

„Wir sind beide verwaiste Mütter", sagte Rose. „Unsere Kinder haben uns verlassen. Vielleicht ist das der Sinn."

Marie hob den Kopf. „Was?"

Rose hielt ihren Blick fest. „Vielleicht ist es uns aufgegeben. Vielleicht sollen wir etwas anderes mit unserem Leben anfangen. Das wäre doch eine Möglichkeit, oder?"

Marie sah sie groß an. „Wenn du das glaubst – warum kommst du dann seit dreißig Jahren hierher?"

Rose deutete nach oben. „Oder es ist eine Prüfung. Irgendjemand da oben will sehen, wie viel wir ertragen und –"

„Rose", sagte Marie.

„Ja?"

„Hör auf."

„Warum?"

„Ich glaube nicht an sowas."

„Aber wie kann ich dich dann trösten?"

Marie schüttelte stumm den Kopf. „Weißt du, was das Schlimmste ist?"

„Nein."

„Dass es nicht meine Entscheidung ist. Das Leben oder das Schicksal oder was auch immer entscheidet für mich. Über mich.

Es sagt: Du wirst dieses Kind nicht bekommen und auch kein anderes. Und ich – ich kann nichts anderes tun als es hinnehmen … Vielleicht ist es ja die Strafe dafür, dass ich Matti so lange alles überlassen habe. Ich habe keine Entscheidungen getroffen. Ich habe einfach nicht geübt."

„Was wissen wir schon von diesen Dingen", murmelte Rose. „Man müsste es einmal von einer höheren Warte aus betrachten." Sie lächelte flüchtig. „Später …"

Von der Kapelle wehte jetzt Musik herüber. Eigentlich war es eher ein Wummern und Stampfen ohne erkennbare Melodie. Das musste die Totenkopf-CD sein. Death Metal. Marie dachte an Adrians Hände, die eigentlich immer schmutzig waren und eben diese CD eingelegt haben mussten. Sie mochte sie trotzdem.

„Ich denke oft an den Kleinen", sagte sie. „An meinen Jungen." Sie mied Roses Blick. „Er hätte Benjamin geheißen."

„Hätte?", fragte Rose. „Er verliert doch seinen Namen nicht, nur weil er tot ist. Er darf ihn behalten. Bis in alle Ewigkeit."

Marie biss sich auf die Lippen.

Rose ließ Maries Hand los, nur um ihren Oberschenkel zu tätscheln. „Es ist ein schöner Name. Glückskind."

Marie sah auf. „Glückskind?"

„Ja", nickte die alte Frau. „Das bedeutet Benjamin. Wusstest du das nicht?"

Maries Mundwinkel begannen zu zittern. „Ironie des Schicksals – oder wie nennt man das?"

„Nur heraus damit", sagte Rose.

„Womit?"

„Mit allem, was heraus will."

Da brachen auch schon die Dämme. Es passierte zwischen dem einen Moment, in dem nur Maries Lippen gezuckt hatten, und dem anderen, in dem ihr die Tränen übers Gesicht strömten.

Rose nahm ihre Hand und hielt sie und tat sonst nichts. Sie kannte das. Es ging vorüber … Endlich, irgendwann, nach viel

Vogelgezwitscher und Lärchengeflüster, fand Marie ihre Sprache wieder.

„Er fehlt mir so", flüsterte sie. „Ich habe ihn nicht gekannt, und er fehlt mir so."

„Erlaube mal, du hast ihn sehr wohl gekannt!", wandte Rose ein. „Viele Monate lang hast du ihn gekannt!"

„Ja … das stimmt schon." Marie brauchte viel Zeit zum Denken zwischen den einzelnen Sätzen, aber es ging nun mal nicht schneller. „Ich frage mich, wie er wohl ausgesehen hätte, der kleine Junge in meinem Bauch … Ob er eher nach Matti oder nach mir gekommen wäre. Ich stelle mir vor, wie ich mich über seine ersten Schritte gefreut hätte oder über ein neues Wort. Wie ich mir Sorgen gemacht hätte, wenn er krank geworden wäre. Ich denke darüber nach, wie mein Leben mit ihm verlaufen wäre. Ob es erfüllter gewesen wäre. Oder schöner. Und dann … dann frage ich mich …"

„Was?"

„Ich frage mich, ob ich ihn lieb haben darf. Ich meine – obwohl er tot ist." Sie suchte Roses Blick. „Meinst du, ich darf das?"

„Ach, Mädchen", sagte die alte Frau neben ihr. Ihre Stimme klang plötzlich brüchig wie Glas. „Das darfst du. Wer, wenn nicht du? Du bist doch seine Mutter."

Marie lachte leise. „Es ist das erste Mal, dass mich jemand so nennt. Und wahrscheinlich ist es auch das letzte Mal. Ich bin eine Mutter ohne Kind. Das zählt nicht."

„Also, entschuldige mal!", protestierte Rose.

„Bei dir ist das was anderes. Du hattest deine Tochter ein paar Jahre lang. Du warst ein paar Jahre lang Mutter." Marie zuckte die Schultern. „Ich hatte ein bisschen angefangen, Mutter zu werden. Aber ich hatte keine Gelegenheit, es zu sein."

Plötzlich gellte ein Schrei über den Friedhof. Er kam von der Kapelle. „Marie!"

„Der Knochensammler." Marie verdrehte die Augen.

„Tu einfach so, als hättest du ihn nicht gehört", bat Rose.

„Bleib noch ein bisschen."

„Ich weiß nicht. Ich habe doch versprochen, ihm zu helfen."

„Ach, arbeiten kannst du auch später noch", erwiderte Rose. „Die Toten sind tot. Es ist noch kein Einziger weggelaufen. Jedenfalls nicht in den letzten dreißig Jahren."

„Marie!", brüllte Adrian wieder. „Wo steckst du denn?"

„Ich komme schon", rief sie zurück. „Noch eine Minute!"

Was er antwortete, verstanden sie nicht, da es im Death-Metal-Gestampfe unterging. Er hatte die Musik noch ein wenig lauter gedreht, vermutlich damit Marie den Weg zur Kapelle auch bestimmt fand.

„Danke schön für das Picknick", sagte Marie und stand auf. „Und für die Unterhaltung."

„Marie." Rose griff nach ihrer Hand. „Sie sind immer bei uns."

Marie sah auf sie herab. „Wer?"

„Unsere Kinder. Solange wir uns an sie erinnern, sind sie bei uns. Wenn wir mit dem Erinnern aufhören, haben wir sie wirklich verloren."

Marie setzte sich wieder. „Kommst du deshalb seit über dreißig Jahren hierher?"

Über Roses Gesicht huschte ein Schatten. „Ich hätte meine Kleine beinahe vergessen", sagte sie. „Ich wollte loslassen. Wirklich. Ich habe mir gesagt, dass die Toten in der Welt der Lebenden keinen Platz haben. Dass man nicht vermischen soll, was doch getrennt gehört. Dass sie ihren Frieden braucht und ich meinen. Doch dann … Irgendwann war ihr Gesicht weg. Nicht ganz, ich erinnerte mich noch verschwommen daran. Aber eben nur verschwommen. Verstehst du? Ich wusste nicht mehr, wie meine Tochter aussah." Sie schluckte. „Ich bekam es mit der Angst zu tun. Sie war doch alles, was jemals wichtig gewesen war in meinem Leben …" Rose drückte Maries Hand. „Ich habe einen Heidenschreck bekommen, das kannst du mir glauben. Eine Mutter muss doch das Andenken an ihr Kind bewahren.

Wenn sie es nicht tut, wer tut es dann? Siehst du, und seither komme ich hierher. Etwas von Anni soll bei mir bleiben. Und wenn es nur die Erinnerung ist und ein fremdes Grab ... So ist das eben."

Ein paar Takte lang war nur das Hämmern von Adrians Totenkopfmusik zu hören. Der Wind hatte gedreht und stand nun leider besonders günstig. Marie strich über die welken Finger der alten Frau. „Ich kann dir jedenfalls eins sagen", begann sie. „Meine Mutter hat mich vor so langer Zeit verlassen, und ich denke noch immer an sie. Jeden Tag. Trotzdem ... man kann nicht nur in der Erinnerung leben. Oder von der Erinnerung."

„Ich schon!", gab Rose zurück.

„Aber man braucht doch ein eigenes Leben!", widersprach Marie. „Sonst ist man selbst bald tot."

Rose zuckte die Achseln. „Welchen Unterschied macht das schon ... Jedenfalls habe ich einmal jemanden sehr lieben dürfen. Das ist doch viel."

„Mir wäre das nicht genug", erwiderte Marie.

„Mir war es genug", gab Rose zurück. „Ich kann mich nicht beklagen. Das Leben hat mir eine Tochter geschenkt. Sie ist eben nur schon lange nicht mehr bei mir. Aber das heißt nichts. Am Ende sehen wir uns sowieso alle wieder."

Marie nickte. Das klang absolut logisch und total unvernünftig. Sie sah in den Himmel hinauf. Erst jetzt bemerkte sie, dass dunkle Wolken aufgezogen waren. Sie drängten sich wie eine Herde verirrter Schafe zusammen; es wurden immer mehr. Marie dachte daran, dass sich die Frau neben ihr auch irgendwann verirrt hatte. Seither fand sie nicht mehr nach Hause, wo auch immer das sein mochte.

Plötzlich fuhr ein mächtiger Windstoß über den Friedhof. Er schüttelte die Lärche über ihren Köpfen, zerrte an den Sträuchern auf den Gräbern und machte sich daran, auch Roses Haarknoten in Unordnung zu bringen. Die Frauen sprangen auf, angelten nach Servietten und Tüten und stopften alles in den Rucksack. Die Zeit drängte, schon hatten sich die Schafe zu einer bleiernen Front zusammengerottet. Sie sahen ganz und gar nicht mehr lammfromm aus.

Blitze zuckten über den Himmel, von fern grollte Donner heran. Die ersten Tropfen klatschten auf den Kiesweg. Da mischte sich noch etwas ins Brausen des Unwetters, etwas, das ganz und gar nicht dazu passen wollte: ein Ton. Dann noch ein Ton. Und noch einer und noch einer. Wie Perlen an einer Kette reihte sich einer an den anderen, bis es so viele waren, dass sie eine Melodie ergaben. Marie hob den Kopf und lauschte durch den Wind und den Regen. Sie wollte ihren Ohren nicht trauen, aber kein Zweifel: Es war eine Frauenstimme. Ihr Gesang schwebte glasklar und trotzig über dem Rollen des Gewitters. So als wollte sie ihm und wer weiß wem noch die Stirn bieten.

„Abends will ich schlafen gehn, vierzehn Engel um mich stehn …"

Marie fühlte sich zurückkatapultiert in eine Zeit, an die sie sich kaum noch erinnerte. Gedanken und Bilderfetzen wirbelten durch ihren Kopf, doch sie konnte sie nicht festhalten. Ich bin die, die übrig bleibt … Übergangslos setzte heftiger Regen ein, und Adrians Blaumann war binnen kürzester Zeit zwei Farbtöne dunkler.

„Wir müssen Gretel holen", rief Rose durch das Brausen des Sturms und drückte ihren Rucksack an sich. „Freiwillig hört sie so schnell nicht auf. Nicht, wenn sie für Johannes singt."

6

Das Gewitter war so rasch vorüber, wie es aufgezogen war. Als hätte ein übereifriger Kulissenschieber seinen Fehler bemerkt, schien nun wieder die Sonne vom Frühlingshimmel. Abgerissene Äste, Zweige und Blätter lagen auf Wegen und Gräbern verstreut, und das Gras quatschte von Nässe. Der wütende Sturmwind hatte sich zum lauen Lüftchen abgeregt, das Schmutzspritzer und Regentropfen auf den Grabsteinen trocknen ließ. Ideales Vergoldungswetter.

Während Rose dafür sorgte, dass Gretel ihrem Johannes eine Pause gönnte, begab sich Marie unter Siegfrieds Fittiche. Es wurde Zeit, die Kunst zu lernen, etwas Unscheinbares wertvoll zu machen. So hatte Rose es genannt, und es stimmte – Marie hatte es nur noch nie so betrachtet. Wenn so eine wurmstichige Margaretha wie neulich vor ihr stand, hatte sie bisher immer gedacht: Mogelpackung! Eine Figur aus altersdunklem Birnenholz wurde nicht heiliger oder wertvoller, nur weil man ihren unansehnlich gewordenen Heiligenschein nachvergoldete. Falsch gedacht. Dieser Friedhof brachte ihr gerade bei, dass der Wert, der zufrieden machte, nicht von Schätzungen in barer Münze abhing. Wer bereit war zu glauben, dass die heilige Margaretha Wunder gewirkt hatte, der konnte auch in einer Holzfigur voller Madenlöcher ihr Ebenbild sehen. Und dann ging auch ein goldener Heiligenschein vollkommen in Ordnung.

Marie traf Siegfried vor der Kapelle. Er saß auf einer Steinbank neben einem Stapel zerbrochener Ziegel, die die letzten Stürme vom Dach gefegt hatten. In der Hand hielt er einen Pappteller; sein Stock lehnte neben ihm, während er seine Pommes frites verspeiste. Sein genießerischer Gesichtsausdruck wollte nicht recht zu dem Grantlhuber passen, den er sonst gab. Marie hatte schon einmal jemanden gekannt, bei dem Pommes frites eine ähnliche Verzückung auslösten, aber sie wusste nicht mehr, wer das gewesen war … Ihre Gedächtnislücken nahmen allmählich überhand. Vielleicht sollten sich die Ärzte auch einmal um ihr Gehirn kümmern.

Als Siegfried seine Mahlzeit beendet hatte, war er im Handumdrehen wieder der Alte. Er humpelte voran, von der Kapelle zum Grab seiner Wahl, um ihr zu zeigen, wie man den Schellack auf die Grabinschrift aufbrachte. „Wir haben nicht ewig Zeit. Langschläfer und Faulpelze haben hier nichts verloren", brummte er auf dem Weg zum Sarkophag. „Fürs Vergolden muss man fleißig sein. Die Mixtion muss trocknen. Erst wenn's pfeift, wird es Zeit für das Sturmgold."

Marie achtete nicht darauf. „Werden wir fertig bis Walpurgis?", fragte sie.

„Hat noch nicht einmal den Anschießer in der Hand und will sich schon wieder ausruhen, das Fräulein", gab er zurück.

„Nein, will ich nicht", protestierte sie. „Aber Adrian hat gesagt, dass dann Abteilung B glänzen muss."

„Adrian." Siegfried lachte. Es erinnerte Marie an eine rostige Gießkanne. „Er ist ein Simpel … Na ja, nicht immer." Er mochte Adrian wohl.

Vor dem Sarkophag, den Marie bereits gereinigt hatte, stellte sie den kleinen Eimer mit dem Schellack und Siegfrieds abgewetzten alten Rucksack ab, in dem sich die übrigen Utensilien befanden. Nur das Sturmgold fehlte noch. Der Alte hatte es bei sich.

Er sandte einen prüfenden Blick gen Himmel und nickte. „Das Wetter hält. Das ist sehr gut." Er baute sich erwartungsvoll vor dem Sarkophag auf. „Dann wollen wir mal."

„Was muss ich tun?", fragte Marie.

„Keine Fragen stellen", erwiderte Siegfried.

„Aber wenn ich etwas lernen soll, muss ich schon wissen, was", erklärte sie.

„Wenn du tust, was ich dir sage, werden wir die besten Freunde ... Und jetzt sorgen wir erst einmal dafür, dass der Stein seine Grundierung bekommt. Schau dir die Inschrift an. Was siehst du da?"

Marie zögerte. „Buchstaben?"

„Sehr gut. Und wie sind sie beschaffen, die Buchstaben?"

„Sie sind graviert."

„Und was heißt das?"

Marie sah ihn irritiert an. „In den Stein gemeißelt."

Siegfried nickte. „Also vertieft ... Nun geh einmal nah heran, Mäderl, und fahr mit dem Finger darüber. Was merkst du?"

Marie tat, wie ihr geheißen. Sie blickte auf. „Es ist rau."

„Genau. Und rau ist gleich saugend. Stein ist ein saugender Untergrund. Wenn wir darauf das Gold auftragen würden, würde es sich ungleichmäßig verteilen. Das wollen wir aber nicht."

„Nein", erwiderte sie folgsam.

„Nein, denn dann läuft die Inschrift aus und wird nicht so schön, wie wir sie haben wollen. Wir müssen den Stein also mit einer Mixtion absperren, damit er eine glatte Oberfläche bildet. Und jetzt nimm einmal den Eimer. Siehst du? Das da drin ist Schellack. Früher hat man Leinöl genommen, aber Schellack ist noch besser. Bevor du das aufbringst, reibst du die Inschrift noch einmal mit einem Lappen sauber. Ist alles im Rucksack."

Siegfried schien selbst keinen Finger krumm machen zu wollen. Als Meister durfte man sich aufs Herumkommandieren beschränken. Während sich Marie an der Inschrift zu schaffen machte, sandte sie seinen einstigen Gesellen und Lehrjungen einen stillen Gruß.

„Gut", ließ sich der alte Steinmetz wieder hören. „Nun trägst du die Mixtion mit einem Borstenpinsel auf. Nimm einen dünnen, dann kannst du nichts falsch machen. Du tauchst ihn in den

Schellack, streichst ihn am Eimer ab und lässt ihn abtropfen." Er sah zu, wie Marie seinen Anordnungen folgte, und dozierte weiter. „Die Mixtion muss dünn und gleichmäßig aufgetragen werden. Streich sie mager aus, sie darf nicht über die Kanten laufen. Ja, genau so, Mäderl. Das machst du ganz gut. Man möchte meinen, du wüsstest, was du da tust. Immer schön weiterpinseln."

Die ganze Zeit über konnte Marie Siegfrieds Argusaugenblick im Nacken spüren. Sie versuchte, nicht daran zu denken, um nur ja keinen Fehler zu machen.

„Je besser du die Mixtion aufbringst, desto mehr kann das Gold glänzen", fuhr er fort. „Darum kannst du jeder Inschrift ansehen, ob der Vergolder etwas von seinem Handwerk verstanden hat oder nicht. Mit dem Auftrag des Schellacks steht und fällt die Vergoldung."

Marie sah auf. „Oje", sagte sie. „Dann solltest vielleicht doch du weitermachen."

Siegfried schüttelte energisch den Kopf. „Nein, Mäderl, Kneifen gilt nicht. Es ist noch kein Meister vom Himmel gefallen. Nicht einmal ich."

Es dauerte seine Zeit, bis Marie die Inschrift des Rentiers und seiner Gattin mit Schellack eingepinselt hatte. Die dünne Auftragsschicht schimmerte wie Lipgloss. Kosmetik für ein Grab. Sie ließ den Pinsel sinken und sah Siegfried fragend an. „Und jetzt?"

Siegfried humpelte zwei Schritte näher und streckte den Kopf vor, um ihr Werk zu begutachten. Marie hielt den Atem an.

„Noch nicht perfekt, aber für den Anfang ordentlich", nickte er. „Es ist ein bisschen was danebengegangen. Macht nichts. Schau mal im Rucksack nach. Du brauchst einen Lappen und etwas Terpentin. Und einen flachen Stein." Er wies mit dem Stock auf den Kiesweg. „Such dir einen aus."

Marie tauchte den Lappen vorsichtig in den kleinen Behälter mit dem Terpentin und wickelte ihn um den Kieselstein ihrer Wahl. Anschließend fuhr sie damit über die Kanten der Inschrift, um das übergelaufene Schellack aufzunehmen.

„Das Vergolden habe ich immer gemocht", sagte Siegfried. „Aber am liebsten war es mir, wenn ich alles selbst machen konnte: den Entwurf, den Stein und die Inschrift. Das war eine runde Sache. Fast wie ein eigenes Kind, weißt du, Mäderl. Man hat es am Ende nur ungern hergegeben."

Marie ließ kein Auge von ihrer Inschrift. „Wann hast du denn damit aufgehört?"

„Mit dem Steinmetzen? Das ist lange her. Viele Jahre. Irgendwann war es eben zu Ende; ich hatte keine Kraft mehr. Ich habe ja immer mit der Hand gearbeitet. In meine Werkstatt kam mir keine von den neumodischen Maschinen." Er stieß den Stock in den Kies. „Ein Stein muss gelesen werden. Man muss mit ihm reden, ihm schmeicheln, ihn streicheln. Dann lässt er es zu, dass man das abschlägt, was weg muss. Dann gibt er die Form preis, die in ihm schläft. Maschinen wissen nichts davon. Du drückst auf einen Knopf, und sie schneiden wie ein Metzgermesser in den Stein. Dabei kommt nichts Gescheites heraus." Er schüttelte den Kopf. „Mein Meister hat mir noch beigebracht, wie man dem Stein zuhört. Fast wie einem lebendigen Wesen. Er sagt dir, was du tun musst, und du tust es. So ist das eben."

Marie brachte ihr Ohr ein wenig näher an den Sarkophag. Aber kein Laut, nichts. Nur das schrubbende Geräusch des Lappens auf dem Stein.

Siegfried lachte. „Du hörst es hier oben." Er tippte sich an die Stirn. „Im Kopf. Und in den Händen. Du weißt plötzlich, wo und wie du den Meißel ansetzen musst. Du spürst den Winkel. Verstehst du? Es kommt aus dir. Du hältst Zwiesprache mit dem Stein, und wenn du ihn richtig verstehst, schenkt er dir am Ende ein Kreuz. Einen Sarkophag. Oder einen Engel."

„Mir würde er bestimmt einen völlig verhauenen Troll schenken", seufzte Marie. „Ich kann das nicht."

„Jetzt lernst du erst einmal das Vergolden, und dann sehen wir weiter", sagte Siegfried gönnerhaft. „Du machst das gar nicht so schlecht, wie ich dachte. Wer weiß, wie lange du überhaupt bleiben wirst. Ihr jungen Dinger seid doch heute hier und morgen dort."

Marie lächelte. „So jung ist das Ding gar nicht mehr."

„Jung genug", entgegnete Siegfried. „Du kannst es jetzt gut sein lassen. Die Mixtion muss erstmal trocknen."

„Und was machen wir so lange?", fragte Marie.

Siegfried wies auf das Sandsteinkreuz, das Adrian am Vortag bearbeitet hatte. „Jedenfalls nicht Däumchen drehen. Da drüben kannst du gleich noch mal den Mixtionauftrag üben. Das war bisher schon sehr schön, aber das geht auch noch besser."

Also nahm Marie ihren Rucksack und den kleinen Eimer mit dem Schellack und zog hinüber, um an ihrer Auftragetechnik zu feilen. Siegfried ließ es sich nicht nehmen, sie auch hierbei zu beaufsichtigen. Allmählich begriff sie, wie sie den Pinsel zu halten hatte, damit er nicht über die Kanten hinausfuhr, und wie viel Schellack sie brauchte, damit die Mixtionschicht schön gleichmäßig wurde.

„Und, Mäderl, hast du dich schon eingelebt bei uns?", fragte Siegfried. Er hatte Stellung hinter ihr bezogen und langweilte sich womöglich ein bisschen.

Marie setzte den Pinsel ab und wandte den Kopf. „Eingelebt?"

„Auf unserem Friedhof, meine ich. Du bist ja jetzt schon eine Zeitlang hier."

Sie nickte. „Stimmt."

Siegfried streckte den Kopf vor. „Na was? Gefällt's dir?"

Marie nickte vage und schwieg, um sich dem nächsten Buchstaben zu widmen. Es war ein bauchiges Omega und besonders vertrackt, denn es lief in kleinen Serifen aus, die dem Pinsel nicht viel Platz für einen präzisen Strich ließen. Dagegen war das Alpha fast ein Kinderspiel gewesen. Aber Maries Ehrgeiz war geweckt; sie presste die Lippen aufeinander wie eine Erstklässlerin beim Schönschreiben. Dann setzte sie am linken Abschlussstrich an, der nicht viel mehr als ein Häkchen war.

„Und?"

„Was und?", fragte Marie zurück, ohne den Blick von ihrem Omega zu wenden.

Siegfried ließ einen ungeduldigen Schnalzer hören. „Na, wie findest du unseren Friedhof?"

„Sehr schön", sagte Marie und flutete das Häkchen mit Schellack. Hastig griff sie nach dem terpentingetränkten Lappen, um den überschüssigen Leim abzutupfen.

„Du musst den Pinsel noch besser abtropfen lassen", riet Siegfried.

„Ach?" Marie zog die Augenbrauen hoch. „Dann stör mich nicht. Ich kann nicht gleichzeitig denken, reden und pinseln. Du siehst ja, was dabei herauskommt … Du wirst schon selbst etwas erzählen müssen."

Der Alte grummelte etwas Unverständliches.

„Was?", fragte Marie. Das Häkchen war gerettet, sie konnte mit dem schwungvollen Rest des Omegas fortfahren.

„Hm."

Der Stock scharrte im Kies herum. Eine Weile schwiegen beide.

„Was willst du denn hören?", fragte er schließlich.

„Zum Beispiel, was du noch hier auf dem Friedhof suchst", sagte Marie. Der Bauch des Omegas war erreicht, nun wurde es vorübergehend leichter. „Du bist doch längst in Rente. Hast du nur kein eigenes Leben oder bist du auch einer von denen, die glauben, dass die Toten die besseren Lebenden sind?"

Sie fand sich recht mutig. Zufrieden pinselte sie weiter und wartete darauf, dass Siegfried aus der Haut fuhr.

Pustekuchen. Er kniff die Augen zusammen, während er überlegte, was er darauf sagen sollte. „Du musst lernen, noch viel genauer hinzuschauen, Mäderl. Das, was man sieht, ist nicht immer so, wie es scheint. Das gilt für Grabsteine wie für Menschen. Und für Friedhöfe." Er ließ sich Zeit, bevor er fortfuhr. „Wir haben alle unsere Geschichten. Ob wir nun schon zu

Staub zerfallen sind oder noch darauf warten. Uns trennen nur die Zeit und ein bisschen Erdreich, mehr ist es nicht … Und mit der Zeit ist es ohnehin so eine Sache. Manchmal kann sie einem nicht schnell genug vergehen, und dann wieder will man sie am liebsten anhalten. Hier auf dem Friedhof ist es anders. Hier gibt es keine Zeit. Wen kümmert's, ob man schon zehn oder hundert Jahre unter der Erde liegt? Kommt es nicht immer auf das Gleiche heraus? Ein Haufen Humus, ein paar Knöchelchen und ein Stein … Mehr bleibt nicht von der Lebenszeit. Und Ewigkeit ist Ewigkeit, egal, wie lange sie dauert. Hier, Mäderl, bleibt die Zeit stehen, auch wenn es vielleicht nicht so aussieht. Oben sprießt das Grün und vergeht, und das Haar wird weiß, aber da drunten ändert sich nichts mehr, es geht nichts mehr weiter. Stillstand. Endstation. Es kommen keine neuen Geschichten mehr dazu, man erzählt sich nur noch die alten … Das ist gut zu wissen, daran hat unsereins ja auch genug. Wer braucht schon neue Geschichten? Du vielleicht, Mäderl, aber ich nicht mehr. Man will sich doch irgendwann zur Ruhe setzen. Das wirst du auch einmal verstehen. Aber das dauert noch."

Marie konnte Siegfrieds Vortrag nicht die Aufmerksamkeit schenken, die er vielleicht verdient gehabt hätte, was an dem zweiten Häkchen des Omegas lag, das sie nun erreicht hatte. Immerhin, diesmal ging es schon besser mit der Serife, auch wenn der Lappen noch einmal kurz zum Einsatz kam. Während sie den überschüssigen Schellack abtupfte, grübelte sie. Was hatte Siegfried gesagt von Zeit und Ewigkeit und Humus? Am liebsten hätte sie noch einmal auf Anfang zurückgespult, aber er war schon längst weiter.

„… denn sie können dir auch nicht mehr widersprechen. Das ist ein großer Vorteil gegenüber manchen Zeitgenossen. Und die paar Leute, die es noch auf diesen Friedhof verschlägt, halten meistens den Mund. Die kommen ja gerade hierher, weil es so schön still ist."

„Ich dachte eigentlich, dass du auch dazu gehörst", sagte Marie. „Aber heute redest du wie ein Buch."

„Das wirkt nur so."

Sie ließ den Pinsel sinken und drehte sich zu dem alten Mann um. „Das ist schon in Ordnung. Erzähl mir eine Geschichte."

„Warum?"

„Geschichten vertreiben einem die Zeit."

„Ist das so?", gab Siegfried zurück. „Früher konnte man noch ein bisschen Schweigen vertragen."

Marie wandte sich wieder ihren Buchstaben zu. „Bitte schön. Dann schweig."

Es ging eine Weile gut. Ganze zwei oder drei Minuten. Dann hörte sie wieder den Stock scharren. Hörte Siegfried an seiner Kleidung nesteln. Sich räuspern.

„Ja?", fragte sie, ohne sich umzudrehen.

Er brummte etwas. Dann, lauter: „Was willst du denn hören?"

„Geht doch", sagte sie zu ihrem Grabstein. Und zu Siegfried: „Was dir einfällt. Tob dich aus."

„Aber erst muss ich sitzen. Ich kann nicht mehr so lange stehen seit dem Unfall ... Ich nehme den Nagelfluh hier."

„Was für ein Unfall?"

„Das kommt noch, Mäderl. Das kommt alles noch."

Daran, wie Siegfried zu dem naturbelassenen Grabstein aus Nagelfluh humpelte, sah Marie, dass er Schmerzen haben musste.

„So, das ist schon besser. Nagelfluh stupft ein bisschen, aber er ist nicht so kalt wie Granit", erklärte Siegfried, nachdem er sich zurechtgesetzt hatte. „Und er massiert den Hosenboden. Das ist nämlich ein Konglomeratgestein, in dem die einzelnen Gerölle und Sande nur lose verbacken sind. Verkittung nennt man das. Dadurch entsteht keine glatte Oberfläche, sondern –"

„Siegfried", unterbrach ihn Marie. „Eine Geschichte. Keinen Vortrag."

„Schon recht", murmelte er. „Warum ich humple, will sie wissen." Er betrachtete den Griff seines Stocks, der schon ganz blank poliert war.

Marie nickte. Das Omega war geschafft. Nun kamen die Lebensdaten an die Reihe. Das passte gerade gut.

„Ich habe einmal eine Frau gehabt", begann Siegfried. „Es war eine gute Frau, aber sie hat es zwischen den Grabsteinen nicht lange ausgehalten. Sagte, ich sei selbst schon ein Stein, kalt und hart und kantig. Ja, das hat sie gesagt. Und vielleicht hatte sie sogar recht." Er sah Marie an. „Was meinst du, Mäderl? Hatte sie recht?"

Sie ging ihm nicht in die Falle. Sie schwieg. Die Zahlen auf dem Grabstein waren knifflig. Sie konnte sich keinen falschen Pinselstrich erlauben.

„Na, ist auch nicht so wichtig. Der alte Siegfried weiß schon ganz gut, was er falsch und was er richtig gemacht hat. Das mit der Frau hat er falsch gemacht. Das ist schon so. Wenn man jung ist, denkt man immer, man hat noch so viel Zeit. Man kann alles verschieben auf später. Aber das stimmt nicht. Später kann man nichts mehr nachholen. Der Augenblick ist nur einmal da, und dann ist er vorüber. Er kommt nicht wieder. Das kannst du mir ruhig glauben. Und die Frau kommt auch nicht wieder."

„Wie lange ist das her?", fragte Marie.

„Zwanzig, dreißig Jahre vielleicht."

„Also was nun? Zwanzig oder dreißig?"

„Zwanzig. Nein … vielleicht doch dreißig. Oder etwas mehr. Ich weiß es nicht."

Die Eins war vergleichsweise einfach gewesen. Jetzt kam eine Acht. Sehr kurvig. „Du weißt es nicht?", fragte Marie.

„Die Zeit fliegt, wenn sie nicht mehr wichtig ist." Pause. „Und sonst auch."

Marie lächelte. „Und was ist vor zwanzig oder dreißig oder noch mehr Jahren passiert?"

Siegfried fingerte am Griff seines Stocks herum. Er hätte ihn auch endlich weglegen können, aber woran hätte er sich dann festhalten sollen? „Es war eine schlimme Zeit. Für uns alle. Das willst du gar nicht wissen."

„Doch. Schon."

Von einem Augenblick auf den anderen verdüsterte sich sein Gesicht, als hätte sich eine Wolke vor die Sonne geschoben. „Ich will es aber vielleicht doch nicht erzählen."

Marie betrachtete ihren Pinsel, als wüsste er Rat. Das war nicht der Fall, deshalb stellte sie ihn zurück in den Eimer – vorsichtig, damit er nicht in den Schellack rutschte. Sie erhob sich, ging zu Siegfried hinüber und kletterte neben ihn auf das Grabmal aus Nagelfluh. Machte es sich bequem. Und schwieg unternehmungslustig.

„Was machst du?", fragte Siegfried. „Du bist noch lange nicht fertig mit der Pinselei."

„Doch. Jetzt."

„Nein, jetzt nicht und in drei Stunden wahrscheinlich auch noch nicht."

„Wenn du nicht erzählen willst, will ich nicht lackieren", sagte Marie.

„Aha." Er überlegte. „Ich könnte eine andere Geschichte erzählen."

Marie schüttelte den Kopf. „Deine oder keine."

Siegfried erwiderte nichts. Vielleicht dachte er darüber nach, ob es schwerer wog, ein Versprechen zu brechen oder ein Geheimnis zu verraten. Es dauerte. Aber Marie borgte sich etwas Zeit von all den anderen um sie herum.

Endlich kam von nebenan ein Knurren. „Das hier wissen nicht viele Leute", begann Siegfried. „Und ich erzähle es dir auch nur, damit du Ruhe gibst. Also gehst du am besten gleich wieder zu deinem Kreuz, bevor der Schellack eintrocknet. Wir haben nicht den ganzen Tag Zeit, wir müssen nachher noch Vergolden lernen."

Marie lächelte und strich ihm über den Arm, flüchtig, damit er nicht ärgerlich werden konnte. Sie stieß sich vom Nagelfluh ab und war mit drei Schritten an ihrem Arbeitsplatz. Sie kam gerade noch rechtzeitig, um den Pinsel vor dem Ertrinken zu retten.

„Wir haben schon als Kinder zusammen gespielt", sagte Siegfried, während sich Marie wieder der vernachlässigten Acht widmete. „Ich meine nicht meine Frau. Sondern die andere … Sie wohnte hier im Viertel, in der Nachbarstraße. Wir sind alle nicht weit herumgekommen in unserem Leben. Es hat trotzdem gereicht zum Unglücklichwerden." Er lachte auf. „Ich habe sie immer gern gesehen. Immer schon, ich kann mich gar nicht erinnern, dass es einmal anders war. Sandkastenliebe sagt man wohl dazu. Alles war so hübsch an ihr. Die dicken Zöpfe und das Gesicht. Ja, und das Lachen auch. Keine hat so gelacht wie sie. Es war, wie wenn eine Blume unter der Sonne aufgeht. Ganz schnell. Eine Rose."

Eine Rose … Marie begriff, wen er meinte. Begriff, dass die alte Frau, die sie unter diesem Namen kannte, also auch einmal Freude am Leben gehabt haben musste. Kaum vorstellbar, wenn man an ihre Augen dachte. An diesen Zug um ihren Mund, von dem man nicht wusste, ob die Schwerkraft ihn gegraben hatte oder eine andere Gewalt. An die ungezählten Besuche am Schmetterlingsgrab.

„Aber sie war ein wenig älter als ich und ich ihr zu jung. Ich war ihr Spielgefährte, ihr Schulkamerad, mehr nicht. Und als wir älter wurden, hat sie dann den Anton genommen. Er war aus der Klasse über ihr. Aber wer kann es ihr verdenken." Siegfried zuckte die Achseln. „Wenn man nicht liebt, liebt man nicht."

Der Satz dröhnte wie ein Riesengong in Maries Ohren.

Wenn man nicht liebt, liebt man nicht.

„Ich hab es ihr jedenfalls nie verübelt, auch wenn sie das anders sieht", fuhr Siegfried fort. „Sie hat auf so manche Dinge ihre eigene Sicht." Er begann, mit dem Stock ein Muster in den Kies zu zeichnen. „Und ich – ich hab Agnes geheiratet. Antons Schwester ... In der Familie fingen alle mit A an."

Marie riss sich von der Acht los und starrte Siegfried an. „Du hast die Schwester des Mannes geheiratet, der dir deine Jugendliebe weggeschnappt hat?"

Siegfried nickte. „Und warum nicht? So konnte ich wenigstens in ihrer Nähe bleiben. Ich wusste immer, wie es ihr ging. Mehr wollte ich ja gar nicht."

„Und was hat Agnes dazu gesagt? Ich meine: dass du sie nur deshalb geheiratet hast? Das muss sie doch gemerkt haben."

Der alte Mann schüttelte den Kopf. „Das hat niemand gewusst. Rose auch nicht."

„Das glaube ich nicht." Marie schüttelte so heftig den Kopf, dass auch der Pinsel in Bewegung geriet. Schellack spritzte. „Irgendwann verrät man sich. Man kann doch nicht so viele Jahre lang lügen ..." Sie unterbrach sich. Was wusste sie schon von diesen Dingen? „Man kann doch nicht ein ganzes Leben lang so tun, als wäre alles in Ordnung, obwohl es das nicht ist", begann sie erneut. Und ihr wurde klar, dass sie sehr viel von diesen Dingen wusste.

„Ihr Weibsleute." Siegfried wiegte den Kopf hin und her. „Mag sein, dass du recht hast, Mäderl. Mag sein, dass das der wahre Grund war, warum Agnes gegangen ist. Und nicht der Unfall und das ganze Unglück."

Marie hatte Mühe, sich auf die Sieben zu konzentrieren, die der fertig lackierten Acht folgte. Sie ahnte, dass sie an Dinge gerührt hatte, die schon jahrzehntelang unter einem tonnenschweren Stein begraben lagen. Aber vielleicht erfuhr sie nun, was ihn so sehr bekümmerte.

„Die Kinder kamen im selben Jahr zur Welt", fuhr Siegfried fort. „Unser kleiner Janni im Januar und ihre Anni im August.

Sie sind zusammen aufgewachsen. Wir lebten ja nur ein paar Straßen voneinander entfernt." Er lächelte. „Anni und Janni – unzertrennlich wie in einem Kinderbuch. Du hättest sie sehen sollen: Die Leute meinten oft, sie seien Geschwister." Der alte Mann dachte nach. „Vielleicht hast du ja recht. Damit, dass man nicht ein Leben lang lügen darf. Vielleicht war das meine Strafe – dass es einen unschuldigen Buben getroffen hat, meine ich."

Marie wollte etwas einwenden, doch er wehrte ab. „Lass nur, man muss doch einmal darüber nachdenken. Wenn man alt wird und auf das eigene Leben vom Ende her schaut, dann muss man ehrlich sein. Wann, wenn nicht jetzt."

Marie biss sich auf die Lippen. Siegfried war gar kein Griesgram. Er war nur zu Tode betrübt. Am liebsten hätte sie ihn umarmt. Aber sie wagte es nicht.

„Janni war ein Irrwisch, mit diesem Blitzen in den Augen", fuhr Siegfried fort. „Er hatte meistens Dummheiten und Streiche im Kopf, aber am Schluss haben wir doch immer gelacht. Anni war viel ruhiger, blitzgescheit und so lieb. Rose hat ihr oft dicke Zöpfe geflochten. Sie glänzten wie Basalt in der Sonne." Siegfried unterbrach sich, um beim Blick zurück keine Einzelheit zu übersehen. „Der eine blond, die andere pechschwarz … Anni passte auf, dass die Dummheiten des Buben nicht ausarteten. Wie Pech und Schwefel, die beiden, haben wir gesagt. Es war so eine schöne Zeit. Und ich hab es nicht gewusst."

Wie Pech und Schwefel … Marie wandte keinen Blick vom Sterbejahr des Adalbert Huber, der unter dem Sandsteinkreuz vor ihr lag. Eine Sturmglocke läutete leise irgendwo ganz hinten in ihrem Kopf. Sie hielt den Atem an, um besser lauschen zu können, aber ein Eichelhäher kreischte empört über ihren Köpfen auf, wer weiß warum, und die Sturmglocke verklang.

„Ich lasse den Mittelteil weg", sagte Siegfried irgendwann. „Es gäbe viel zu erzählen von Janni und Anni und diesen Jahren. Aber das ist lange vorbei und vergessen."

„Nicht vergessen", widersprach Marie. Dennoch hatte sie das widerwärtige Gefühl, dass sie log, noch während sie es sagte.

„Und dann kam dieser Tag", fuhr Siegfried fort. „Es roch nach Herbst, frühmorgens lag schon ein Glitzern über dem Friedhof. Feenreif haben die Kinder dazu gesagt. Sie glaubten, dass nachts die Feen kämen und mit ihren Zauberstäben Diamanten aufs Gras tupften ... In den Ferien nahm ich die beiden manchmal zur Arbeit auf den Friedhof mit. Sie spielten so gern Verstecken zwischen den Grabsteinen. Es durfte nur niemand wissen, sonst hätte es Ärger gegeben."

Der Eichelhäher hatte sich beruhigt, vielleicht wollte er auch nur Siegfrieds Gemurmel besser verstehen.

„Ganz früher, bevor der Friedhof aufgelassen wurde, habe ich als Lehrbub hier noch selbst den einen oder anderen Grabstein aufgestellt. Aber das war damals schon sehr lange her ... Ich sollte an diesem Tag einen vermoosten Grabstein reinigen und nachvergolden. Dieselbe Arbeit, die du jetzt machst. Nichts Besonderes." Er zuckte die Achseln. „Die Friedhofsverwaltung beschäftigte zwei Steinmetze, wir wechselten uns monatsweise bei den anfallenden Arbeiten ab. Ich war an der Reihe. Ich hatte die ungeraden Monate und der alte Thomas die geraden. Es war der erste September, ein Dienstag. Ungerader Monat."

Siegfried umklammerte mit beiden Händen den Griff seines Stocks. Unter der Anspannung zog sich das Blut aus den Fingerknöcheln zurück, sodass sie ganz weiß wurden. „Ich habe oft gegrübelt, was geschehen wäre, wenn sie den Auftrag am Tag zuvor erteilt hätten. Nur einen Tag früher. Dann wäre ja noch August gewesen. Gerader Monat. Und Thomas wäre auf den Friedhof gegangen. Ich wäre in meiner Werkstatt geblieben, und die Kinder hätten auf dem Spielplatz Verstecken gespielt oder auf dem Hof oder wo auch immer. Aber jedenfalls nicht hier ... Nicht hier."

Kraftlos hielt Maries Hand den Pinsel. Der Arm hing an ihrer Seite, als gehörte er nicht zu ihr, Schellack tropfte auf den Kies.

Wie gebannt lauschte sie. Ahnte, dass sie sich dem Unaussprechlichen näherten, das diesen Friedhof wie einen Kokon eingesponnen hatte in der Zeit. Jenem Unaussprechlichen, das erklären würde, was Rose und Siegfried hier suchten. Dabei war es doch eher umgekehrt. Etwas suchte sie, und nicht sie hielten an diesem Friedhof fest – es war der Friedhof, der sie gefangen hielt, als wäre er ein atmendes Wesen. Sie hingen an klebrigen Silberfäden, die so fein waren, dass man sie nicht sehen konnte, und dort, wo diese Silberfäden zusammenliefen, lauerte das Geheimnis. Lauerte die Spinne.

Drüben auf dem Nagelfluh herrschte Schweigen. Siegfried machte kein Geräusch. Er schien ein großer Meister der Stille zu sein, denn wie auf ein geheimes Zauberwort hielt auch alles um ihn herum den Atem an. Viele Menschen schwiegen lauter, dachte Marie. Aber sie hatten ja auch nicht jahrzehntelang den Steinen zugehört.

Da fiel dem Alten wieder ein, dass er ja eine Geschichte erzählen wollte. „Und wenn ich so mitten im Grübeln bin", fuhr er fort, „dann sage ich mir, dass es trotzdem genauso und nicht anders gekommen wäre." Er hob den Blick. „Wir bilden uns ein, dass wir die Welt verändern können. Wir heilen tödliche Krankheiten, wir spalten Teilchen und schicken Raumschiffe ins All. Aber was hilft es uns? Wir sterben an einem Ziegelstein, der uns auf den Kopf fällt. An einer Grippe, die wir uns im Bus eingefangen haben. Durch einen Verkehrsunfall, an dem wir unschuldig sind. Wir sind zur falschen Zeit am falschen Ort. Oder zur richtigen Zeit am richtigen Ort, wie man's nimmt. Das Schicksal findet immer seinen Weg. Und wir können nichts anderes tun als ihm dabei zuschauen. Oder auch ein bisschen mitschuld sein."

„Was ist denn um Gottes willen passiert?", flüsterte Marie – so leise, dass sie sich selbst kaum verstand. Ganz ruhig verharrte sie, während sie in den Abgrund blickte. Alles Zappeln und Zerren an den klebrigen Fäden half nichts, hatte nie geholfen. Längst hing sie selbst im Spinnennetz. Immer schon. Und es gab kein Entkommen.

„Der Ziegelstein ist gefallen." Siegfrieds Stimme war ganz klein. „Besser gesagt der Grabstein. Nicht der, den ich reinigen sollte – der stand wie ein Fels. Der daneben war es. Eine Grabstele aus einem Findling von mindestens dreihundert Pfund. Ein schmiedeeisernes Kreuz steckte obenauf. Sie hat uns alle mit hinunter gerissen, auch wenn sie nicht alle von uns begraben hat. Nicht gleich jedenfalls. Nur die Kinder."

„Die Kinder", wiederholte Marie tonlos.

Siegfried nickte. „Sie haben vor der Stele gespielt. Vielleicht haben sie eine Eidechse beobachtet – im Sommer sonnen sie sich gern auf den Grabsteinen. Heute sieht man ja kaum noch welche. Sie sind inzwischen selten geworden, die Eidechsen. Das ist auch so eine Ironie."

„Was war mit den Kindern?", fragte Marie. Was kümmerten sie die Eidechsen.

„Zwei Tage zuvor hatte es ein heftiges Gewitter gegeben. Es hatte kübelweise gegossen, große Äste waren von den Bäumen gerissen worden. Wahrscheinlich hatte das Wasser das Erdreich aufgeweicht und die Stele gelockert. So eine Stele steht nicht so fest wie ein Sarkophag. Ich hab schon ganz andere Grabsteine umfallen sehen. Und gerade deshalb hätte ich es wissen müssen. Ich hätte sie prüfen müssen, bevor ich die Kinder dort spielen ließ. Aber ich habe es versäumt."

„Nun sag schon!" In Gedanken stürmte sie hinüber und schüttelte die Worte aus ihm heraus. In Wirklichkeit konnte sie keinen Finger rühren. Marie blieb, wo sie war, vor ihrem Sandsteinkreuz. Und die Sturmglocke läutete dazu.

„Janni bekam die ganze Wucht ab. Er war auf der Stelle tot ..." Siegfried brauchte ein paar Atemzüge, bevor er fortfahren konnte. „Aber die Stele war schwer und das schmiedeeiserne Kreuz voller spitzer Zacken, und so reichte es auch noch für Anni. Sie hat sie am Kopf getroffen. Nur war es zum Sterben nicht genug."

„Was heißt das? Hat sie überlebt?"

Siegfried nickte. „Überlebt schon. Aber vielleicht wäre es ja anders besser gewesen. Auch wenn es nicht recht ist, so etwas zu sagen. Man versündigt sich leicht."

„Warum wäre es denn anders besser gewesen?"

Nicht einmal Siegfried wusste, woher die Wut kam, mit der er den Stock in den Kies stieß. Steine spritzten, sodass Marie zusammenzuckte. Hart und klar war sein Blick, er hielt den ihren wie mit einem Schraubstock umklammert. „Weil der Stein etwas kaputt gemacht hat in ihrem Kopf. Sie ist eine Fremde geworden, unser Sonnenschein. Ein Wesen, das keine Erinnerung mehr hat. Das nichts mehr von uns weiß. Von früher. Von sich selbst."

Etwas Eisiges fasste an Maries Kehle und drückte zu. Sie wollte weiterfragen, aber sie konnte es nicht. Die Wörter wollten nicht kommen. An den Nebel musste sie denken, von dem Rose gesprochen hatte, an den Nebel, in dem sich ihre kleine Anni immer weiter von ihr entfernt hatte. Das war es also. Sie hätte es vielleicht früher verstehen können, wenn sie besser zugehört hätte. Es war alles ganz anders, und es nagte an Rose, ungefähr so, wie Wind und Sonne und Sturm an einem Grabstein nagen, bis er am Ende sich selbst nicht mehr gleicht.

„Sie lebt noch", brachte Marie endlich heraus, als die kalte Hand an ihrem Hals losließ. Es war eine Feststellung, keine Frage. „Anni … Sie ist gar nicht tot. Sie liegt nicht im Schmetterlingsgrab und auch in keinem anderen Grab."

Siegfrieds Zorn war schon wieder verraucht. „Natürlich lebt sie noch, was denkst du denn? Rose will es nur nicht wahrhaben. Sie hat ihre Tochter nicht so verloren wie ich meinen Sohn, und sie hat sie trotzdem verloren. Es war kein Herankommen mehr an sie, hat Rose gesagt. Die alte Anni war von einem Tag auf den anderen einfach fort und kam nicht mehr zurück zu ihr. Keine Hoffnung, keine Aussicht auf Besserung. Rose verkraftet es wohl besser, indem sie zu diesem Grab geht … Sie kann sie nicht besuchen, dort, wo Anni jetzt ist."

„Aber wieso denn nicht?", fragte Marie beinahe verzweifelt. „Vielleicht wartet Anni ja darauf …"

„Ich verstehe es auch nicht, Mäderl. Aber hör weiter, vielleicht kannst du es mir ja dann erklären."

Marie nickte. Dabei war sie sich gar nicht sicher, ob sie das, was noch kommen würde, hören wollte. Unwissen war eine Gnade. Manchmal.

„In den ersten Tagen nach dem Unglück war Anni noch nicht so … anders. So fern, so fremd. Nur untröstlich. Schrecklich untröstlich. Wie besessen untröstlich."

Marie suchte eine Frage aus all den Fragen heraus, die sie bestürmten, während ihre innere Glocke immerzu läutete, läutete, läutete. „Was heißt das – wie besessen untröstlich?"

„Es sei ihre Schuld. Das hat Anni immer wieder gesagt, das hat sie aus Leibeskräften gebrüllt und geglaubt, aus all den Leibeskräften, die ein fünfjähriges Mädchen aufbringen kann. Es sei ihre Schuld, dass die Stele umgefallen ist. Dass sie Janni totgequetscht hat … Wir haben sie gar nicht wiedererkannt. Immerzu hat sie gesagt: ‚Ich habe ihm doch nur den Schmetterling gezeigt. Er war so schön … Janni wollte ihn herunterholen. Für mich. Dann ist der Schmetterling gefallen und das Kreuz und der ganze Stein. Ich bin schuld, dass Janni tot ist. Und ich sollte tot sein und nicht er.'"

Der Schmetterling … Der Schmetterling … Wie hatte ein kleines Mädchen all das schultern können? Wie hatten andere es zulassen können? Wie hatte so viel Unglück geschehen können?

„Ja, das war ein harter Brocken", sagte Siegfried. „Der Grabstein. Das Unglück. Alles war vorbei, von einem Augenblick auf den anderen. Einfach vorbei."

„Wie … wie hast du das geschafft?", fragte Marie leise.

„Ich? Gar nicht. Schau doch, wo ich bin. Auf dem Friedhof."
Er straffte die Schultern. „Agnes und Rose haben es nie verwunden. Agnes musste weg von mir, und ich habe es verstanden.
Vielleicht musste sie auch weg von Rose … Wir haben uns nicht
wiedergesehen, und so hoffe ich, dass sie noch am Leben ist.
Was Rose betrifft – sie musste die Kleine ins Krankenhaus geben
und mit ansehen, wie ihr die eigene Tochter eine Fremde wurde.
Es hat ihr das Herz gebrochen. Wir alle sind nicht mehr die, die
wir waren, und das habe ich getan. Ich habe nicht aufgepasst."

„Ihr seid gut im Schuldaufladen hier", murmelte Marie.
„Hast du nicht selbst gesagt, dass man gegen das Schicksal
machtlos ist?"

Siegfried brummte: „Man ist machtlos, natürlich. Aber das
hilft einem nicht, wenn man der ist, der übrig bleibt."

Klatsch. Wieder eine Ohrfeige.

Ich bin doch die, die übrig bleibt.

Marie schüttelte langsam den Kopf. „Aber warum sagt Rose,
dass Anni tot ist?", fragte sie.

„Für Rose ist sie das. Unerreichbar fern. Nicht mehr da." Siegfried zuckte die Achseln. „Glaube ich jedenfalls. Sie spricht ja
nicht mehr mit mir … Seit damals spricht sie nicht mehr mit mir.
Vielleicht ist es leichter für sie, wenn sie mir die Schuld geben
kann."

Unglück ist wohl doch nicht mein Privileg. Auch er weiß, wie
es sich anfühlt. Auch er kennt die Gespenster. Auch er hängt
im Netz. Nur zappelt er nicht mehr. Er fügt sich, er hält ganz
still und erwartet die Spinne.

So weit bin ich noch nicht. Ich zapple, ich hänge am Leben.
Dabei war mir eben noch alles egal … Vielleicht bin ich doch
nicht verflucht. Denn es trifft ja auch andere.

„Aber man muss das verstehen", fuhr Siegfried fort, als hätte er ihr Schweigen nicht gehört. „Rose ist eine gute Frau. Nun lebt sie eben in ihrer eigenen Welt. An diesem Dazwischenort. Sie findet nirgends Frieden. Nicht hüben und nicht drüben."

Das muss es sein, was Liebe meint. Er nimmt sie in Schutz dafür, dass sie so ist, wie sie ist. Und immer noch liebt er sie, ohne jede Bedingung ... Ob ich das auch könnte – jemanden lieben und ihn so sein lassen, wie er nun mal ist? Nein, so etwas Großes kann ich nicht. Matti kann ein Lied davon singen ...

„Vielleicht war sie ja nicht so stark, wie ich immer dachte", sagte Siegfried. „Aber wer weiß schon selbst, was er tragen kann, bevor er es nicht auf den Schultern gespürt hat?"

„Du hast deinen Janni verloren", sagte Marie. „Ist das nichts?"

Siegfried fuhr sich mit der Hand übers Gesicht. „Doch, das ist viel", antwortete er. „Er hat mir jeden einzelnen Tag gefehlt."

„Ich glaube nicht, dass du schuld bist."

„Ja, Mäderl, das mag schon sein. Aber das ist ja völlig egal. Weil ich es glaube. Und sie glaubt es auch."

Marie nickte. Er hatte recht. Es war egal, was alle Welt glaubte, solange er es selbst glaubte. „Und was ist mit deinem Bein?"

Siegfried lachte leise. „Das Bein. Das ist der geringste Preis. Der, den ich zahlen durfte. Ich habe die Stele weggestemmt. Darunter lagen ja die Kinder. Dabei ist sie noch einmal gefallen. Auf mein Bein. Aber es war stark und hat die Stele gehalten, weg von den Kindern, bis jemand kam. Das Bein ist schon ein großes Glück. Es erinnert mich jeden Tag daran, dass ich ein bisschen büßen darf."

Wahrscheinlich würde ich genauso reden. Weil ich lieber der ganzen Welt vergeben würde, als mir selbst zu vergeben. Es tut ja so gut, an sich zu leiden. Mein Schmerz gegen meine

Schuld. Und es macht so frei. Man gehört nicht mehr dazu. Man steht nicht bei den anderen, man steht abseits, außerhalb der Ordnung, über den Dingen. Von dort gibt es kein Zurück. Nichts ist mehr wichtig, womit wir anderen uns jeden Tag herumschlagen. Es ist wie ein abgebrochenes Leben, ohne dass es zu Ende wäre. Ich glaube, ich verstehe …

Ich verstehe, dass ich nichts weiß. Gar nichts weiß ich.

„Ich konnte mich nicht verabschieden von Janni. Als Agnes ihn beerdigte, steckte ich im Streckverband. Das kam noch dazu, das hat sie mir wohl auch nicht verziehen. Unter mir, zwei Stockwerke tiefer, lag Anni auf der Intensivstation. Als mein Bein halbwegs geflickt war, haben sie mich hinuntergefahren. Sie sah schon ganz anders aus. So weit weg. Ich dachte erst, sie wollte hinüber zu Janni. Aber sie ist dann doch wieder aus dem Koma aufgewacht. Sie hat so geweint um ihn und wollte alles auf sich nehmen und hatte keine Freude mehr am Leben. Ein kleines Mädchen, das nicht mehr lachen kann und von Schuld faselt …"

Wieder die Glocke. Wieder Sturmgeläut. Marie schwirrte der Kopf. Sie fühlte sich an etwas erinnert. Aber an was? Es fiel ihr nicht ein, wie sehr sie auch im Nebel stocherte. Nur Gefühlsfetzen, die sie zu fassen bekam: Verlassenheit, Verzweiflung. So irrsinnig vertraut.

Sie zwang sich tief durchzuatmen. Es war ein Unfall gewesen … Niemand trug die Schuld daran, aber alle rissen sich darum. Sie hatte keine Ahnung, was sie sagen sollte. Was hätte sie auch sagen können? Sie war eine Fremde, und Fremde wussten keinen Trost … Dann dachte sie an Adrian und Gretel und daran, dass offenbar auch Bekannte keinen Trost wussten.

Sie hob einen Kieselstein auf. Strich darüber und fühlte, wie rund und glatt und vollkommen er war. Sie dachte, dass es ein Stein war, nicht mehr und nicht weniger, und dass er gut so war. Und wenn er Ecken und Kanten gehabt hätte, wäre er trotzdem gut gewesen. Er war eben so. Er musste nichts Besonderes können, er musste nur Stein sein. Es schenkte ihr ein wenig Zuversicht, auch wenn sie keine Ahnung hatte warum.

„Rose hat es nicht geschafft", sagte Siegfried nach einer Weile. „Wie sollte sie auch? Allein mit dem kranken Kind und ohne Mann ... Anton war ja schon ein paar Jahre zuvor gestorben, als Anni noch nicht einmal laufen konnte. Ich wollte es wiedergutmachen. Das kann man nicht, das weiß ich, aber ein bisschen wenigstens, dachte ich ... Ich hab ihr meine Hilfe angeboten, aber sie hat kein Wort gesagt und mir die Tür vor der Nase zugeschlagen. Wieder und wieder und wieder. Sie wusste, dass Janni tot war und Agnes fort und dass ich büßte, aber sie hat kein Wort mehr mit mir gesprochen. Und weil Anni schließlich aufhörte, von Schuld zu reden, und überhaupt nichts mehr sagte, haben die im Krankenhaus sie nicht gehen lassen wollen. Am Ende kam sie in eine Einrichtung für Kinder, mit Malkursen und Musiktherapie. Es hat Rose das Herz gebrochen. Sie hat sie oft dort besucht und durfte sie manchmal auch für ein paar Stunden mit nach Hause nehmen ... Das hat sie verändert. Sie fing an, nicht mehr so gut auf sich selbst achtzugeben. Eines Tages, irgendwann, war sie dann wieder hier. Und blieb, weil sie drüben kein Leben mehr hatte ..."

Der alte Mann bohrte seinen Blick in den Kies zu seinen Füßen. „Ich schätze, das, wovor man flieht, holt einen doch immer wieder ein. Als sie sich ein wenig eingelebt hatte, hat sie sich das Schmetterlingsgrab gesucht. Natürlich musste es dieses und kein anderes Grab sein. Sie meinte wohl, dass sie dort ihrer Anni am nächsten war – der Anni von früher, der Anni, die ihr Sonnenschein war. Vielleicht hoffte sie auch, dass es ihr eines Tages ihre Anni wiederbringen würde ..."

„Ich verstehe das nicht", sagte Marie. Ihr fiel auf, dass sie das sehr häufig hier sagte. „Rose lässt doch ihre Anni nicht im Stich. Sie liebt sie doch so ..."

Siegfried sah müde aus. „Sie liebt jemanden, der längst fort ist. Dessen Leben sie nicht mehr teilen kann. Sie liebt eine Erinnerung. Einen Nebelstreif."

Marie schüttelte den Kopf. „Und warum sie dich nicht mehr sehen will, begreife ich auch nicht … Dabei hat sie so nett von dir gesprochen."

Er horchte auf. „Sie hat von mir gesprochen?"

„Ja. Ich soll es mir nicht mit dir verscherzen, und wenn du mir das Vergolden beibringen willst, wäre das eine große Ehre."

„Hm", machte er. Und dann noch einmal: „Hm."

Wieder einmal war es still am Nagelfluh und drüben unter dem Sandsteinkreuz. Zum Zeitvertreib brachte der Wind das Gras zwischen den Gräbern ein bisschen in Unordnung. Marie sah hinauf zu den Wolken. Sie waren mit lässigem Pinselstrich an den Himmel gemalt und sahen beinahe zu vollkommen aus, um echt zu sein.

„Ob ich mit ihr reden soll?", fragte sie. „Meinst du, das würde helfen?"

„Mäderl, das ist lieb von dir. Aber du erreichst sie nicht. Keiner erreicht sie. Sie ist eine alte Frau. Das Grab ist ihr Leben. Lass sie einfach. Lass sie."

Wieder Wolkenschau und Mitsegeln in Gedanken an ferne Gestade. Wenn man dem Himmel glauben wollte, war alles luftig und leicht und tat gar nicht weh. Man hätte meinen können, dass Schatten und Nacht Erfindungen waren, die ein Gott in seinem Übermut geboren hatte, damit es nicht gar so langweilig wäre vor lauter Sonnenschein. Marie nickte. Er hatte seine Sache sehr gut gemacht, dieser Gott. Langweilig war es nicht mehr. Jedenfalls nicht hier unten.

„Und dir genügt das?", fragte sie, ohne Siegfried anzusehen. „Eine Frau zu lieben, die an einem Dazwischenort lebt? Die dich nicht bemerkt?"

„Ja", antwortete er. „Es genügt mir, wenn ich sie ab und zu von fern sehen kann. Wenn ich weiß, dass es ihr gut geht. Das ist nicht viel, aber es ist alles, was ich kriegen kann."

So muss es wohl gemeint sein. Keine Gegenleistung. Kein Wenn und Aber, keine Forderungen und Bedingungen. Nur dieses Gefühl, das nichts braucht außer sich selbst. Das möchte ich auch einmal können … Mal sehen, vielleicht lerne ich es mit der Zeit. Ich übe ja schon fleißig alles Mögliche. Den Wolken lauschen und Augenblicke vergolden und Glückskatzen finden und verlieren zum Beispiel. Da wird der Rest doch auch zu schaffen sein. Der ganze alberne Rest.

„Glückskatzen sind eben so", sagte Siegfried.

Marie fuhr zusammen. „Wie?"

Siegfried zuckte die Achseln. „Glückskatzen. Du kennst doch auch eine."

„Wie kommst du darauf?", fragte Marie. Irgendetwas stimmte nicht mit den Leuten hier. Sie konnten in ihren Kopf schauen. Beunruhigend war das. Mindestens.

„Glückskatzen", wiederholte Siegfried. „Glückskatzen findet und verliert man nicht einfach so. Sie müssen es wollen, und dann ist es im Grunde eine Kleinigkeit. Es ist gar nichts dabei, was man können oder lernen muss."

Er weiß, was ich gedacht habe. Er weiß es sogar wörtlich.

„Wer hat dir das mit der Glückskatze verraten?", wollte Marie wissen.

Siegfried lächelte. „Du stellst die falschen Fragen, Mäderl. Du stellst immer nur die falschen Fragen. Kein Wunder, dass du bei uns gelandet bist."

Marie schluckte. Ihr wurde mit einem Mal bang zumute vor ihrem Sandsteinkreuz. Die Wolken waren nicht mehr ihre Verbündeten, die Engel auf den Gräbern drohten mit versteinertem Blick. Kälte kroch aus dem Stein und streckte die Finger nach ihr aus. Spinnengleich.

„Wir haben April", sagte Siegfried. „Verkühl dich nicht."

Marie stand auf und rieb sich die Hände, um wieder warm zu werden. „Was meinst du mit den falschen Fragen?"

„Mit den falschen Fragen ist es so eine Sache", sagte Siegfried. „Sie führen dich in die Irre. Da kann auch eine Glückskatze nichts mehr ausrichten."

„Hast du Erfahrung mit Glückskatzen?"

Er nickte. „Freilich. Mit einer zumindest."

„Und was hat sie zu dir gesagt?"

„Nichts."

Marie stutzte. „Dann hat sie dich bestimmt irgendwohin geführt. Wie mich."

Der alte Mann schüttelte den Kopf. „Nein."

„Aber irgendwas muss sie doch getan haben?"

„Nein. Diese nicht. Sie saß nur da, vor dem Friedhof, und wartete auf mich. Jeden Morgen, wenn ich Dienst hatte. Vielleicht war sie ja auch da, wenn der alte Thomas kam. Keine Ahnung. Ich hab ihn nie danach gefragt."

Marie legte den Kopf schief. „Und wann hat das angefangen?"

„Auf einmal war sie da. Und dann immer. Wenn sie mich sah, ist sie aufgestanden und mit mir mitgegangen. Meistens ist sie irgendwo abgebogen, hat sich noch einmal nach mir umgesehen – und weg war sie."

Marie kam ein Gedanke. Gut möglich, dass das schon wieder eine von den falschen Fragen war. „Wohin ist sie denn abgebogen? War das immer an derselben Stelle?"

„Sachen willst du wissen …" Siegfried kratzte sich am Kopf. „Ich erinnere mich nicht mehr. Es ist schon so lange her."

„Versuch es", drängte Marie.

„Warte … Damals hatte ich hier in Abteilung B zu tun. Aber die Katze ist nie bis hierher mitgekommen. Sie blieb immer in Abteilung D – das ist die vor B. C ist weiter drüben."

„Und was ist in Abteilung D?"

Marie sah, dass sich seine Augen für einen Moment weiteten, doch er sagte nichts.

„Das Schmetterlingsgrab, oder?"

Siegfried nickte. „Muss Zufall sein", brummte er. „Das war vor dem Unglück ..."

„Und wann hast du die Glückskatze zum letzten Mal gesehen?"

„An dem Tag, bevor Janni und Anni –" Siegfried wandte den Kopf ab und machte eine unbestimmte Geste mit der Stockhand. „Am Morgen davor war sie plötzlich nicht mehr da. Zum ersten Mal seit Wochen. Es ist mir erst viel später aufgefallen. Viel später, als alles längst geschehen war. Weil doch die Kinder bei mir waren, habe ich nicht darauf geachtet."

Marie schwieg.

„Meinst du ..." Siegfried räusperte sich. „Meinst du, sie hat es gewusst?"

„Vielleicht hat ja jeder Friedhof seine Glückskatze", sagte Marie anstelle einer Antwort. „Eine, die Dinge weiß ..."

Siegfried nickte. „Die sich nur zeigt, wenn sie es will ..."

„Und die zur rechten Zeit unsichtbar ist."

Beide rissen die Köpfe herum – zu Rose, die plötzlich da war, als hätte sich der Erdboden zwischen dem Engel zu ihrer Linken und dem lorbeerbekränzten Basalt zu ihrer Rechten aufgetan. Klein und zerbrechlich war sie und heute in Lindgrün gewandet. Pastellfarben standen ihr wirklich unverschämt gut.

„Was machst du denn hier?", fragte Siegfried.

„Erlaube mal", erwiderte Rose. „Dies ist ein öffentlicher Friedhof."

„Aber ... aber in Abteilung B hab ich dich noch nie gesehen", stammelte er.

Rose zuckte die Achseln. „Dann bist du vielleicht zu selten in Abteilung B", sagte sie. „Aber da wir gerade dabei sind: Natürlich hat sie es gewusst."

Siegfried brauchte ein bisschen. Marie war schneller. „Die Glückskatze?"

Rose nickte.

„Du redest mit mir", stellte Siegfried fest. Mithilfe seines Stocks rappelte er sich auf. Man sah ihm an, dass es ihn Mühe kostete, aber er konnte ja nicht gut sitzen bleiben, während die Liebe seines Lebens plötzlich vor ihm stand und nach einer Ewigkeit wieder mit ihm sprach.

„Ich hatte lieben Besuch", sagte Rose. „Man soll Frieden schließen, hat sie gesagt."

„Wer – sie?", fragte Marie.

Rose lächelte fein.

„Die Glückskatze?"

Rose nickte.

„Sie ist wieder da", murmelte Siegfried.

„Sie ist immer da", sagte Rose.

„Mag sein." Siegfried starrte auf seinen Stock. „Ich habe sie nur lange nicht gesehen."

Stille trat ein, in der man sogar das Tapsen samtener Pfoten hätte hören können. Doch die Glückskatze gab sich nicht die Ehre. Auf einmal verspürte Marie das dringende Bedürfnis, etwas mitzuteilen. Hier sagte ohnehin jeder, was er wollte und wann er es wollte. Und jeder bewahrte seine eigenen Geheimnisse und schwieg darüber wie ein Grab.

„Wusstet ihr eigentlich, wie wichtig Namen sind?", fragte sie. „Ich habe ihn Benjamin genannt, ohne zu wissen, was das bedeutet."

„Ihn?", entgegnete Siegfried. „Ich dachte, die Glückskatze ist eine Sie."

„Nicht die Katze", erwiderte Rose. „Ihr Junge."

„Ihr Junge?", echote Siegfried.

Marie nickte. „Ja. Mein Junge."

Siegfried blickte von einer zur anderen und verstand kein Wort.

Marie lächelte. „Es ist ein schöner Name, oder? Benjamin heißt ‚Glückskind'. Und es ist noch schöner, dass er überhaupt einen Namen hat."

„Wieso denn?", fragte Siegfried.

„Das ist eine eigene Geschichte", meinte Rose. „Vielleicht wird Marie sie dir einmal erzählen."

„Ja, vielleicht", nickte Marie. „Ich glaube nämlich, ich kann mich bald von ihm verabschieden. Und auch von seinen Geschwistern, die ich nie kennenlernen werde."

Siegfried war anzusehen, dass er an Maries Zurechnungsfähigkeit zu zweifeln begann. Er schwieg taktvoll.

Rose nickte. „Es ist gut, Abschied zu nehmen. Ich übe schon seit dreißig Jahren, aber ich kann es immer noch nicht. Dabei wird es wohl langsam Zeit. Nicht wahr?"

Dies war keine Frage, auf die man antworten musste. Lag nicht ohnehin einen winzigen Augenblick lang alles so deutlich vor ihnen wie ein offenes Buch? Man musste nur noch darin lesen.

Ein Windstoß fuhr in das Buch und blätterte die Seiten um, und schon war der Moment zerstoben und die Stelle verloren. Marie dachte daran, dass sie eigentlich in diesem Augenblick hätte lernen sollen, wie man auf Siegfrieds Art verblasste Inschriften vergoldete – oder mit Roses Worten: wie man etwas Unscheinbares wertvoll machte. Aber das konnte man sicher auch nachholen.

Denn es gab gerade Wichtigeres. Da war ein Bild in ihr. Es zeigte einen kleinen Grabstein, irgendwo im Wald, dort, wo ihn außer ihr niemand finden würde. In frisch vergoldeten Lettern stand ein einziges Wort darauf. Ein Name. Nichts weiter. Der Grabstein hatte nichts Schweres oder Graues, er wirkte so schäfchenleicht wie eine kleine Wolke … Allein wegen der Inschrift würde es sich lohnen, genau aufzupassen, wenn Siegfried sie demnächst in seine Geheimnisse einweihte.

Etwas wurde weit in ihr, und sie wusste einen Atemzug lang, dass sie die Welt umarmen durfte, sooft ihr danach war. Die Leere, die sie so gründlich aushöhlte, schuf auf einmal Platz für etwas Neues: ein ganz kleines Glück. Darüber, dass sie einmal ein Kind hatte haben dürfen, wenn auch nur kurz. Dass es ihm eine Weile gut gegangen war mit ihr. Und dass sie es noch immer lieben durfte, bis an ihr Lebensende und darüber hinaus, wenn das ging. Dort, vor dem Sandsteinkreuz, zwischen Rose und Siegfried, deren Kinder ihr Leben erst mit Licht geflutet und dann ins Dunkel gestürzt hatten, erkannte Marie, wie groß dieses Geschenk war. Und sie begann sich auf den Augenblick zu freuen, wenn sie ihrem Jungen endlich all das sagen konnte vor dem kleinen Grabstein im Wald.

Und schon war es vorbei mit dem Frieden. Das Schweigen in Abteilung B wurde von einem infernalischen Gitarrenriff in Fetzen gerissen. Die Totenkopf-CD. Adrian hoffte wohl, dass ihnen die Arbeit mit rhythmischer Unterstützung leichter von der Hand gehen würde. Für diesen guten Zweck hatte er den Lautstärkeregler bis zum Anschlag aufgedreht.

Der Augenblick war dahin, und dem Schweigen folgte Verwunderung. Marie sah Siegfried an und Siegfried Marie, und beide lasen im Blick des anderen: Wo ist sie?

Denn Rose war fort. Ebenso unvermittelt, wie sie erschienen war, hatte sie sich davongestohlen. Sie musste die lärmende Schrecksekunde dazu genutzt haben. An der Stelle zwischen Engel und Lorbeerkranz jedenfalls jetzt: Lücke. Luft.

„Immerhin hat sie mit dir gesprochen", tröstete Marie Siegfried, dem die Enttäuschung anzusehen war. „Zum ersten Mal nach all der Zeit. Das ist doch ein Anfang, das muss etwas zu bedeuten haben."

„Sie hat nichts von Anfang gesagt", meinte Siegfried. „Nur von Abschied."

Marie schüttelte den Kopf. „Nun freu dich doch! Bald geht ihr zusammen hierher auf den Friedhof. Oder vielleicht auch anderswohin, wo es ein bisschen lebendiger ist?"

Er stand verloren vor dem Nagelfluh herum. „Wir werden sehen, wir werden sehen", brummte er.

„Schade, dass sie schon wieder fort ist", sagte Marie. „Ich wollte sie doch nach der Glückskatze fragen. Aber dann mache ich das eben beim nächsten Mal. Rose läuft uns ja nicht weg."

Siegfried nickte über seinem Stock. „Nein, sie läuft uns nicht weg."

„Auf einen Tag mehr oder weniger kommt es jetzt auch nicht mehr an. Was ist schon ein Tag nach über dreißig Jahren?"

Siegfried starrte nachdenklich auf seine Hand, die den Griff des Stocks umklammert hielt. Dann hob er den Kopf, sein Gesicht begann zu leuchten, und er gab die einzig mögliche Antwort auf Maries Frage: „Ein Fliegenschiss."

7

Als Siegfried mit dem Finger über die lackierte Inschrift des Sandsteinkreuzes strich, war ein hoher Ton zu hören. Er nickte zufrieden. „Wenn der Stein pfeift, wird's Zeit", sagte er. „Jetzt geht's ans Vergolden.

Er tat so, als wäre die Begegnung mit Rose schon vergessen. Auf dem Nagelfluh hatte er alles bereitgelegt, was sie brauchen würden: das Heftchen mit dem Sturmgold, Vergolderkissen und -messer, Watte, Anschießer und Einkehrpinsel. Marie warf nervöse Blicke darauf. Sie konnte damit umgehen, aber sie fürchtete, dass sie nicht gut genug sein würde. Gut genug für Siegfried: Wahrscheinlich würde der Wind das Sturmgold davonwehen – darum hieß es ja wohl so – oder, noch schlimmer, sie würde einen Fehler machen und das ganze Sandsteinkreuz verderben.

Siegfried hatte wieder Oberwasser. Klar, mit dem Vergolden kannte er sich besser aus als mit so ziemlich allem anderen. „So, Mäderl", sagte er, „jetzt nimmst du als Erstes ein Seidenpapier mit dem Sturmgold aus dem Heftchen."

Marie ergriff zögernd das Vergolderkissen. Das Heftchen war so groß wie ihre Handfläche und auf dem Vergolderkissen mit einem Band befestigt. Unsicher schlug sie die erste Seite auf. Da, auf dem Seidenpapier, leuchtete ihr das Blattgold entgegen.

„Dreiundzwanzigdreiviertel Karat", sagte Siegfried. „Ganz schön, oder?"

Sie nickte.

„Nun löst du das Seidenpapier aus dem Heftchen und legst es auf das Vergolderkissen."

Folgsam tat sie, wie ihr geheißen war.

„Jetzt musst du es mit dem Vergoldermesser zuschneiden. Schau dir die Inschrift an: Wie breit soll der Goldstreifen sein, den du aufbringst?"

Marie nahm mit den Augen Maß und hielt das Messer an das Blattgold. „Ungefähr so breit?"

Siegfried nickte. „Noch ein bisschen mehr. Du kannst nicht nachstückeln. Lieber nimmst du zu viel als zu wenig und gehst ein bisschen über den Rand hinaus. Den Überschuss kannst du dann einkehren."

Marie fasste sich ein Herz und schnitt das Blattgold von oben nach unten durch. Das Messer war scharf, sie brauchte kaum Kraft. „Und jetzt?"

„Jetzt nimmst du den Anschießer" – Siegfried zeigte auf einen breiten, flachen Pinsel – „und streichst damit über deine Wange."

„Was mache ich?", fragte Marie.

„Schon richtig gehört, Mäderl", nickte Siegfried. „Über die Wange. Dabei nimmt er Fett auf, sodass das Sturmgold besser an ihm haften bleibt."

Marie ließ die Bemerkung über ihre fettige Wange auf sich beruhen. Protest zwecklos. Unter Siegfrieds wachsamen Augen legte sie den Streifen Blattgold auf die Einkerbung des ersten Buchstabens – das „A" des Adalbert Huber, der hier lag – und drückte ihn mit dem Anschießer an. Das war knifflig, denn das Gold durfte keine Falten werfen oder verrutschen. Mit zusammengepressten Lippen strich sie wieder und wieder darüber, bis Siegfried ihr den breiten Pinsel aus der Hand nahm.

„Vielleicht solltest du jetzt das Seidenpapier ablösen, damit wir weitermachen können", schlug er vor.

Anschließend kehrte Marie die überständigen Goldreste mit einem dicken Fehhaarpinsel ein und verrieb sie auf den schwerer erreichbaren Stellen des A.

„Der Pinsel ist aus Eichhörnchenhaar", meinte Siegfried. „Ganz fein und weich. Damit kommst du selbst in die hintersten

Winkel der Einkerbungen. So geht nichts verloren, und es entsteht eine geschlossene Goldfläche."

Marie ließ den Pinsel nicht eher ruhen, bis das ganze „A" glänzte. Dann kamen das „D" und der Rest des Namens, die Lebensdaten und das bereits liebgewonnene Alpha und Omega an die Reihe. Als Marie einmal begriffen hatte, worauf Siegfried so großen Wert legte und weshalb, gingen ihr die Abläufe immer leichter von der Hand.

Nach einer kleinen Ewigkeit war selbst der alte Steinmetz zufrieden. „Vorerst lassen wir's genug sein. Wenn es getrocknet ist, polierst du mit Watte darüber, und dann ist dein Gesellenstück fertig." Er klopfte ihr auf die Schulter. „Passt." Mehr Lob ging nicht.

Marie vergoldete schon seit vielen Jahren, aber erst jetzt verstand sie, worauf es ankam: Man musste mit dem Stein sprechen. Zum Vergolden mochte Handwerk gehören, Geschick, Fleiß und Übung, und man konnte es erlernen. Bis auf ein Letztes. Denn es war auch Schöpfergeist und Fantasie nötig, eine verblasste Inschrift wieder zum Leben zu erwecken oder einem kaum noch erkennbaren Ornament Form und Glanz zurückzugeben. Dieses Letzte war das Geheimnis, und man brachte es mit als Talent und Geschenk – oder nicht. Es ließ sich nicht erzwingen oder herbeiwünschen oder aus dem Handgelenk schütteln, aber es hatte die Macht, aus einem Augenblick eine Offenbarung und aus einem Grabstein ein Kunstwerk zu machen. So einfach war das. Und so schwer.

Marie blickte auf Adalbert Hubers letzte Ruhestätte. Nun gehörte er nicht mehr zu den vielen Namenlosen, die keiner kannte. Nun wusste man wieder, wer hier lag und wann er gelebt hatte: 1879 bis 1925. Genügte nicht dies schon als kleines Andenken an ein Leben? An eines, das unschuldig begonnen hatte wie all die anderen, das nicht immer leicht gewesen sein mochte, das in dunklen Zeiten ertragen und in hellen geliebt wurde. Und das sicherlich im Laufe der Jahrzehnte viele Fragen gestellt hatte, auch wenn sie womöglich nie einer Antwort gewürdigt worden waren …

Du Alpha und Omega, du Gott oder Schicksal oder wie du dich nennst, du richtest alles so ein, wie es kommt. Das ist vielleicht schon das ganze Geheimnis. Man muss es annehmen, das Gute, das Schlechte, das Mittelprächtige, das einem zugedacht ist, und dann daraus das Beste machen. Hadern ist sinnlos. Denn kein Gott der Welt nimmt je eine Entscheidung zurück.

So müsste man leben können: im Augenblick. Wer immer zurücksieht, kommt vom Weg ab, und wer zu weit nach vorn schaut, fällt über das Naheliegende. Die Kunst ist es, die Inschrift zu entziffern, das richtige Werkzeug zu wählen, seine Arbeit gut zu machen und sich um den Rest nicht zu sorgen. Mehr kann man nicht tun.

Marie wusste nicht, ob Adalbert Huber dieser Kunst mächtig gewesen war. Sie wusste nur, dass sie heute über die Zeiten hinweg diesem Leben eine kleine goldene Stimme wiedergegeben hatte, die von alldem flüsterte und machte, dass es nicht mehr vergessen war.

Siegfried räusperte sich und erklärte, dass sie fürs Erste hier fertig seien. Er trug Marie auf, das Werkzeug zu Adrian zurückzubringen. „Das Sturmgold nehm ich lieber selber mit", sagte er augenzwinkernd. Dann drehte er sich um und schlurfte über den Kies davon. Das Klackklack seines Stocks wurde leiser und leiser und verlor sich endlich zusammen mit dem gebeugten Schatten des Alten in der einsetzenden Dämmerung.

Während sie ihm nachsah, fragte Marie sich, wie er diesen Abend verbringen würde. Würde der Gedanke an Rose ihn sanft in den Schlaf wiegen oder umtreiben? Würde er ein anderer sein, wenn er am nächsten Morgen aufwachte? Würde seine Liebe eine andere sein?

Als Marie zur Kapelle zurückging, hörte sie von fern Gretels Abendsegen. Ihr Gesang schwebte hoch und körperlos über dem Friedhof. Es passte gut zu dem matten Abendrot am Himmel. Vor der Kapelle traf Marie mit Adrian zusammen. „Na, habt ihr Abteilung B im Griff?", fragte er.

Sie nickte wortlos und folgte ihm hinein. Es empfing sie Stille. Vergessen das Gebrüll der Totenkopf-CD, das eben noch die heiligen Hallen erschüttert haben musste. Eine einsame Kerze erhellte das Dämmer und warf fratzenhafte Schatten an die Wände. Marie dachte an die Zuckerfee, die hier schon ein paar Pirouetten gedreht hatte. Seitdem sie auf dem Friedhof wohnte, war das Handy wie tot. Kein Wunder.

„Wir sollten Gretel nach Hause bringen", sagte Adrian, der sich am Kocher zu schaffen machte. „Sie stört die Totenruhe."

Marie lachte. „Die Toten sind längst taub. Ich sage nur: Death Metal."

Adrian zuckte die Achseln. „Einer muss ja ein bisschen Stimmung in die Bude bringen …"

„Wie dein Trommelfell das aushält", murmelte Marie. Dann sagte sie, einer plötzlichen Eingebung folgend: „Ich kümmere mich um Gretel." Sie griff sich Adrians dicken Faserpelz gegen die Abendkühle. Es machte ihr nichts aus, nun noch einmal hinaus zu müssen. Kaum ein Ort war sicherer als ein Friedhof bei Nacht, über den eine Glückskatze wachte.

Marie schlug den Weg zu Johannes' Grab ein. Sie ließ sich von Gretels kräftigem Sopran leiten, der weit durch die klare Luft trug. Die alte Frau sang sich wieder einmal die Lunge aus dem Leib. Hoffentlich erkältete sie sich nicht.

Das Wiegenlied begleitete sie über den Friedhof. Er hatte inzwischen jede Farbe verloren und war nur noch Grau und Schatten. Marie kannte den Abendsegen von Kindesbeinen an. Damals hatte hin und wieder eine liebe, alte Nachbarin, an die sie sich ebenso schemenhaft erinnerte wie an ihre Mutter, auf sie aufgepasst und ihr vorgesungen, damit sie schneller einschlief.

Von wegen: Marie war viel zu sehr damit beschäftigt gewesen, Vers für Vers mitzudenken. Ständig kamen zwei Engel dazu, bis es vierzehn an der Zahl waren – für gerade mal zwei Kinder mit so ulkigen Namen wie Hänsel und Gretel! Das war doch eine ganze Menge. Dafür mussten die beiden sicher kreuzbrav gewesen sein ...

Marie wusste nicht, wann sie zum letzten Mal an die alte Dame gedacht hatte. Sie lebte sicher längst nicht mehr ... Marie ging weiter. Immer, wenn sie das Lied hörte, was neuerdings häufiger geschah, wurde ihr warm im Bauch. Fühlte sie sich behütet. Nicht ganz unschuldig daran war auch die alte Dame von früher, deren Namen sie nicht mehr wusste. Sie schickte ihr ein Lächeln über die Zeiten hinweg.

Bald musste sie den Hauptpfad verlassen. Ein paar Meter weit streute das Licht der letzten Friedhofsfunzel noch, dann hatte sie ein Stück Weges bis zum nächsten Laternenschein im Dunkeln zurückzulegen. Doch der Mond war heute zeitig unterwegs und kletterte eben über die Baumwipfel; das half ein wenig. Es wurde wirklich höchste Zeit, dass Gretel nach Hause kam ...

Marie blieb so plötzlich stehen, als wäre sie gegen eine unsichtbare Wand geprallt. Etwas fehlte. Etwas war nicht mehr da. Es dauerte einen Atemzug, bis sie darauf kam. Erst als sie ihre Zähne klappern hörte, wurde ihr klar, dass Gretel zu singen aufgehört hatte.

Marie hielt den Atem an und lauschte in alle Richtungen. Keine Gretel, kein Abendsegen. Nur samtenes Schweigen, hier und da ein Rascheln von unsichtbaren Pfoten und das Raunen des Windes in den Bäumen. Wieso sang Gretel nicht mehr? Sie hörte doch sonst nicht für Geld und gute Worte auf ...

„Marie! Marie!"

Ihr Kopf fuhr herum. Das war nicht Gretels Stimme. Sie klang dunkel und fern. Gedämpft wie durch eine Fensterscheibe und zugleich vertraut und fremd, als käme sie aus einer anderen

Welt oder einem anderen Leben. Wer war das? Eine leise Furcht vor wer weiß was streckte die Spinnenfinger nach ihr aus.

Marie setzte sich wieder in Gang. Schneller jetzt. Verflogen das Gefühl von Zuhause und wohliger Wärme. Nur weg von hier, irgendwohin, wo es hell und sicher war. Aber nicht ohne Gretel. Da sie nun nicht mehr ihrer Stimme folgen konnte, verlor sie rasch die Orientierung. Ging es hier links ab oder geradeaus? Oder war sie schon zu weit und hätte sich an der letzten Abzweigung rechts halten müssen? Marie blieb wieder stehen und drehte sich um sich selbst. Was nichts Neues war, dachte sie, darin hatte sie Übung.

„Marie! Marie!"

Wer um Himmels willen war das? Ein Mann, kein Zweifel. Mittlere Lage und nicht mehr ganz jung … Wer auch immer er war, es klang eher besorgt denn bedrohlich. Drängend. Nur: Wo war er? Sie hörte außer ihren eigenen Schritten auf dem Kies keine weiteren Geräusche, dabei musste sie Johannes' Grab schon sehr nahe sein. Die Schatten der Grabmale und Bäume rückten näher. Wenn man wollte, konnte man hinter jedem Busch eine finstere Gestalt lauern sehen, und selbst die liebreizendsten Engel sahen im Dunkeln rachsüchtig und heimtückisch aus.

Komm schon, du bist kein kleines Mädchen mehr. Der Friedhof ist friedlich, deshalb heißt er ja so. Gretel hat sich bestimmt verlaufen und irrt nun umher. Sie fürchtet sich sicher viel mehr. Hoffentlich stürzt sie nicht! Und diese andere Stimme … vielleicht Einbildung. Ein Käuzchen mit Sprachfehler. Ein Streich, den dir dein Kopf spielt. Was weiß ich. Alles, nur nicht Wirklichkeit. Du musst jetzt vor allem eines: Gretel finden und heimbringen. Es darf ihr nichts zustoßen, du musst auf sie aufpassen, hörst du! Hörst du!

„Gretel!", rief Marie. Sie erschrak. Ihre Stimme war klein und ängstlich und verlor sich wie ein Flüstern in der Schwärze.

Reiß dich zusammen. Weglaufen und Verstecken stehen heute mal nicht auf dem Programm. Das kannst du gut, aber das will jetzt keiner von dir sehen. Zeig lieber mal, dass du Mut hast. Und wenn du keinen aufbringen kannst, dann denk an Gretel. Tu es für sie.

„Gretel!" Ihr Rufen klang, als wäre sie diejenige, die Hilfe bräuchte. Aber der Name durchdrang immerhin das schwarze Leichentuch um sie herum. Diesmal laut. Klar. Und wieder: „Gretel!"

Keine Antwort, nichts. Warum antwortet sie nicht? Zum Singen hat sie doch auch genug Stimme. Weiter. Weiter. Ich darf sie nicht im Stich lassen. Sie muss ja ganz in der Nähe sein. Oder habe ich sie vielleicht schon verfehlt? Was geistert sie auch hier draußen um diese Uhrzeit herum! Es kann so viel passieren … Bitte fang wieder mit dem Abendsegen an, Gretel! Sonst werde ich noch verrückt … So hat das keinen Sinn. Ich muss Adrian holen. Aber wo ist die Kapelle? Wo bin ich? Und wer bin ich, wenn ich nicht einmal das hier aushalte?

„Marie!"
Sie vergaß, stehen zu bleiben und zu lauschen, ob Gretel antwortete. Sie wollte weg aus der Finsternis, irgendwohin, wo ein winziges bisschen Licht war. Kopflos rannte sie die Wege entlang, bog hier ab und nahm dort eine Abzweigung und geriet immer tiefer hinein in Nacht und Angst. Wieder und wieder rief sie Gretels Namen, aber längst nicht mehr, um die alte Frau zu retten. Sondern sich.

Das hier kenne ich gut: immer nur suchen, nicht finden, mein Leben lang. Nur weglaufen, bloß nicht stehen bleiben. Ich will gar nicht ankommen. Nicht eingeholt werden von meinen

Gespenstern. Vielleicht sind sie ja gar nicht so schrecklich. Aber auch das will ich nicht wissen. Sie könnten ja etwas sagen, das ich nicht hören will …

Ein Schluchzen und erst einen Wimpernschlag später Begreifen, dass sie das war. Immer noch besser als um sie herum das große Schweigen, vor dem sie solche Angst hatte. Wie sehr musste sich Gretel erst fürchten! Gretel, die allabendlich ihren verstorbenen Mann in den Schlaf sang und um diese Uhrzeit sonst sicher längst in ihrer hellen Stube saß. Marie blieb stehen und wischte sich die Tränen aus dem Gesicht. Gretel. Beinahe hätte sie vor lauter Selbstmitleid die alte Dame vergessen. Typisch.

„Marie!"

Sie hielt den Atem an, um besser hören zu können. Wer oder was, verdammt nochmal, war das, wenn nicht ein Streich, den ihr eigener Kopf ihr spielte? Kein menschliches Geräusch außer dem Klopfen ihres eigenen Herzens. Die finsteren Gestalten, die sie hinter den Grabmalen vermutete, verrieten sich mit keinem Laut. Da – was war das? Marie fuhr herum und sah gerade noch einen schwarzen Schatten davonhuschen. Er reichte ihr ungefähr bis zum Knöchel.

Ein Marder auf Raubzug … und nur einen Buchstaben von Mörder entfernt …

Sie zog den Reißverschluss des Faserpelzes hoch, weil sie zu frösteln begann. Doch mitten in der Bewegung hielt sie inne. Lauschte angestrengt. Vergaß darüber ganz zu weinen. Ja, jetzt hörte sie es wieder. Es kam aus einiger Entfernung. Wenn sie sich nicht täuschte, waren das Stimmen. Und wenn sie nicht bereits fantasierte, lachten sie sogar.

Marie lief auf die Stimmen zu, als gälte es ihr Leben. Nur weg, weg aus der Dunkelheit und Einsamkeit. Wer es auch sei, sie würde die Leute um Hilfe bitten, und gemeinsam würden sie

Gretel und Adrian finden, und dann wäre dieser Albtraum zu Ende und alles wieder gut.

„Marie!"

Sie schenkte der Stimme, die nur ihrem adrenalingefluteten Hirn entsprang, keine Beachtung mehr. Jetzt konnte sie einen schwachen Lichtschein erkennen. Er wurde heller und größer, während sie darauf zuhielt. Marie wärmte sich daran und wurde schon mutiger. Sie beschloss, den Pfad zu verlassen – wenn sie zwischen den Grabsteinen hindurchlief, würde sie schneller dort sein. Es machte ihr gar nichts mehr aus, dass es sich überall im Gebüsch regte und floh. Sie hatte ja immer gewusst, dass es nur Tiere waren. Was denn sonst? Gespenster? Lustmörder? Lächerlich. Gleich würde sie in Sicherheit sein, dann konnten sie alle versammelten Nachtmahre kreuzweise ... Nun nur noch über diese Rasenfläche, an ein paar Gräbern vorbei, deren Engel ihr schützendes Geleit gaben, und dann ...

Marie blieb wie angewurzelt stehen. Zu ihrer Rechten stand eine Bank, die sie gut kannte, vor ihr lag der Kiesweg und dahinter ... Das Schmetterlingsgrab. Natürlich.Ob der Marder eben nicht vielleicht zufällig eine Glückskatze gewesen war? Einen Augenblick lang stellte Marie sich vor, dass sie irgendwo im Verborgenen zwischen den Grabsteinen saß und in sich hineinlächelte, wie nur Katzen es können, die unsichtbar sind.

Da hörte Marie erneut ihren Namen. Es war eine andere Stimme als die, vor der sie davonlief, und viel näher. „Was stehst du da so herum? Komm her, wir feiern Walpurgis!"

Sie machte einen Schritt vorwärts. Mitten auf dem Rasen zwischen Weg und Grab brannte ein Feuer, und auf einer rotweiß karierten Tischdecke war ein Picknick angerichtet.

„Wir haben lange auf dich gewartet", sagte Rose mit mildem Tadel in der Stimme. Das Glas, das sie in der Hand hielt, erhob sie zum Gruß. „Aber jetzt bist du ja da."

Endlos kamen Marie die Schritte aus dem Dunkel heraus in den Feuerschein vor, doch mit jedem einzelnen fielen Angst und

Verlassenheit weiter von ihr ab. Sie wurde leicht und leichter, bis sie das Gefühl hatte zu schweben. Alles war so vertraut, so hell und so klar. Sie war zu Hause, Dunkel und Einsamkeit und jene fürchterliche Stimme konnten ihr nichts mehr anhaben. Beim Näherkommen bemerkte sie, dass ihre Schuhe nass waren.

Adrian lachte. „Feenreif", sagte er und schob sich eine Wurstscheibe in den Mund. Dann klopfte er neben sich auf die Decke. „Komm. Ich hab dir extra einen Platz freigehalten."

Marie blickte in die Gesichter, die ihr entgegen lächelten. Alle waren sie da: Adrian, Siegfried, Rose, Gretel, sogar Kater. Die stimmgewaltige Greisin zwinkerte ihr zu, als wäre es der dümmste Einfall der Welt gewesen, sich Sorgen um sie zu machen. Und dort im freundlichen Lichtschein musste sie ihr Recht geben.

„Was macht ihr hier?", brachte Marie endlich heraus. „Ich hatte mich verlaufen und …"

„Mäderl, wir feiern Walpurgis, das hab ich doch schon gesagt", erwiderte Siegfried, der in schönster Eintracht neben Rose saß, das zerschmetterte Bein lang ausgestreckt auf der rotweiß karierten Tischdecke. Er hielt ihr ein Stück Baguette hin.

„Aber es ist doch noch gar nicht Walpurgis!"

„Ach, wer wird denn so kleinlich sein." Gretel machte eine wegwerfende Handbewegung. „Man muss auch mal fünfe gerade sein lassen. Auf dem Friedhof machen wir uns den Kalender selbst, nicht wahr, Siegfried?" Sie kicherte wie eine Zehnjährige.

Siegfried nickte. „Immerhin ist das Sandsteinkreuz fertig geworden. Und dabei feiern wir nicht mal in Abteilung B. Rose hat uns überredet, hierher zu gehen."

„Ja, hier ist es doch viel gemütlicher." Rose hatte sich umgezogen. Sie trug jetzt Pullover und Hose in strahlendem Weiß, was noch besser als sämtliche Pastellfarben zu ihrem grauen Haar passte. Sie leuchtete fast. „Außerdem dachte ich, dass du früher oder später sowieso zu uns stoßen würdest."

„Warum habt ihr mir nicht einfach Bescheid gesagt?", fragte Marie und dachte an ihre Verzweiflung dort jenseits des Feuerscheins.

„Dann wäre es nichts wert gewesen", erwiderte Rose. „Darauf kommen musst du schon selbst."

„Es ist nämlich so, Mäderl – Walpurgis feiern darf man nur, wenn man den Schrecken kennt. Und du siehst mir so aus, als würdest du ihn jetzt kennen." Siegfried lächelte breit.

„Ich habe ihn quasi erfunden", hörte Marie sich sagen. „Er ist mir schon früher über den Weg gelaufen."

„Stimmt, Kind!" Rose, die gerade dabei war, ihr Baguette mit Käse zu belegen, hielt inne und heftete den Blick auf sie. „Das hatte ich ja ganz vergessen."

Mit einem Mal war Marie so unerklärlich guter Dinge. Sie ergriff einen leeren Becher und hielt ihn Adrian hin. Er goss Rotwein hinein und erhob seinen eigenen Becher, um ihr zuzuprosten.

„Auf die alten Zeiten", sagte Adrian.

„Mir sind die neuen lieber", erwiderte Marie.

Gretel reckte fröhlich ihren Becher in die Höhe. „Ich könnte uns was singen."

„Lass mal", sagte Siegfried schnell. „Es soll doch nett werden."

Rose nickte. „Wenn ich da ans letzte Walpurgis denke ... Das war nicht so nett."

„Warum denn?", fragte Marie und steckte sich ein Stück Käse, der todsicher nicht vegan war, und eine Weintraube in den Mund. Und schon war ihr, als hätte sie niemals die Schrecken der Finsternis gekannt.

Rose zuckte die Achseln. „Du warst noch nicht da."

Während Marie kaute, blickte sie von einem zum anderen. Das war es also. Das, was sie so lange vermisst hatte, ohne es wirklich zu wissen. Hier saßen ein paar Menschen zusammen, die sie erst seit Kurzem kannte, und es kam ihr schon wie ein ganzes Leben vor. Ihnen musste sie sich nicht erklären, ihnen musste sie nichts beweisen. Sie durfte so sein, wie sie schon immer hatte sein wollen. Vielleicht war sie ja so gemeint – und nicht so, wie sie all diese letzten Jahre gewesen war.

„Mann, warum bist du nicht schon viel früher zu uns gekommen?", fragte Adrian mitten in ihre Gedanken hinein. „Zusammen senken wir den Altersdurchschnitt hier dramatisch. Wo warst du bloß die ganze Zeit?"

„In einem anderen Leben, schätze ich", antwortete Marie kauend.

Rose nickte. „Dein anderes Leben hat uns nur ein bisschen zu lange gedauert. Deshalb haben wir dir die Glückskatze geschickt. Damit es schneller geht."

Marie sah von einem zu anderen. „Ihr seid ja schon gut drauf!"

„Glaub ihr kein Wort", sagte Adrian und warf einen Korken nach Rose. „Glückskatzen kann man doch gar nicht schicken. Sie kommen von allein oder überhaupt nicht. Sonst wären es ja keine Glückskatzen."

„Da hat er recht, der Junge", bestätigte Siegfried. „Das sind störrische Biester. Ich hab dir ja gesagt, dass ich sie lange nicht mehr gesehen hab. Sie schaut nur noch alle Jubeljahre bei mir vorbei."

Marie lächelte. „Dann hab ich offenbar bessere Beziehungen. Sie hat mich nämlich hierher geführt. Ich bin mir ganz sicher."

„Ach!", machte Siegfried.

„Ja, das sieht ihr ähnlich", meinte Rose.

„Möchte jetzt vielleicht jemand den Abendsegen hören?", fragte Gretel. „Oder etwas anderes? Ich habe ein paar Arien im Repertoire, die euch bestimmt –"

„Lieber nicht", unterbrach sie Adrian freundlich.

Gretel zog einen Schmollmund. Siegfried hielt ihr die Weinflasche hin. „Nun sei nicht beleidigt. Trink noch ein bisschen. Die Nacht ist noch jung, im Gegensatz zu dir."

„Was hat es denn eigentlich mit Walpurgis auf sich?", fragte Marie. „Was feiern wir hier?"

Siegfried sah sie erstaunt an. „Du lebst auf einem Friedhof, und du weißt das nicht?"

Marie nickte. „Sieht so aus."

„Es ist das Fest der Hexen", erklärte Rose. „Sie tanzen ums Walpurgisfeuer und verabschieden die dunkle Jahreszeit. Aber bis zum Morgengrauen müssen sie verschwunden sein, dann beginnt die Herrschaft des Frühlings und des Lichts. Wir hüten schon seit vielen Jahren das Feuer und passen auf, dass sich keine bösen Geister zu uns verirren. Deshalb muss immer wenigstens eine Vergoldung bis Walpurgis erneuert sein. Als Schutzzauber. Dieses Jahr ist es dein Sandsteinkreuz."

Marie lachte laut und hob ihren Becher. „Jetzt muss ich mich wohl ein bisschen ranhalten. Ihr habt ja schon einen ordentlichen Vorsprung, ihr Schnapsdrosseln!" Sie lachte noch einmal und trank beherzt einen Schluck Rotwein.

In der Runde wurde es still. Gretel biss sich auf die Lippen und sah angestrengt auf die karierte Tischdecke. Adrian hörte auf, seine Fingernägel mit dem Messer zu säubern, und Siegfried und Rose warfen sich vielsagende Blicke zu. Währenddessen spielte der Wind mit ein paar leeren Tüten und rollte zärtlich einen herrenlosen Becher über den Rasen.

„Da gibt es nichts zu lachen", sagte Rose mit ungewohnter Strenge. „Du weißt nicht, wie dunkel es unter einem Grabstein werden kann. Wie verlassen man ist, wenn der letzte Trauergast geht. Wie weh das Heimweh nach Licht und Luft und Leben tut … All das weißt du nicht."

Marie schüttelte den Kopf. „Nein, das weiß ich nicht", sagte sie. „Genauso wenig wie du!"

„Dies ist kein Tummelplatz für Hexen", erwiderte Rose ungerührt. „Die Toten sollen in Frieden ruhen. Dafür müssen wir sorgen."

„Ja", sagte Marie. „Klar."

„Komm schon, Rose", sagte Siegfried. „Sie ist noch nicht lange genug hier. Wir haben doch auch eine Weile gebraucht, um uns einzuleben."

Gretel nickte. „Genau. Ich kann euch sagen – das war am Anfang eine Umstellung! Ich war ganz durcheinander, aber ich bin ja auch nicht mehr die Jüngste. Unsere Marie lernt bestimmt schneller. Nicht wahr, Mädchen?"

Marie nickte. Das war unverfänglich und konnte nicht schaden, besonders, wenn man gar nichts begriff.

„Schon gut", lenkte Rose ein. Sie nahm einen rotbackigen Apfel aus dem Korb, der vor ihr stand, und begann ihn zu schälen. „Ich finde nur, dass sie bestimmte Dinge wissen sollte. Du willst doch schließlich bei uns bleiben, Kind, oder?"

„Ach Leute, seid doch nicht so unlocker", schaltete sich Adrian ein und angelte nach der Weinflasche. „Ich finde, sie stellt sich gar nicht dumm an. Außerdem bringt sie ein bisschen Leben ins Haus. Und Siegfried hat ihr schon das Vergolden beigebracht. Das will doch was heißen! Das hast du selbst gesagt, Rose."

„Ja, unsere Marie ist begabt." Siegfried schlug sich mit der flachen Hand auf den gesunden Oberschenkel. „Auch wenn sie ein bisschen viel Schellack für die Grundierung nimmt. Anfängerfehler. Wir werden eben üben, üben, üben."

Marie sagte nichts. Sie wusste ja nicht einmal, wovon eigentlich die Rede war. Wusste auch nicht, ob sie bleiben wollte. Und wenn ja, was hieß das: bleiben? Eine Woche, ein Jahr oder ein Leben? Ihr fiel auf, dass sie sich darüber noch keine Gedanken gemacht hatte.

Über gar nichts habe ich mir in letzter Zeit Gedanken gemacht … Mein verlorenes Glückskind. Die Albträume. Der Schmetterling. Das Ausbüxen auf den Friedhof … Ich komme schon lange nicht mehr nach. Nicht mit dem Denken, nicht mit dem Fühlen. Ich lenke mich ab mit Vergolden. Nur nicht grübeln darüber, was hätte sein können, wenn ich bei Matti und das Kind bei mir geblieben wäre. Hätte es sich gelohnt, so weiterzumachen wie bisher? Hätte es all das aufgewogen – das Auf-der-Stelle-Treten und das Fremdkörper-Sein und das Schlafwandeln bei Tag durch ein Leben, das gar nicht meins ist?

Nein, nur nicht mehr dorthin zurück. Kein Selbstmitleid mehr, keine Nabelschau … Ich bin die, die übrig bleibt. Aber ich bin auch noch eine andere. Und zu ihr will ich endlich nach Hause. Ankommen und finden und Frieden haben. Vielleicht geht Matti ja mit. Mein unerschütterlicher Matti. Mein langmütiger Matti. Zusammen könnten wir warten, auf ein Wiedersehen mit unserem Benjamin zum Beispiel. Später einmal, dort, wo auch immer er ist.

Mein Sohn … Es war nicht meine Schuld. Es ist, wie es ist. Manches braucht keinen Grund, um zu geschehen. Verzeih mir trotzdem, mein Kleiner. Ich hätte dich so gern bei mir gehabt.

„Wir richten's aus", sagte Adrian in die Stille hinein.

Wieder wusste er etwas, das sie gedacht hatte.

„Das ist keine Kunst, das lernst du auch noch", fuhr Adrian fort. „Ich wollte auch immer Kinder. Dann gibt man etwas von sich selbst weiter. Ich finde das schön. Du nicht?"

Marie sah ihn groß an. „Doch. Aber dazu müsste man sie erst einmal in die Welt setzen."

„Meinst du denn, nur weil ein Kind nicht gelebt hat, war es nicht in der Welt?"

Sie nickte.

„Da bist du aber schief gewickelt." Adrian steckte sich eine Weintraube in den Mund. „Es war doch in deinem Bauch", nuschelte er mit vollem Mund. „Es hat schon geatmet, deine Stimme gehört und am Daumen genuckelt. Ein Etwas, das gar nicht da ist, kann das alles nicht."

„Mag sein –"

„Na also, dann freu dich doch. Du hast ein Kind. Es ist zwar nicht bei dir, aber welche Rolle spielt das schon. Frag Rose."

„Nun lass es gut sein, Junge", sagte Siegfried. „Manche Dinge sollte man ruhen lassen."

Adrian nahm noch eine Weintraube. „Manche Dinge ruhen schon viel zu lange … Das ist ja das Elend mit Friedhöfen. Hier wird auf Teufel komm raus geruht. Hier bewegt sich nichts und niemand mehr. Die Toten nicht. Die Vergangenheit nicht. Nicht mal die Zeit. Alles erstarrt …" Er dachte nach, was ihm ganz gut stand. „Es gibt nur diesen Augenblick jetzt. Der von eben ist vorbei und Vergangenheit, an ihm kann man nichts mehr ändern. Und der von gleich – na, der kommt eben erst, daran kann man auch nichts ändern. Das ist schon das ganze Geheimnis. Du zum Beispiel hättest Rose vor über dreißig Jahren fragen sollen, warum sie nicht mehr mit dir redet. Du hättest es nicht aufschieben sollen. Irgendwann war die Gelegenheit dann vorbei, und du hast dich daran gewöhnt, dass es ist, wie es ist. Und das ist das Schlimmste. Weil es so schön tot ist. Wie alles andere hier auch."

Marie bemerkte, dass Gretel unruhig wurde. Sie begann, eine Melodie zu summen und dazu auf ihrem Rock Klavier zu spielen. Zum Glück, denn wer weiß, was ihr angesichts der Spannung, die plötzlich in der Luft lag, sonst noch eingefallen wäre. Die anderen mit Weintrauben bewerfen oder Schlimmeres.

Rose blieb indes gelassen, als ginge sie das Gespräch nichts an. Als wäre sie in Gedanken weit weg. Bei ihrer Tochter im Zweifelsfall.

Es stimmt, was Adrian sagt. Sie sind alle irgendwie schon tot: Er und Rose und Siegfried und Gretel. Eingefroren in der Zeit. Verheddert in ihrem Netz aus Lebensfäden, das sie an diesen Friedhof fesselt. Alle verwirrt, alles verworren. Es geht nicht mehr vorwärts, nur noch zurück. Die Totenstarre hier scheint ansteckend zu sein, und wenn ich lange genug bleibe, dann packt sie auch mich ...

Ich will das nicht. Es muss doch noch etwas anderes geben, das ein Leben füllt, irgendwo, überall, nur nicht hier. Ich will es suchen. Losgehen, egal wohin, nur endlich Bewegung. Erfahrungen machen und Fehler und Umwege. Scheitern üben und aufstehen lernen. Tage auskosten, nicht abhaken. Selbst etwas tun, nicht mehr totstellen. Und nie, nie wieder Augen zu und durch.

„Schade", sagte Siegfried. „Ich würde dich gern hier behalten. Du hast wirklich ein Händchen fürs Vergolden. Ich könnte dich gut gebrauchen."

„Und sie ist ein liebes Mädchen", warf Gretel ein. Dann summte sie weiter ihre seltsame Melodie.

Rose suchte Maries Blick. „Du bist vielleicht nicht so wie die, auf die wir gewartet haben", sagte sie. „Trotzdem würden wir dich gern bei uns behalten. Seitdem du hier bist, haben wir wieder ein bisschen Mut gefasst."

„Auf wen habt ihr denn gewartet?", fragte Marie.

Gretel unterbrach sich mitten in einer schwierigen Koloratur. „Auf Anni", entgegnete sie und räusperte sich. „Auf wen sonst?"

„Auf Anni?" Marie starrte Gretel an.

Irre. Sie sind alle irre.

Rose nickte.

„Ich glaube, das verstehe ich nicht", erwiderte Marie vorsichtig.

„Echt nicht?", gab Adrian zurück. Wieder wanderte eine Weintraube in seinen Mund. „Du bist doch sonst nicht auf den Kopf gefallen ..." Er unterbrach sich, um zu schlucken. „Na gut, das vielleicht schon. Du hast einen ordentlichen Schlag abgekriegt. Aber zugegeben, ich hab es auch nicht gleich gerafft.

Dabei hast du ziemlich viel Ähnlichkeit mit ihr." Nächste Weintraube. „Okay, ich hab Anni zuletzt als kleines Mädchen gesehen, aber es kommt schon hin."

„Was kommt hin?", fragte Marie. „Du hast Anni gekannt? Das ist aber ein Zufall."

Gretel kicherte.

„Natürlich habe ich sie gekannt." Adrian sah zu Rose und Siegfried und dann wieder zu Marie. „Und Zufall würde ich das auch nicht nennen. Schließlich haben wir nur ein paar Straßen voneinander entfernt gewohnt. Wir sind sozusagen zusammen aufgewachsen. Ich dachte, sie haben dir die Geschichte erzählt."

Marie nickte. „Ja, das haben sie auch. Ich wusste nur nicht, dass ihr zu dritt wart, Anni und Janni und du, und dass –"

Da war plötzlich ein Gedanke. Ein Einfall. Ein Zusammenhang. Der gar nicht sein konnte, auch wenn er die einzige Erklärung war. Deshalb suchte sie einen neuen Gedanken und einen neuen Beginn für den abgebrochenen Satz. Sie fand weder den einen noch den anderen. Lauschte noch einmal ihren eigenen Worten nach. Mit dem Ergebnis, dass sie darüber endgültig den Faden verlor.

Nichts ergab einen Sinn. Alles ergab einen Sinn. Das Herz klopfte ihr bis zum Hals, bäm, wie ein riesiger Gong. Ihr Blick irrlichterte zwischen den Gesichtern der anderen umher in der Hoffnung, dass sie ihr die Lösung soufflieren würden.

Einundzwanzig … Einundzwanzig …. Einundzwanzig … Der Augenblick wollte nicht vorübergehen. Er sprang immer wieder auf Anfang. Am liebsten hätte Marie ihm einen Stoß versetzt, damit er endlich weiterging oder im Dunkel der Zeit verschwand, aus dem er gekommen war.

Dann kamen ein zweiter Augenblick und ein zweiter Herzschlag. Sie brachten Marie wieder zu sich. Und sie begriff.

Ihre Lippen bewegten sich stumm.

Adrian lächelte aufmunternd. Kunststück, ihn schreckte nichts mehr, er lebte ja schon seit Ewigkeiten hier. Oder eben nicht … Noch immer bekam sie kein Wort heraus. Ihr Blick schweifte ziellos zu Gretel, Siegfried und zurück zu Adrian. Um endlich bei Rose Halt zu finden.

„Deshalb denke ich also die ganze Zeit, dass du mir bekannt vorkommst", flüsterte Marie tonlos. „Dass du jemandem ähnlich siehst, den ich kenne – den ich einmal sehr gut gekannt habe."

Der ganze Friedhof hielt den Atem an. Sogar Gretel verstummte unvermittelt, als hätte Marie den Stecker gezogen. Es wurde sofort kälter.

Doch Marie hatte keine Zeit zu frieren. Sie ließ kein Auge von Rose. Nach einer Ewigkeit und einem Wimpernschlag rang sie das Entsetzen nieder. Und sagte, was zu sagen war.

„Du bist meine Mutter. Und du bist tot."

8

„Marie … Marie!"

Sie hörte sich keuchen. Nach Luft schnappen. Gegen den Berg atmen, der aus ihrer Brust wuchs … Er explodierte, und ihre Lungen wurden weit, so weit … Geräusche sägten sich in ihr Gehirn … Kaskaden aus Schmerz … Fetzen von Bildern … Gedanken … Erinnerungen …. Und endlich: Licht.

„Wach auf, Marie."

Diese Stimme … die aus dem Dunkel. Vertraut. Sie war so vertraut. Und ihre Lider noch immer bleischwer. Umrisse, verschwommen wie unter Wasser. Ein Gesicht, das sich über sie beugte. Sich klärte … Ihr fiel ein, wer das war.

„Hallo", sagte Matti leise. Er sah so aus, wie sie sich fühlte.

Was machte er hier? Wo waren die anderen? Und warum musste sie so dringend weinen?

Ihr Hals tat weh und jede einzelne Zelle ihres Körpers auch. Alles nur wund … „Hallo", flüsterte sie. Sie strengte sich an, aber sie hörte sich nicht.

„Ruh dich aus", raunte Matti an ihrem Ohr. „Du warst weit weg."

„Wo denn?" Die Augen fielen ihr wieder zu. Irgendein Riese hatte ihr sämtliche Kraft mit einem Strohhalm aus dem Körper gesogen.

Matti antwortete nicht. Stattdessen sagte er: „Schlaf jetzt. Aber komm bloß wieder."

Marie wollte noch nicken. Da schwappte eine gewaltige Flutwelle heran. Riss sie mit sich. Spülte sie in einem Strudel aus Erinnerungen fort. Zurück ins Dunkel der Walpurgisnacht …

Zurück.

9

„Natürlich bin ich tot", erwiderte Rose und hielt Marie eine Apfelspalte hin. „Was dachtest du denn?"

Mechanisch nahm Marie das Apfelstück entgegen.

Sie sind tot. Ich feiere Walpurgis mit Leichen. Vermutlich bin ich selbst eine.

Rose schüttelte den Kopf. „Nein, du nicht. Es reichte nicht ganz. Leider."

Kühle Finger fuhren Marie durchs Haar, bis ihre Kopfhaut krampfte, und Gänsehaut stahl sich ihre Arme hinauf bis in den Nacken. Sie vergaß ganz, sich vorzulügen, dass das nur der Nachtwind war.

„Hat sie das denn nicht gewusst?", fragte Gretel interessiert in die Runde. Sie hatte begonnen, im Sitzen Gänseblümchen zu pflücken und sie aneinanderzuknüpfen. Aber die Blüten hatten sich bereits lange vor dem Abendtau geschlossen, und so sah die Kette wie welkes Gemüse aus.

„Warum habt ihr es mir nicht gesagt?", hörte Marie sich fragen. Jedes Wort dauerte ein Zeitalter lang und ließ Welten untergehen.

„Was genau gesagt? Dass wir tot sind? Oder dass du Anni bist?", wollte Rose wissen. „Manche Dinge muss man schon selbst erkennen, sonst sind sie nichts wert."

„Und außerdem: Hättest du's uns denn geglaubt?" Gretel setzte sich die Gänseblümchenkrone auf.

„Aber warum Rose?", fragte Marie die Frau, die einmal ihre Mutter gewesen war. Früher, in einem anderen Leben.

„Erstens konnte ich dich ja nicht gut überfallen und sagen: ‚Nenn mich doch einfach wieder Mama'", erwiderte Rose. „Und zweitens heiße ich wirklich Rose – also eigentlich Rose Marie. Ich weiß ja auch nicht, was sich meine Eltern dabei gedacht haben … Aber dein Vater fand den Namen schön, und zu einer Rose Marie wollte er dann eine Anne Marie haben. Du warst noch so klein damals, du hast es bestimmt vergessen. Vielleicht hast du meinen Namen auch nie gewusst."

Marie begriff nur eines: „Ihr habt mich angelogen!"

„Falsch." Adrian schnippte eine verschrumpelte Weintraube von der Tischdecke. „Wir haben dich nicht angelogen, wir haben dir nur nicht alles gesagt. Es kommt immer darauf an, von welcher Seite man die Dinge betrachtet. Bist du noch am Leben – oder schaust du dir schon die Radieschen von unten an? Eigentlich ist es ganz einfach zu verstehen. Die Wahrheit ist nicht immer das, wofür man sie hält."

Siegfried hob sein Weinglas und fügte hinzu: „Ganz abgesehen davon, dass es die eine Wahrheit nicht gibt. Prost!"

Marie fiel etwas ein. Was hatte Rose von jenem Tag erzählt, an dem sie ihre Tochter verloren hatte? Ich wurde aufgehalten. Ein schlimmer Autounfall. Selbst schuld. Wer läuft auch über die Straße, wenn die Ampel rot ist! Man muss doch aufpassen … Es dauerte Ewigkeiten – die Retter, der Stau, das Durcheinander. Dabei wusste ich die ganze Zeit, dass meine Anni auf mich wartete. Und als ich endlich da durch war und es hinter mir hatte, war es natürlich zu spät …

„Du – du bist es, die gestorben ist", stieß Marie hervor. „Nicht Anni. Und Anni ist auch nie ausgerissen. Du hast sie nur deshalb nicht wiedergesehen, weil du an diesem Tag vors Auto gelaufen bist. Niemand anders, sondern du. Und du hast nicht überlebt."

„Natürlich nicht", erwiderte Rose.

„Warum hast du das nicht gesagt?"

„Ich habe es doch gesagt", gab Rose zurück. „Du hast nur nicht richtig zugehört."

Marie versuchte, die Taubheit abzuschütteln. Sie musste jetzt wach sein. „Ich bin Anni", sagte sie. Langsam, tastend, als würde sie einen dunklen Raum verlassen, in den sie lange eingesperrt gewesen war. „Deine Tochter."

„Ja", antwortete Rose.

Gretel nahm ihre Gänseblümchenkrone wieder ab und begann, sie mit beiden Händen zu zerpflücken.

„Ich ... Du ..." Marie fand den Faden nicht. Den roten Faden, den, der alles verband und zusammenhielt. Den, der sie hierher auf den Friedhof geführt hatte und dem vielleicht auch die Glückskatze gefolgt war. Es musste ihn geben, sonst war sie ganz und gar verloren. „Aber ich bin doch Marie", flüsterte sie, damit das mal gesagt war. Es war das Einzige, was sie einigermaßen sicher wusste. „Oder?"

„Schon", nickte Siegfried. „Aber nicht nur."

„Bitte?" Marie sah von einem zum anderen. Wartete auf Eingebung oder zumindest das Ende dieses verstörenden Traums. Aber nichts. Keine Rettung. Sie nahm den einzigen Becher, der noch leer war, von der rotweiß karierten Tischdecke und hielt ihn Adrian hin. Er schenkte ihr Rotwein ein, und sie trank den Becher in einem Zug aus. Er füllte ihn erneut. Als sie auch diesen Becher geleert hatte, war sie verzweifelt genug für die nächste Frage. „Was, bitte, heißt: nicht nur?"

Gretel zuckte die Achseln, ohne das Gänseblümchengemetzel einzustellen. „Na, du bist eben auch Anni."

„Anne Marie, um genau zu sein", ergänzte Adrian.

Sie spürte die Dunkelheit, die ihre Fühler nach ihr ausstreckte, spürte die beiden großen Augen, die auf sie gerichtet waren, die samtenen Flügel, deren Gelb sich fast im Schwarz auflöste, während sie sich ausbreiteten, um sie zu umfangen ... aufzufangen. Doch sie wehrte ihn ab, ihren zitronenfarbenen Nachtmahr. Blieb bei sich. Wollte sich nicht wie sonst fortschleichen, um lieber ahnungslos zu bleiben. Denn jetzt, endlich, hatte sie den Mut zu wissen. Zu fragen. Wie konnte es sein, dass sie mit Toten zu Abend aß?

Eine Berührung brachte sie wieder zu sich. Es war Siegfried. Er legte ihr seine schwielige Steinmetzhand auf die Schulter. „Mäderl, hab keine Angst. Wir tun dir nichts. Wir sind doch immer noch dieselben."

„Frag dich lieber, wer du bist", sagte Adrian. „Marie … Anni … Anne Marie …" Er zwinkerte ihr zu. Gut möglich, dass er schon ein Gläschen zu viel gekippt hatte.

„Ich heiße Marie! Anne ist nur mein zweiter Vorname!", sagte sie matt.

„Aber nicht von Geburt an", warf Rose ein. „Das wüsste ich!"

Dieser Friedhof ist ein Open-Air-Irrenhaus. Daran kann es keinen Zweifel geben …

„Und der Zweifel ist schließlich dein bester Freund", ergänzte Rose.

Marie presste die Hände an die Schläfen. Es half rein gar nichts, denn es verschwand niemand, und sie wachte auch nicht in ihrem Krankenhausbett oder zu Hause oder sonstwo auf. Noch immer hatte sie das Gefühl, ganz heimlich, still und leise verrückt zu werden. „Ich weiß gar nichts mehr", murmelte sie. „Und ich will jetzt bitte gern aus diesem Albtraum raus."

„Wollen wir das nicht alle?", warf Adrian ein und schenkte reihum nach.

Und Rose fragte, als wüsste sie es nicht längst: „Warum bist du hier?"

„Ich … Ich weiß es nicht", antwortete Marie. „Ich musste ins Krankenhaus … mein Junge wollte zu früh auf die Welt." Sie hielt inne, um auf den Schmerz zu warten. Aber er kam nicht, und ihr wurde flüchtig klar, dass es auch ganz gut ohne ihn ging. „Benjamin … Ich habe ihn verloren und bin selbst fast dabei gestorben … Dann, als es mir besser ging, habe ich im Klinikgarten die Glückskatze getroffen. Sie hat mich hierher gelockt und –"

„Einen Blödsinn hat sie!", fiel Adrian ihr ins Wort. „Bei dir sind wohl immer die anderen schuld, oder?"

Interessanter Gedanke. Darüber sollte sie bei passender Gelegenheit einmal nachdenken. Also jetzt.

„Von wegen: als es dir besser ging, hast du die Glückskatze getroffen", stieß er hervor. „Gestorben bist du, weil du nicht auf dich aufgepasst hast! Du hattest keine Lust mehr, dir war alles egal. Nicht mal ein bisschen kämpfen wollte Madame! Nur wir – wir hatten keine Wahl …" Er atmete tief durch und fuhr dann ruhiger fort: „Den Weg hierher muss man sich nicht von einer Glückskatze zeigen lassen. Man findet ihn von allein, wenn es Zeit ist."

Gestorben bist du. Gestorben …

„Junge, es ist ja noch gar nicht klar, ob sie bleibt. Außerdem kann sie nichts für das, was dir passiert ist", beschwichtigte Siegfried.

„Aber sie kann etwas dafür, dass wir hier seit Ewigkeiten rumhängen!", knurrte Adrian.

„Du bist Janni!", brach es aus Marie heraus.

„Ja sicher, wer denn sonst?", gab er zurück.

Sie sah Siegfried an. „Aber warum hast du nicht gesagt, dass Adrian Janni ist?"

Der alte Steinmetz schaute verwundert drein. „Mäderl, das war doch klar."

Sie lachte auf. Etwas zu schrill.

„Janni hat schon lange niemand mehr zu mir gesagt", warf Adrian ein. „Jedenfalls nicht, seitdem ich tot bin. Das war damals sowieso deine Idee. Du konntest Adrian nicht aussprechen, ich bin im Januar geboren, und da bist du wohl auf Janni gekommen." Er zuckte die Achseln. „Vielleicht auch, weil es sich auf Anni reimt …"

Maries Blick wanderte wieder zu Siegfried. „Und dich – dich habe ich auch vergessen. Ich erinnere mich an nichts. An niemanden."

„So eine Stele ist schwer", meinte Gretel versonnen. „Wenn sie einem auf den Kopf fällt, kann das schon Schaden anrichten im Oberstübchen."

„Mein alter Herr war ja auch noch jünger damals", grinste Adrian. „Du hast ihn übrigens nur Fritz genannt."

Vielleicht lag es an der Art, wie er den Namen aussprach, mit einem stimmhaften „z" am Ende. Jedenfalls passierte etwas. Aus unergründlichen Tiefen tauchte ein Bild in ihr auf. Ganz plötzlich war es da, wie eine Boje, die unter Wasser gedrückt worden war und nun zurück nach oben schoss. Sie durchbrach die Wasseroberfläche, sodass es nach allen Seiten spritzte, und tanzte wie wild auf den Wellen.

Marie sah mit großen Augen in die Runde. „Ich habe immer Fritz zu ihm gesagt, weil er ständig Pommes frites gegessen hat", wisperte sie. „Er saß oft mit einer Tüte Pommes frites auf einem alten Sarkophag hinter der Kapelle, kann das sein? Mit Siegfried konnte ich nichts anfangen und es auch nicht aussprechen, aber Fritz – das kannte ich."

„Hier in der Nähe gab's nun mal nur diesen Pommesstand", verteidigte sich Siegfried. „Aber wenn ich nicht auf dem Friedhof arbeiten musste, hab ich natürlich etwas Gesünderes gegessen. Und es war eine alte Tränke und kein Sarkophag."

Marie sah von einem zum anderen. „Ich habe mich an etwas erinnert!", sagte sie tonlos.

Gretel überreichte ihr das letzte überlebende Gänseblümchen als Siegespreis. In diesem Moment gab es keine Vergangenheit und keine Zukunft, nur das Jetzt und Hier. Ein Käuzchen rief, es raschelte da und dort von flinken Pfoten im alten Laub, und Marie spürte, dass auf die kleine Picknickgesellschaft tausend Augen gerichtet waren, tote und lebendige. Diese Walpurgisnacht hielt sie alle sanft und sicher umfangen mit ihrem samtschwarzen Trost.

„Und wie bist du gestorben?", fragte sie Siegfried. Sie klang wie ein kleines Mädchen, das Fragen dieses Kalibers ziemlich in Ordnung fand. Sie wurde rot.

Siegfried winkte ab. „Schon gut, Mäderl … Angefangen hat es mit dem kaputten Bein. Ich dachte, die Schmerzen wären meine Strafe, und ich könnte sie schon aushalten …" Er lachte. „Aber für diese Strafe war ich wohl zu schwach. Es ging einfach nicht – das Herz war ja auch kaputt."

Marie biss sich auf die Lippen.

Und ich dachte, mir könnte keiner was vormachen, wenn es ums Leiden geht … Pustekuchen. Ich habe meine Meister gefunden, drei an der Zahl. Hier sitzen sie, und endlich schäme ich mich. Wurde auch Zeit.

Siegfried fuhr fort: „Ohne Pillen hab ich keinen Tag mehr überstanden. Dabei wusste ich gar nicht, warum es mich überhaupt noch gab, übrig und allein, wie ich war – ihr hattet mich doch alle verlassen … Die Frührente war auch nicht das Wahre. Zu viel Zeit zum Grübeln und Hadern und Trinken … All das hat sich nicht gut miteinander vertragen. Es ging dann am Ende doch schneller, als ich zu hoffen gewagt hatte." Er räusperte sich und spülte mit einem Schluck Rotwein nach.

„Und trotzdem spricht Rose nicht mehr mit dir?", fragte Marie. „Ich meine – sagt man nicht, dass drüben alles vergessen ist? Vergeben und vergessen?" Sie sah von Siegfried zu Rose und wieder zurück.

„Wir sind ja noch gar nicht drüben", erwiderte Adrian. „Wir hängen hier rum, nicht mehr da und noch nicht dort. Irgendwo dazwischen eben, auf diesem gottverlassenen Friedhof. Weil du uns nicht gehen lässt."

„Was soll das denn heißen – ich lasse euch nicht gehen?" Marie war sein gereizter Unterton nicht entgangen. „Ich wusste bis vor Kurzem nicht einmal, dass es dich und Siegfried je gegeben hat."

„Eben." Adrians Blick spießte sie regelrecht auf. Von einem Moment auf den anderen war diese Feindseligkeit da. Beste Freunde war Schnee von gestern.

„Sag's doch einfach", schlug sie vor. „Dann bist du's los, und ich weiß, woran ich bin."

Die anderen schwiegen. Aber sie sahen nicht so aus, als würden sie sich langweilen.

Und Adrian ließ sich nicht lange bitten. „Schau dir doch dein Leben an. Denn du bist ja noch am Leben, im Gegensatz zu uns. Aber freust du dich darüber? Genießt du es? Weißt du es zu schätzen? Nein." Er legte eine künstlerische Pause ein. „Und warum ist das so? Weil du glaubst, du weißt nicht, wer du bist, weil niemand mehr da ist, der es dir sagen könnte. Du legst die Hände in den Schoß und wartest darauf, dass endlich jemand kommt und es für dich richtet. Aber wer soll das sein? Und was soll er richten? Deine Dämonen sind in deinem Kopf. Außer dir kommt da niemand ran. Das wirst du schon selbst erledigen müssen."

Es klang halbwegs einleuchtend, und dennoch hatte Marie Mühe, ihm zu folgen. Kein Wunder, wenn man ein paar Jahrzehnte eine andere Wahrheit geglaubt hatte. „Welche – welche Dämonen meinst du?"

„Sag du's mir. Die, die du dir selbst erschaffst", antwortete Adrian. Er zuckte die Achseln. „Tief drin hast du uns doch gar nicht vergessen. Aber weil du eine ziemlich große Nummer im Verdrängen bist, hast du dich in den Gedanken verrannt, dass dich immer alle verlassen und du ein ganz armes Würstchen bist. Deshalb musst du dich ja auch nicht mehr bemühen – um nichts, um niemanden. Im Gegenteil, alle anderen sollen dich bitte schön mit Samthandschuhen anfassen und hätscheln und hofieren. Weil du ja der einzige Mensch auf Gottes weiter Flur bist, der mal ein bisschen Pech im Leben gehabt hat."

Sie schluckte.

Dabei redete Adrian sich eben erst in Fahrt. „Hast du eine Ahnung, wie stocksauer mich das macht – diese Undankbarkeit, dieses Selbstmitleid?"

Marie schüttelte den Kopf. „Nein, ich –"

„Wir sitzen hier fest, weil du noch am Leben bist. Na gut, dein Leben hängt am seidenen Faden, und es ist noch nichts entschieden. Vielleicht haben wir ja Glück, und er reißt, dann sind wir alle endlich frei. Du auch."

So wie er das sagte, ergab es sogar einen Sinn. Allerdings sprach er für Maries Geschmack ein bisschen zu lockerflockig über ihren Tod. Noch war sie ja nicht unter der Erde.

„Ich rede so mit dir, wie man schon längst mit dir hätte reden sollen", polterte er weiter. „Solange dein Faden und unsere Fäden miteinander verstrickt sind, wird es für uns nichts mit der ewigen Ruhe und Glückseligkeit und dem ganzen Kram. Solange du die Vergangenheit nicht loslassen willst, kommen wir auch nicht weiter … Du gibst dir so große Mühe, uns zu verdrängen, und genau dadurch bindest du dich an uns und uns an dich. Verdrängen löst nichts, Verdrängen verschiebt nur auf später …" Adrian musste kurz Luft holen, bevor ihm die Puste ausging. „Aber jetzt wird es Zeit, allmählich geht mir dieser Friedhof nämlich auf den Zeiger. Er ist nicht hüben und nicht drüben, nur ein ziemlich verfluchtes Dazwischen. Und ich weiß zwar nicht, wie die anderen das sehen, aber meine Wenigkeit will jetzt endlich irgendwo ankommen."

Und so, als wollte er ein kleines Zirkuskunststück üben, warf er eine Weintraube in die Luft und fing sie mit dem Mund auf. Es passte überhaupt nicht zu seinen Worten. Aber was passte auf diesem Friedhof schon zum anderen.

Verflixt, er hat recht. Sie haben nie aufgehört, bei mir zu sein. All die Jahre nicht, ich hatte nur keine Ahnung … Sie sind tot, aber das macht vielleicht nichts. Ich bin trotzdem nicht allein. Ich war es nie, obwohl ich das dachte, und ich werde es nie sein. Das muss ich mir merken, ich darf es nicht wieder vergessen … Es stimmt, was er sagt. Wir müssen die Fäden entwirren, damit alles sich löst. Damit es in Ordnung kommt und an seinen Platz. Ich muss die drei ziehen lassen. Sie können auch von drüben aus bei mir sein. Tag und Nacht, bei jedem Atemzug, jedem Herzschlag. Ab jetzt bis in alle Ewigkeit. Und einfach so.

Einige Augenblicke lang herrschte Stille. Dann sah Marie ihren besten Freund von damals an und sagte leise: „Verzeih mir. Verzeih mir, dass ich überlebt habe und du nicht."

Adrian verschluckte sich fast an der Weintraube. Er öffnete den Mund, aber heraus kam nur Röcheln und Husten. Rose klopfte ihm auf den Rücken.

„Wenigstens kannst du nicht mehr ersticken", bemerkte Siegfried und nahm erneut einen kräftigen Schluck Rotwein.

Nach einigen Minuten hatte Adrian den Hustenanfall überstanden, und man konnte sich wieder unterhalten. „Es stimmt schon", ergriff Gretel mit ungewohnt fester Stimme das Wort. „Du musst endlich anfangen, dich zu erinnern, Marie. Zum Beispiel an mich. Wer bin ich?"

Adrian stürzte einen halben Becher Rotwein hinunter, um nachzuspülen. Der Apfel fiel nicht weit vom Stamm, das merkte man. „Gretel, lass es gut sein", sagte er dann. „Hat keinen Sinn."

„Wir werden sehen." Gretel wandte keinen Blick von Marie. Sie wirkte ganz und gar nicht mehr verwirrt. „Wer bin ich?", wiederholte sie. Wo war die Greisin geblieben, die bis eben noch in ihrer Haut gesteckt hatte?

Marie begann, sich unbehaglich zu fühlen, und klammerte sich an das Gänseblümchen in ihrer Hand. Gretels Augen waren mit einem Mal wie ein schwarzer Abgrund, bohrend, bodenlos tief. Sie warnten und lockten zugleich, waren Drohung und Versprechen. Wie in Maries Albtraum, nur ohne Schmetterling. Besser, sie antwortete ihr, sonst konnte wer weiß was geschehen.

„Du … du erinnerst mich an jemanden", sagte Marie zögernd. „Ganz von fern. An unsere Nachbarin, die mir früher öfter vorgesungen hat. Den Abendsegen zum Beispiel. Ich muss ganz klein gewesen sein, ich erinnere mich nicht an ihr Gesicht. Nur an diese Melodie und an die helle Stimme einer uralten Frau."

„Na, so uralt nun auch wieder nicht", erwiderte Gretel streng und nahm Marie das Gänseblümchen wieder weg. „Schmetterlinge, Glückskatzen und der Himmel gehorchen mir noch."

Marie stutzte. Lauschte Gretels Worten nach. Ein paarmal und so lange, bis der Groschen fiel. „Das warst du? All das warst du?", fragte sie. Dabei hatte sie sich so fest vorgenommen, sich nicht mehr zu wundern, weil das hier sowieso nichts brachte. „Aber wer bist du?"

Gretel zuckte die Achseln. „Ich habe keinen Namen. Nur eine Aufgabe. Nenn mich Hebamme, wenn du willst. Dies ist auch eine Geburt, der Anfang von etwas, nur nicht von Leben. Ich helfe hinüber, hinein in das, was danach kommt."

„Wie es Schmetterlinge tun", platzte Marie heraus. „Sie begleiten die Seelen, wenn sie den Körper verlassen, sagt man."

Gretel nickte. „Ja. Besonders die kleinen, die vielleicht noch gar kein Leben hatten."

Ohne Vorwarnung schossen Marie die Tränen in die Augen. „Ist er – ist er hier durchgekommen?"

„Wer?", fragte Siegfried.

Rose tätschelte ihm die Hand, als würde sie von früh bis spät nichts anderes tun. „Benjamin natürlich", sagte sie. „Das Glückskind."

„Das Schmetterlingskind", ergänzte Gretel. „Ich hatte überhaupt keine Mühe mit ihm. Musste ihm nur den Weg zeigen. Na, er ist ja auch federleicht. Unbeschwert. Ihn hält hier nichts." Sie wies mit dem Kopf in die Nacht um sie her. „Du wirst ihn kennenlernen. Früher oder später."

Ihn hält hier nichts …

Ich werde ihn kennenlernen, sagt sie. Mein Sohn wartet auf mich. Da drüben. Ich würde am liebsten hinlaufen, wo auch immer das ist. Wie auch immer das geht. Kopfüber in die Dunkelheit?

„Ach was, Dunkelheit!" Gretel fing an, eine Melodie zu summen, die sie vielleicht gerade erfand. Ihre hohe Stimme klang anders als beim Abendsegen. Dünn, verloren – als wüsste sie den Weg nicht und auch nicht, wohin es gehen sollte. Marie fühlte sich an ein Kind erinnert, das durch einen finsteren Wald irrt und gegen die Angst ansingt. Nur war dieses Kind eine alte Frau mit schlohweißem Haar und einem welken Gänseblümchen in der Hand, und ängstlich wirkte sie wirklich nicht.

Kein Zweifel, sie war die Herrin dieser Walpurgisnacht, und sie hörte nicht auf, dieses seltsame Lied zu summen. Diesmal gebot keiner Gretel Einhalt – es war wie ein Zauber, ein Bann, den man nicht brechen durfte. Und es dauerte … Als Marie zu fürchten begann, dass dies vielleicht doch schon die Ewigkeit war, unterbrach sich Gretel mitten in einer Kadenz und sagte übergangslos: „Vielleicht wusstet ihr es noch nicht, ihr alle miteinander, wie ihr da sitzt, aber das Leben ist ein Segen. Ein Geschenk auf Zeit. Deshalb singe ich euch immer den Abendsegen."

Die Erde hörte auf, sich zu drehen, die Nacht hielt den Atem an, alle Lebewesen verstummten, und die Sterne fielen vom Himmel. Allein Marie blieb übrig in dieser Erstarrung der Zeit: Marie, die Unfrau, die Unglückliche, Unselige. Ihr Herzschlag war als einziges Geräusch übrig in diesem großen Schweigen, er dröhnte in ihren Ohren und wurde laut und lauter, bis er das ganze Universum erfüllte und alles nur noch ein gewaltiges Pulsieren und Rauschen war … Sie saß da wie vom Schlag getroffen. Vielleicht war sie überhaupt nur hierher gekommen, um diesen einen Satz zu hören. Vielleicht meinten die Alphas und Omegas, die Trauersprüche und versöhnlichen Worte auf den Grabsteinen nichts anderes als das.

Das Leben ist ein Segen.

Aber wie konnte ihr jemand so etwas sagen? Das Leben war Unsegen gewesen, solange sie denken konnte. Immer auf der Suche oder auf der Flucht – was sich gleich anfühlte –, und dabei wusste sie nie, was sie suchte oder wovor sie floh. Immer zerrissen zwischen einem Gestern, an das sie sich nicht erinnerte, und einem Heute, das sie lieber vergessen wollte. Immer in Angst vor einem Morgen, das genauso werden könnte. Und immer wieder allein und verlassen ...

„Glaubst du das immer noch?", fragte Rose.

Marie blickte auf. Das Pulsieren und Rauschen brach ab, die Nacht fand ihre Stimmen wieder, und die Zeit lief einfach weiter. „Was?", fragte sie.

„Dass du allein und verlassen bist."

Marie dachte nach. Dann schüttelte sie den Kopf. „Nein ... Nein, jetzt nicht mehr."

„Und vorher warst du's auch nicht", sagte Adrian. „Wir waren nie weg. Wir haben nur den Aggregatzustand gewechselt."

Marie musste ganz gegen ihre Absicht lächeln. So ausgedrückt hörte sich der Tod überhaupt nicht mehr schlimm an. Dass sie alle gestorben waren, hatte nichts mit ihr zu tun. Sie hatten es nicht aus Trotz oder sonst einem aberwitzigen Grund getan. Plötzlich schämte sie sich dafür, dass sie sich so lange Zeit lieber selbst leid getan hatte, als an die Menschen zu denken, mit denen sie hier zusammensaß, und an deren Unglück. Sie biss sich auf die Lippen.

Und da begriff sie noch etwas: was Glück war.

Es gibt kein Geheimnis, keine Eingeweihten, keine Ausgeschlossenen. Keinen Zugangscode, mit dem man sich das Glück verdient. Jeder von uns weiß genug, ist genug, und es ist auch genug Glück für ihn da. Man muss es nur sehen lernen. Es bleibt nie lange, es ist immer auf dem Sprung und eigentlich schon fast fort, wenn man es erst bemerkt.

Vielleicht ist Glück etwas anderes als das, was man sich wünscht, und gerade deshalb ein Glück.

Darum wollte Siegfried so dringend, dass ich noch einmal das Vergolden lerne: die Kunst, wie man sehen lernt, was unsichtbar ist. Wie man etwas Unscheinbares wertvoll macht. Man trägt den Grünspan ab, den Rost, die Spuren der Zeit. Bis man zum Kern kommt, zum Wesen und endlich begreift, wie alles gemeint war. Dann erst erkennt man das Gold. Und das Glück.

„Hast du genug geliebt?"

Maries Augen wurden weit. „Was?"

Gretel nickte. „Du hast mich schon verstanden, Kind. Hast du genug geliebt? Hast du zurückgegeben, was du bekommen hast?"

„Was habe ich denn bekommen?"

Dem Gesicht der Greisin nach zu urteilen hätte Marie nichts Dümmeres fragen können. Gretels Augen spuckten von einem Moment auf den anderen Feuer und schwarze Lava, und ihre Stimme war das Brausen der Nacht und das Dröhnen des Donners: „Leben hast du bekommen! Liebe! Licht! Aber wer weiß – vielleicht doch zu wenig Herz."

Marie wurde rot. Ihr Gesicht brannte wie nach der schallendsten Ohrfeige ihres Lebens. In der Zwischenzeit hätte sie daran gewöhnt sein sollen. Sie öffnete den Mund, um sich zu verteidigen, aber Gretel ließ sie nicht zu Wort kommen: „Es wird Zeit, erwachsen zu werden, mein Fräulein. Das Leben ist hart, immer wieder, und manchmal so hart, dass man nicht mehr weiß, ob man es noch will, dieses Leben. Ob man weitermachen kann … Meinetwegen. Aber bilde dir bloß nichts darauf ein – das geht allen anderen genauso. Du bist keine auserwählte Pechmarie. Das bisschen Unglück, das du hast, haben andere auch. Das bisschen Unglück, das du hast, reicht noch nicht, um den Bettel hinzuwerfen. Das bisschen Unglück, das du hast, taugt nicht als Vorwand für Selbstmitleid und Undankbarkeit."

Marie schlug die Augen nieder vor Gretels zornigem Blick. Sie fühlte sich geröntgt, durchleuchtet, als schaute etwas Uraltes auf sie, das schon alles gesehen hatte. Das alles wusste. Es war längst zu spät für Abwehr, Abtun oder all die übrigen Manöver, die sie so gut beherrschte. Drüben mochte sie andere damit beeindrucken – aber nicht hier. Dies war Gretels Friedhof, sie hütete ihn und seine Toten, denen sie meistens den Abendsegen vorsang und manchmal die Leviten las. Und so gab es hier keine Lügen, nur Wahrheiten. Die meisten davon in Stein gemeißelt.

Marie nahm all ihren Mut zusammen. Es war nicht besonders viel. „Ich weiß nicht mehr, wie ich weitermachen soll", sagte sie leise. Dann verstummte sie schon wieder. Wie sollte man auch etwas ausdrücken, für das man keine Worte hatte.

„Das ist doch ein Anfang", nickte Gretel. Wider Erwarten eine Spur freundlicher.

Marie tastete sich weiter voran durch das Dunkel der Nacht, Wort für Wort. „Alles ist so verworren. Mein Lebensfaden ist voller Knoten und Schlaufen. Ich weiß nicht, wie ich das auflösen soll. Ein sauberer Schnitt, und alles wäre gut ... Aber immer, wenn ich das denke, erschrecke ich vor mir."

War da etwa ein kleines Lächeln zwischen all den Runzeln in Gretels Gesicht? „Es wäre ganz und gar nicht gut", sagte sie so behutsam, als wäre Marie geistesgestört. „Dann hättest du nämlich zwei Enden und zwei Fäden. Und sie wären immer noch voller Knoten und Schlaufen."

Enden ... Knoten ... Schlaufen ... Marie fragte sich, ob es vielleicht doch so etwas wie einen roten Faden in ihrem Leben gab. Den einen Faden, an dem alles andere hing und den sie so lange gesucht hatte, dass sie sich nicht mehr daran erinnerte. Sie schüttelte den Kopf, aber das rückte auch nichts zurecht. „Was soll ich nur tun?"

„Es ist Walpurgis", erwiderte Gretel. „Entscheiden sollst du dich, es wird Zeit. Du bist kein Kind mehr, das die Augen zumachen und hoffen kann, dass niemand es entdeckt. Schluss damit. Mach die Augen auf und sieh. Du hast lange genug geschlafen."

„Aber ich habe Angst vor dem, was ich da sehe", flüsterte Marie.

Durch Roses Runzeln pflügte sich ein Leuchten. „Hab keine Angst. Wir sind doch auch noch da. Von jetzt an immer und in alle Ewigkeit."

Marie dachte, dass sie das gern schon viel früher gehört hätte. Sie schniefte und angelte nach einer Serviette.

„Na, na", machte Siegfried und tätschelte ungeschickt sein eigenes Bein, weil das von Marie außer Reichweite war. „Das wird schon wieder, Mäderl."

Marie schnäuzte in die Serviette. Sie musste fast schon wieder lächeln, weil er so hilflos war und sie auch. Sicher, alles wurde immer wieder, irgendwie. Aber ob „irgendwie" ausreichte? „Wofür soll ich mich denn entscheiden?", fragte sie Gretel über die Serviette hinweg.

„Ob du hierbleibst oder zurückkehrst." Gretel machte eine ausladende Handbewegung Richtung Nacht. „Wenn du bleibst, dann für immer. Es liegt bei dir."

Marie blickte sie groß an. So beiläufig, wie Gretel das sagte, klang es, als sollte sie zwischen Menü eins oder zwei wählen.

„Im Grunde ist es wirklich ein bisschen egal", sagte Adrian, der offenbar nicht aufhören konnte, ihre Gedanken zu belauschen. Während er eine Scheibe Brot dick mit Käse belegte, fuhr er fort: „Früher oder später bist du sowieso wieder hier."

„Hör nicht auf ihn", sagte Rose zu Marie. Und dann zu Gretel: „Nun hilf ihr doch ein bisschen. Sie ist ja ganz durcheinander."

Gretel nickte. „Es ist eigentlich ganz einfach", erklärte sie. „Du musst dir nur eine einzige Frage stellen. Wenn du sie beantwortet hast – wahrheitsgemäß natürlich –, dann weißt du, was zu tun ist."

„Und welche Frage ist das?"

Gretels Augen waren glühende Kohlestückchen, als ihr Blick sich in den von Marie brannte. „Hast du genug geliebt?"

Und kaum hing das Fragezeichen in der Luft, war ein Grollen zu hören, ein Brausen, als tobte die Wilde Jagd heran, die zu Walpurgis über den Gräbern tanzt und die Lüfte erstürmt. Es, was auch immer es war, brummte und summte und dröhnte wie ein vieltausendflügeliger Insektenschwarm. Marie schloss die Augen, um besser lauschen zu können, und da blitzte er auf, nur einen Moment lang. Zitronengelb klebte er innen an ihren Lidern, als wollte er sagen: „Weißt du nicht mehr? Du entkommst mir nicht." Sie riss die Augen auf, blickte sich um, doch sie sah nur den Wind in den Bäumen und das Samtschwarz der Nacht.

Dies war Walpurgis, der Tanz der Hexen, zu dem sie geladen war. Nachts, auf einem Friedhof, in Gesellschaft von Toten. Wenn sie jetzt keine Angst hatte, wann dann? Es konnte nicht viel schlimmer kommen, doch auch der Schmetterling jagte ihr keinen Schrecken mehr ein. Vielleicht hatte er ihr ja von Anfang an nur über den Abgrund helfen wollen, statt sie hineinzulocken, sie hatte ihn nur nicht verstanden. Und aus Furcht war sie hineingestürzt und nicht, weil er es so wollte.

Und nun hatte Gretel ihr diese Frage gestellt. Die eine, einzige Frage, die von Bedeutung war. Hast du genug geliebt?

Vier Augenpaare, die sie erwartungsvoll ansahen. Nein, fünf – den Zitronenfalter durfte sie nicht vergessen. Nie wieder. Und wer weiß, vielleicht schaute der Kleine ja auch von irgendwo zu. Kinder platzten vor Neugier, das war bei den toten bestimmt nicht anders als bei den lebenden …

Es wurde Zeit für eine Antwort.

„Nein, ich glaube nicht", hörte sie sich endlich sagen. „In letzter Zeit habe ich nicht genug geliebt. Und davor … davor eigentlich auch nicht."

„Und?", fragte Gretel.

„Was – und?"

„Willst du wirklich so sterben?"

Bäm. Noch eine Ohrfeige.

„Es ist ein Segen, dieses Leben", wiederholte Gretel. „Willst du dieses Geschenk, das du kaum ausgepackt hast, einfach wegwerfen?"

Maries Lippen bebten, als würden sich die Worte dahinter nicht einig sein, welches als erstes heraus durfte. „Ich ... Ich weiß es nicht ... Es war manchmal so schwer, das Geschenk zu mögen."

Gretel nickte. Ihr Greisinnengesicht zerknitterte vor lauter Lächeln. „Ja. Ich weiß. Aber das ist nichts Besonderes. Das geht jedem so."

„Wirklich?", fragte Marie erstaunt, als glaubte sie ernsthaft, alles Unglück dieser Welt gepachtet zu haben, und gäbe nur widerwillig etwas davon her.

„Die Kunst ist, den Bettel nicht hinzuwerfen", entgegnete Gretel. „Darauf zu vertrauen, dass das Gold immer noch da ist, auch wenn man es vor lauter Schwarz gerade nicht sehen kann."

Marie dämmerte etwas. „Darum also", sagte sie. „Darum sollte ich das Vergolden lernen."

„Das kann nie schaden", brummte Siegfried.

„Leute, das hier zieht sich ein bisschen", ließ Adrian sich vernehmen. „Und der Wein ist auch bald alle. Wir sollten zu Potte kommen. Und zwar pronto."

Rose pflichtete ihm bei: „Du musst dich entscheiden, Marie."

Kam es Marie nur so vor oder wurde der Wind plötzlich wüster und die Nacht plötzlich schwärzer? Die Bäume bogen sich unter unsichtbaren Fäusten, die sie schüttelten, und tönte über dem Brausen, das in der Luft lag, nicht schon der Gesang der Hexen heran? Wenn Rose und Adrian, Siegfried und Gretel nicht bei ihr gewesen wären, hätte sie sich bestimmt zu Tode gefürchtet.

„Keine Chance", sagte Adrian und leerte seinen Becher auf ex. „So einfach machen wir's dir nicht. Du musst dich schon selbst entscheiden. Aber bitte noch in diesem Jahrhundert."

Es wird Zeit, ich habe mich lange genug gedrückt. Also hop oder top? Sterben oder leben? Soll's das gewesen sein oder alles noch mal zurück auf Anfang?

Ob ich genug geliebt habe, fragt Gretel … Nein, habe ich nicht, ich wusste ja gar nicht mehr, wie das geht. Da ist nichts zum Stolzsein. Zum Weitergeben. Zum Hinterlassen. Wenn ich jetzt gehe, werde ich nichts gesät haben, was aufgehen kann. Nichts, niemand wird von mir erzählen. Meine Spur wird sich verlieren, wenn der Letzte aufhört, sich an mich zu erinnern. Wenn nicht einmal mehr Matti noch an mich denkt …

Matti. Mein Mann. Mein Lebensmensch. Der, der immer bei mir bleibt … Ich wusste es nur nicht, ich bin ja nur um mich selbst gekreist. Er hat mich trotzdem ertragen. Es tut mir so leid: was ich versäumt, was ich nicht getan, nicht gewürdigt habe. Adrian hätte alles darum gegeben, ein Leben zu haben. Ich habe ein Leben und nichts darauf gegeben.

Erinnern, Vergessen tropfte von den Grabsteinen, und die Nacht gerann wie schwarze Milch. Das Sterben hatte seine Zeit, doch sie war noch nicht jetzt. Noch war Marie ja nur die gewesen, die übrig bleibt, und sonst zu nichts nutze. Doch sie ahnte, dass auch sie etwas zu schenken hatte. Sie musste nur noch herausfinden, was, und dann, wenn es ging, endlich ein Mensch werden, den sie gernhaben konnte.

„Marie!"

Das war keine Hexe, die durch das Tosen des Windes ihren Namen rief. Die Stimme von vorhin … Jetzt erkannte sie sie.

„Marie!"

Matti. Es war Matti. Ihr Herz klopfte schneller. Er suchte sie, drüben, wo sie einmal hergekommen war. Warum auch immer er das tat. Sie hätte es ihm nicht übel genommen, wenn er sie hätte gehen lassen. Unfassbar, wie lange er es mit ihr ausgehalten hatte.

Es wurde Zeit.

„Da hab ich dir also ganz umsonst das Vergolden beigebracht", knurrte Siegfried. Sie glaubte ihm seine schlechte Laune allerdings schon lange nicht mehr.

Rose schüttelte den Kopf. „Nicht umsonst. Du hast es doch gehört: Sie will jetzt zu etwas nutze sein. Da kann die Kunst nicht schaden, etwas Unscheinbares wertvoll zu machen."

„Und wir sehen uns ja wieder", sagte Marie. Mit Blick auf Gretel fragte sie: „So funktioniert das doch hier, oder?" Die Greisin nickte, und so setzte sie hinzu: „Ich komme zurück. Später. Aber jetzt muss ich erst einmal fort."

„Zu ihm?" Adrian wies mit dem Kopf in die Dunkelheit.

Marie nickte. „Auch."

„Dann geht's jetzt also an den Abschied", sagte Adrian. Er reichte ihr eine Weintraube. „Eins solltest du vielleicht noch wissen … Du bist nicht schuld. Keiner von uns hat das jemals geglaubt. Außer dir."

Schuld. Das Wort dröhnte in ihren Ohren, als hätte man direkt neben ihr eine riesige Kirchenglocke angeschlagen. Schuld. Tausend wohlbekannte Berge stürzten über ihr zusammen und begruben sie. Schuld. Der Himmel verdunkelte sich, und es gab keine Freude mehr und keine Worte, um dieses eine Namenlose auszudrücken: Schuld.

Das Unglück. Die Stele – die, die umgestürzt ist und uns alle mit sich gerissen hat. Die Erinnerung kommt einfach nicht wieder. Alles weggewischt, ausradiert. Jahre voller Leben. Das Mädchen von damals hat sie so gut vergessen, dass die Frau von heute nicht einmal mehr ihren eigenen Namen kennt. Anni und Marie und Anne Marie: Sie alle bin immer nur ich gewesen.

Mir gefiel der Zitronenfalter über dem namenlosen Grab so gut, hat Siegfried gesagt. Adrian ist hinaufgeklettert, um ihn mir zu holen. Doch die Stele war locker, und dann ist der

„Nein, schuld war ich", sagte Siegfried ruhig.

„Wer noch?", fragte Gretel munter in die Runde.

Siegfried bohrte seinen trostlosen Blick in den leeren Becher, den er in den Händen drehte. „Ich hätte euch dort nicht spielen lassen dürfen. Ich hätte die Stele prüfen müssen. Ich hätte –"

„Lass es gut sein", fiel ihm Adrian ins Wort.

„Es ist doch aber nicht gut", sagte Siegfried zu seinem Becher.

„Doch", widersprach Adrian. „Jetzt schon."

Siegfrieds Lippen bebten. „Nimm mir das nicht auch noch."

„Von Schuldzuweisungen werden wir auch nicht wieder lebendig", entgegnete Adrian. Nach kurzem Zögern setzte er hinzu: „Niemand konnte etwas dafür. Du schon gar nicht, Vater." Es war das erste Mal seit einer Ewigkeit, dass er Siegfried so nannte.

Der Alte riss sich von seinem Becher los und sah seinem Sohn ins Gesicht. „Wieso?"

„Weil ich dich angelogen habe." Adrian hielt dem Blick des alten Mannes stand. „Ich hatte dir versprochen, einen Bogen um den Schmetterling zu machen. Du hast geahnt, dass er nicht mehr sicher steht nach dem Regen. Du hattest es uns verboten. Vielleicht weißt du es nur nicht mehr." Er zuckte die Achseln. „Es war uns ja sowieso egal."

Siegfried bewegte die Lippen, sagte aber nichts.

„Und dann?", fragte Rose. „Was war dann?"

Gretel machte eine wegwerfende Geste. „Ach, das ist noch gar nichts. Manche reden jahrhundertelang nicht miteinander. Man hat hier sehr viel Zeit. Aber es ist natürlich dumm. Denn dann schleppt man die ganze Last ewig und drei Tage mit sich herum."

„Außerdem, wie du schon richtig bemerkt hast: Du warst bisher nicht da", setzte Adrian hinzu. „Und du gehörst schließlich dazu. Zu dem Unglück."

„Was war dann?", wiederholte Rose. „Was ist passiert? Ich muss es ja doch einmal hören."

Adrian sah zu Marie. „Erzähl du es."

„Aber ich –"

„Erzähl", unterbrach er sie ruhig. „Erinnere dich. In deinem Kopf ist die Antwort. Du musst nur die Stele wegstemmen ... Na los. Du kannst es."

Plötzlich war keine Luft zum Atmen mehr da. Kein Blättchen regte sich. Die Hexen der Walpurgisnacht erstarrten, die flackernden Kerzenflammen froren ein. Lauernd kroch das Dunkel von allen Seiten heran. Das Schweigen. Das Nichts.

In den vier vertrauten Gestalten dort auf der rotweiß karierten Picknickdecke war kein Leben mehr. Als hätte Gott ein Foto von diesem Picknick gemacht, und nur noch das Foto wäre übrig. Es zeigte ein vierfaches Lächeln. Sie begriff, dass es ihr galt. Dass es immer ihr gelten würde, von jetzt an bis zum Wiedersehen und danach bis in alle Ewigkeit. Dabei hätte sie noch so viel zu sagen, so viel zu fragen gehabt, jetzt, hier ...

Sie wurde fortgerissen von einer riesenhaften Faust, vom Flügelschlag eines Schmetterlings, fortgerissen aus dem Bild, in das sie schon nicht mehr gehörte. Sie wurde durch einen Fleischwolf gedreht. Zerstob mit rasender Geschwindigkeit in abertausend Fetzen, und etwas, das in ihr noch dachte, wusste, dass das in Ordnung war. Es gab nichts, was sie hätte tun können gegen diese Gewalt. Und um sie her nur bewusstloses Schwarz.

Doch dann, Zeitalter später und mitten in das Rasen hinein: Töne. Eine Melodie. Eine glockenhelle Stimme, brüchig und gedämpft wie von weither … Ein Lied, Worte, Verse, die ihren Sturz begleiteten, weil sie sie immer schon begleitet hatten. Ein Lied, Worte, Verse, die sie erst jetzt verstand, im Fallen durch Zeitläufte, Erinnerungen, Universen.

Abends, will ich schlafen gehn,
vierzehn Engel um mich stehn:
zwei zu meinen Häupten,
zwei zu meinen Füßen,
zwei zu meiner Rechten,
zwei zu meiner Linken,
zweie die mich decken,
zweie die mich wecken,
zweie die mich weisen
zu Himmels Paradeisen.

Sie spürte, dass das Fallen und Stürzen ein Ende haben wollte. War dies noch Walpurgisnacht? War sie noch sie selbst oder schon eine andere? Sie war nicht allein, war es niemals gewesen. Sie trug doch das Foto vom Picknick bei sich, das mit den lächelnden Gesichtern, tief vergraben, beschützt in ihrer DNA, und sie wusste, dass die Menschen darauf immer noch lächelten, jetzt, einen Sturz und Äonen später, wo auch immer sie gerade sein mochten …

Da riss das Lied ab. Und es war vorbei.

Kein Ende

Ihre Lider waren bleischwer, es fühlte sich an, als hätte sie tausend Jahre geschlafen. Sie brauchte einige Anläufe, um die Augen zu öffnen. Grau sickerte das erste Tageslicht ins Zimmer. Die Welt schwieg noch. Nur der Morgengruß einer Amsel flatterte von draußen herein. Marie hielt den Atem an, um nur ja kein Wort zu versäumen.

Irgendwann bemerkte sie, dass sie beobachtet wurde. Als sie auf dem Kissen den Kopf zur Seite drehte, knallte ihr Blick in zwei bernsteinfarbene Augen. Sie gehörten zu einem kleinen Katzengesicht, dessen Nasenspitze fast gegen ihre stieß. Marie begann zu schielen. Sie stemmte sich auf den Ellbogen hoch, und die Katze sagte: „Miau."

„Hallo, Fee", raunte Marie. Sie strich dem Tier über den Rücken. „Gut durch die Nacht gekommen?"

Die Katze schmiegte den Kopf in ihre Hand. „Miau."

„Ich auch …" Sie blies sanft in das dreifarbige Nackenfell, so wie es das Tier am liebsten hatte. „Dann kümmern wir uns jetzt mal um dein Frühstück."

Wenige Minuten später trat Marie auf die Terrasse, während sich ihre kleine Glücksfee in der Küche über den Napf hermachte. Sie atmete tief in die Ruhe dieses Morgens hinein. Solange die Sonne noch nicht aufgegangen war, gehörte der Sommertag ihr, Fee und der Amsel. Und niemandem sonst.

„Guten Morgen."

Falsch gedacht.

„Guten Morgen", erwiderte sie und drehte sich um.

„Was machst du hier?", fragte Matti.

„Ich staune."

„Worüber?"

„Über das hier." Sie wies mit dem Kinn in den Garten. Vielleicht meinte sie aber auch den Horizont dahinter oder das Universum darum herum, das wusste sie selbst nicht genau. „Es ist so schön."

Matti trat hinter sie und folgte ihrem Blick. „Ja ..." Er fügte leise hinzu: „Und dass du wieder da bist, auch."

Sie wandte den Kopf zu ihm und nickte. „Dabei war ich ja nur ein paar Sekunden lang tot. Aber es hat sich wie eine Ewigkeit angefühlt."

„Ich meinte eigentlich davor", erwiderte er. „Davor warst du ganz lange ganz weit weg. Für mich war das die Ewigkeit."

„Davor war ich jemand anders." Marie beobachtete, wie langsam von Osten her eine rosafarbene Lichtzunge über das Grau am Himmel leckte. Nach einer Weile setzte sie hinzu: „Jemand, den ich nicht besonders mag. Den ich schon damals nicht besonders mochte. Ich hab's nur nicht gemerkt."

Fee schlenderte auf die Terrasse. Sie hatte ihre Mahlzeit beendet und rieb zum Dank für Speis' und Trank ihr Glückskatzenköpfchen an den Beinen ihrer Menschen. Dann ließ sie sich auf den Holzbohlen des Sonnendecks nieder und dachte kurz über die großen Fragen des Lebens nach. Als sie genug gedacht hatte, gähnte sie und begann mit der Morgentoilette. Für die Wunder des beginnenden Tages hatte sie keinen Blick.

„Seitdem sie da ist, weiß ich erst, wie still es vorher war", sagte Matti. „Sie bringt Leben ins Haus."

„Und tote Mäuse", lachte Marie. „Aber stimmt – wir können von Glück reden, dass sie uns zugelaufen ist."

„Glück?" Matti ging in die Hocke und kraulte Fee hinter den Ohren. In seiner ausgebeulten Jogginghose und dem labbrigen T-Shirt sah er kein bisschen nach Architekt aus, eher nach Bauarbeiter. Es stand ihm. „Nach allem, was du von drüben erzählt hast, war das doch kein Glück."

„Sondern?"

„Schicksal." Er sah zu ihr auf. „Buchstäblich. Jemand hat sie uns geschickt."

Marie setzte sich neben die beiden. Die Hitze des Vortags war in den Holzbohlen gespeichert, sie konnte sie durch den dünnen Stoff ihres Pyjamas spüren. Die Amsel sang immer noch. Sie hatte nun sogar einen Duettpartner auf dem Nachbarbaum gefunden.

„Du meinst – jemand von drüben?", fragte Marie. „Kann schon sein. So ungefähr alles ist möglich."

Während sie ihre Katze bei der Fellpflege beobachtete, fuhr sie fort: „Das Leben ist ein Segen, hat Gretel gesagt. Man muss sich freuen, wann immer man Gelegenheit dazu hat. Man darf dem nicht nachtrauern, was man nicht mehr hat oder nie hatte … Das ist leichter gesagt als getan. Aber Fee ist eine geduldige Lehrerin."

„Die Gretel von drüben war das?"

„Die Gretel mit dem Abendsegen."

Matti streckte sich auf dem Holzboden aus. Er verschränkte die Arme unter dem Kopf und schaute in den Himmel hinauf. „Wenn ich gewusst hätte, dass du in so guten Händen warst, hätte ich nicht so viel Angst um dich gehabt."

Marie legte sich zu ihm und folgte seinem Blick. Das Funkelfeuer der Diamanten dort oben erlosch allmählich. „Es tut mir leid, dass ich dir das Leben so schwer gemacht habe – davor, meine ich."

Er drehte den Kopf zu ihr. „Du meinst: als du diese blöde Zimtzicke warst?", fragte er. „Rechthaberisch und streitsüchtig und voller Selbstmitleid und kaum noch zu ertragen? Meinst du das?"

Sie flüsterte: „So schlimm?"

„Schlimmer."

Sie biss sich auf die Lippen. „Wenn ich auf die letzten Jahre schaue, ist mir vieles so klar. Ich bin herumgeirrt wie im Nebel, als hätte ich mich in meinem eigenen Leben verlaufen. Das war gar nicht mein Leben, das war gar nicht ich. Im Grunde hatte ich überhaupt keine Ahnung, wer ich war. Und da dachte ich, dass ein Baby eine gute Idee wäre. Dass es das Ruder für mich herumreißen würde. Mir den Weg zeigen. Mich endlich glücklich machen. All sowas eben."

Sie wusste, dass sie ihn damit traf. Es gab einen Haufen bessere Gründe, mit einem anderen Menschen ein Kind zu bekommen. Aber vielleicht war es ein Trost für ihn, dass sie dabei auch nicht sonderlich gut wegkam. Das mussten sie beide aushalten. Es war nicht das erste Mal, dass sie über die Geschehnisse sprachen, und sie beide würden sicher noch öfter dahin gehen müssen, wo es wehtat. Sonst konnte nichts heilen und gut werden.

Nach einer Weile sagte Matti leise: „Aber der Kleine hat nicht mitgespielt und ist gegangen."

„Ja", flüsterte sie. Nach einer Weile fuhr sie fort: „Es war nicht seine Aufgabe, mich ganz zu machen, und es war nicht deine Aufgabe. Das ist ganz allein meine Baustelle, das weiß ich jetzt. Gretel hat mir ordentlich den Kopf gewaschen." Beim Gedanken an ihr Walpurgisnachtspicknick musste sie lächeln. „Ich erinnere mich immer noch nicht daran, was damals nach dem Unglück passiert ist – auch nicht daran, dass ich plötzlich nicht mehr sprach und zuerst in diese Klinik und nach Roses Tod ins Heim musste. Vielleicht bleibt das Unglück für immer weggeschlossen in meinem Kopf. Vielleicht war es zu viel für das kleine Mädchen, das ich damals war – es zu erleben und mir auch noch die Schuld daran zu geben. Daran, dass die Stele Adrian erschlagen und seinen Vater zum Invaliden gemacht und unsere Familien auseinandergerissen hat …"

„Aber du warst nicht schuld, hat Adrian gesagt."

„Er meinte, ich würde schon noch darauf kommen."

„Wenn er das meint, dann wird es schon stimmen", sagte Matti. „Er kennt dich so gut wie kein anderer."

Sie schluckte und wandte vorsichtshalber keinen Blick vom Himmel. Soeben beendeten die Amseln die Konzertpause, die sie eingelegt hatten, als Fee auf der Terrasse erschienen war. Aus sicherer Entfernung begannen sie mit einem neuen Lied. Es klang irgendwie triumphierend und handelte vermutlich davon, dass Vögel fliegen konnten und Katzen nicht.

Nach einer Weile sprach Marie weiter. „Nach dem Unglück hatte ich keine Familie mehr und keinen Freund. Immer, wenn ich seither versucht habe, mich an irgendetwas zu erinnern, kam ich nur bis zu diesem Gefühl einer Last, einer Schuld auf meiner Brust. Da war nichts anderes, nur das, und es nahm mir die Luft zum Atmen, zum Reden, zum Freuen … Dabei war ich gar nicht schuld. Ich habe es nur nicht gewusst."

Matti streckte den Arm aus und ergriff ihre Hand.

Sie ließ es geschehen. Es war Ewigkeiten her, dass sie Händchen gehalten hatten, aber das verlernte man ja nicht. „Da saß ich in dem Heim für Kinder wie mich, und die Zeit verging. Ich fing wieder an zu sprechen – das ist gar nicht so selten, weißt du. Irgendwann kam die Wut dazu, weil mich alle im Stich ließen, immer wieder. In dieser Zeit muss ich angefangen haben, mich nur noch Marie zu nennen. Anni gab es nicht mehr, sie war gestorben mit Janni." Sie runzelte die Stirn. „Ich meine – wie sonst soll man sich erklären, dass man den eigenen Namen vergessen hat? Das kann man sich doch eigentlich gar nicht vorstellen."

Matti zuckte die Achseln. „Wenn man bedenkt, was das kleine Mädchen durchgemacht hat …"

„Das kleine Mädchen", wiederholte sie nachdenklich. „Das kleine Mädchen hat so darauf gewartet, dass jemand kommt und es rausholt aus diesem Heim. Aber es kam niemand. Niemand wollte mich in seinem Leben haben … Bis auf dich, viele Jahre später."

„Und ich will dich immer noch in meinem Leben haben", sagte Matti. „Aber nicht so wie bisher. So geht das nicht mehr."

„Ich weiß." Sie nickte. „So geht das nicht mehr."

„Und was schlägst du vor?", fragte er, als wäre sie einer seiner Statiker und wüsste, wie man ein Haus, das nicht mehr sicher stand, vor dem Einsturz bewahren konnte.

„Wir werden keine Kinder zusammen haben. Aber wir haben eine Katze zusammen. Das ist doch auch was."

Fee unterbrach ihr Reinigungsritual. Sie leckte sich über die Schnurrhaare und sah mit großen Augen zwischen ihren beiden Menschen hin und her. Was sollte das werden? Waren Dosenöffner und Dosenöffnerin etwa in versöhnlicher Stimmung? In Spendierlaune? Gab es am Ende womöglich Nachschlag?

Marie begann, mit der freien Hand Fees Fell zu kraulen. Die Glückskatze machte einen Buckel, warf sich auf den Rücken und präsentierte ihren Bauch. Unterwürfigkeit war vertretbar, wenn sie einem höheren Ziel diente.

„Du meinst, das reicht?" Matti wandte den Kopf. „Eine Katze?"

Es war Fee anzusehen, dass sie mit dem Gedanken spielte, ihm ins Gesicht zu springen. Sie unterließ es. Wusste man, wozu man ihn noch einmal brauchen konnte?

„Ich finde, es ist ein Fortschritt", gab Marie zurück. „Bevor ich gestorben bin, wusste ich nicht, wie es mit uns weitergehen sollte. Ob es überhaupt mit uns weitergehen sollte …"

„Und was hat sich seitdem geändert?"

„Ich. Ich habe mich geändert … Ich habe ein paar Dinge gelernt da drüben."

Matti ließ Maries Hand los und stemmte sich auf den Ellbogen hoch. „Zum Beispiel?"

„Das Leben ist ein Schmetterling." Sie sah, dass er eine Augenbraue hochzog, und puffte ihn in die Seite. „Lass doch mal … Nein, wirklich, im Ernst. Der Schmetterling flattert hierhin und dorthin, nascht an dieser und jener Blüte, wärmt sich an der Sonne. Dann kommt ein Sturm, und der Schmetterling gerät ins Trudeln, aber das ist nicht das Ende. Er weiß, dass man sich nicht gegen den Wind stemmen darf, wenn er rauer wird, sondern mit ihm segeln muss. Und obwohl seine Flügel arg mitgenommen sind, fängt er sich wieder, und wenn die Brise abflaut und die Sonne wieder scheint, lässt er sich auf einer Blume nieder und sammelt neue Kraft. Und dann geht es weiter."

Fee sah Marie groß an, als hätte sie jedes Wort verstanden, schloss dann die Augen und rieb schnurrend ihren kleinen Sturkopf an Maries Schulter. Währenddessen kroch das erste Tageslicht über den Horizont. Ein wenig schüchtern noch, aber das würde sich schon geben.

„Ich bin nicht mehr so traurig, dass Benjamin nicht zu uns wollte", fuhr Marie fort. „Er hat das hier einfach nur übersprungen, glaube ich. Und es geht ihm gut. Wir werden ihn wiedersehen."

„Dein Gottvertrauen möchte ich haben", sagte Matti.

Marie lachte. „Das brauchst du gar nicht – vertrau einfach mir. Ich war schon dort, ich hab's gesehen. Nichts geht zu Ende. Nur weiter."

„Nichts geht zu Ende, nur weiter", wiederholte er wie zu sich selbst. „Hört sich gut an. Viel besser als …"

„Als was?", fragte sie, als er nicht weitersprach.

„Ach, lass", wehrte er kopfschüttelnd ab. „Nicht so wichtig."

„Spuck's aus."

Adrian färbte ab, dachte sie, sie redete schon wie er … Sie vermisste ihn, aber das mit dem Wiedersehen würde sich noch ziehen – ein paar Jahrzehnte, wenn es nach ihr ging. Zu viel Lust auf Leben neuerdings.

Matti gab sich geschlagen. „Wenn du's unbedingt wissen willst – es klingt viel besser als dein Gedicht."

„Welches Gedicht?", fragte Marie.

„Dein Gedicht aus der Klinik. Es lag unter deinem Kopfkissen. Du hast es auf ein Blatt Klopapier geschrieben. Der Pfleger hat es gefunden, als man dich auf die Intensivstation verlegt hat."

„Der Pfleger", murmelte sie. Sie hatte lange nicht an ihn gedacht, doch jetzt fiel ihr das Gespräch mit ihm wieder ein, damals, während seiner Nachtschicht. Jedes einzelne seiner Worte war plötzlich wieder da. Das, was Sie erlebt haben, versteckt man nicht im Besenschrank und macht weiter, als wäre nichts gewesen, hatte er gesagt. Sonst sucht es sich andere Wege. Unsere Dämonen finden uns, ob wir wollen oder nicht.

„Unsere Dämonen finden uns", wiederholte sie.

Matti nickte. „Ja, so ähnlich. Es klang ziemlich düster. Ich habe es so oft gelesen, dass ich es auswendig kann – ich hatte ja viel Zeit, während ich darauf gewartet habe, dass du zurückkommst."

„Dann sag's mir auf, ja?", fragte sie. „Ich erinnere mich nicht mehr."

Matti räusperte sich und wandte ihr den Kopf zu. Er wartete, bis auch sie ihn ansah, dann begann er: „Manchmal verirre ich mich. Manchmal verliere ich mich. Ich bin diese andere, aus der Zeit gefallen, aus der Haut gefahren, verrutscht, verrückt, nur noch daneben und in meinem Fremdkörper immer weniger: ich." Er setzte hinzu: „Dazu die Schlaftabletten, die du gebunkert hattest … In meinen Ohren klang das verdammt nach Abschied."

„Nach den Schlaftabletten hat mich der Pfleger auch gefragt. Ob ich einen Plan B hätte, wollte er wissen."

„Und – hattest du?", fragte Matti in etwa so beiläufig, als würde er sich erkundigen, ob sie shoppen gewesen war.

Sie nickte. „Ja, hatte ich. Für alle Fälle."

„Aber …?"

„Nichts aber. Es war nicht nötig, ich musste nicht nachhelfen. Die Schmerzen haben mich umgebracht. Die Infektion."

Fee verdrehte die Augen. Dieses Menschenpalaver war ja kaum auszuhalten. Als ob der Tod etwas Besonderes wäre, etwas, vor dem man Angst haben müsste! Jedes Katzenkind wusste, dass das Leben nur geborgte Zeit war und Teil eines Kreislaufs, der mit der Geburt nicht begann und mit dem Sterben nicht aufhörte: Zwischenstation, ein Übergang, fließend, flüchtig, vergänglich. Jeden Tag, jede Minute, jede Sekunde wurde gestorben, überall, seit undenklichen Zeiten. Darum musste man doch wirklich nicht so viel Aufhebens machen …

„Es war gut, wie es war", sagte Marie. „Ich will gar nicht daran denken, was geworden wäre, wenn es mich nicht auf den Friedhof verschlagen hätte. Es war höchste Zeit, dass ich das Vergolden lernte. Richtig, meine ich, nicht so, wie sie es uns in der Ausbildung beigebracht haben."

„Und was ist der Unterschied?", fragte Matti.

Sie dachte an Siegfried und lächelte. „Nichts ist so klein und nichtig, dass es nicht sehenswert wäre. Des Gesehenwerdens wert wäre. Man muss üben, aber dann sieht man es überall: das Schöne. Und dann ist es ganz leicht, es mit ein bisschen Gold auch für andere sichtbar zu machen."

„Gilt das auch für einen Zitronenfalter mit zerfetzten Flügeln?"

Sie blickte ihn an. Und diesen Mann hatte sie gehen lassen wollen … Sie war wohl wirklich nicht zu retten gewesen. „Ja, das gilt auch für einen Zitronenfalter mit zerfetzten Flügeln."

Es kehrte wieder Schweigen ein; selbst die Amseln hielten den Schnabel. Staunend beobachteten sie zusammen mit Matti, Marie und Fee, wie die Sonne über den Rand der Welt kletterte und den Morgen mit Licht flutete, als hätte sie gelauscht und wollte nun zeigen, was „ein bisschen Gold" alles konnte.

Marie ließ Mattis Hand los und setzte sich auf. „Ich habe wieder angefangen zu träumen. Es sind gute Träume. Sie machen mir keine Angst mehr … Ich verliere mich nicht mehr in ihnen. Im Gegenteil, ich finde mich wieder. In diesen Träumen treffe ich meine Mutter. Adrian. Siegfried. Da ist viel Lachen … Leben. Ich weiß, dass es Erinnerungen sind, weil sie nach dem Aufwachen nicht verfliegen. Sie bleiben, und ich kann sie jederzeit abrufen. Auch jetzt."

„Und ich?", fragte Matti. „Komme ich auch manchmal in deinen Träumen vor? Wenigstens irgendwo im Hintergrund?" Er zwinkerte ihr zu, aber sie wusste, dass er Angst vor ihrer Antwort hatte.

„Gegenfrage: Weißt du, warum ich nicht drüben geblieben bin?"

Er schüttelte den Kopf.

„Ich hab's dir noch nicht erzählt ..." Sie stockte. „Gretel hat mir in der Walpurgisnacht eine Frage gestellt. Eine ganz einfache Frage: Hast du genug geliebt?" Marie zuckte die Achseln. „Ich musste Nein sagen. Wegen dir."

Matti und Fee hörten schweigend zu.

„Und da wusste ich, dass ich mich nicht so billig davonstehlen wollte", fuhr sie fort. „Ich habe hier noch etwas zu erledigen. Es hat mit dir zu tun ... Und ich freue mich darauf."

Fee hatte längst vergessen, dass sie noch nicht fertig mit der Körperpflege war. Dosenöffnerin redete die ganze Zeit, und es hörte sich so freundlich wie noch nie an. Dosenöffner sagte gar nichts, aber sein Blick sprach Bände. Kein Zweifel, demnächst würde einer von beiden noch eine Extraportion Thunfisch springen lassen. Zweibeiner wurden leichtsinnig, wenn sie glücklich waren.

Marie war nicht Rose oder Gretel, und so hatte sie keine Ahnung, was im Kopf ihrer Katze vorging. Sie war ohnehin viel zu sehr damit beschäftigt, Gedanken zu sortieren, die sie noch nie gedacht hatte, und in Worte zu kleiden, was ihr noch nie über die Lippen gekommen war. „Und ich habe noch etwas auf dem Friedhof begriffen. Man darf nicht leben, als ob man schon tot wäre. Dabei habe ich genau das getan, einen Tag nach dem anderen – bevor ich gestorben bin. Jetzt weiß ich, dass ich leben will, solange ich am Leben bin ... Ich dachte einmal, dass ich ganz allein auf der Welt bin. Aber das bin ich ja gar nicht. Ihr seid alle bei mir: du und Fee. Siegfried, Adrian, Gretel und Rose, die drüben auf mich warten. Unser Glückskind, dessen Eltern wir immer sein werden. All das sollte Gold genug sein."

Matti streckte den Arm aus und begann, Fee hinter den Ohren zu kraulen. Jetzt, da Marie endlich mit ihm redete, richtig redete, wollte er sie nicht unterbrechen. Er hatte Zeit, er konnte warten. Inzwischen wusste er, dass es wieder einen Sinn hatte.

„Ich war sehr mit Unglücklichsein beschäftigt in letzter Zeit", fuhr Marie fort. „Das ist auch so ein Grund, warum ich jetzt noch nicht tot sein kann: weil ich erst noch glücklich sein muss." Sie lächelte. „Trotzdem vermisse ich den Friedhof. Die Toten und ihre Ruhe. Den Wind, der über die Gräber streicht. Das Flüstern der Engel, wenn sie unter sich sind … Manchmal, wenn ich Glück habe, kann ich Gretel singen hören. Ganz nah klingt sie. Dann wiegt mich ihr Abendsegen in den Schlaf, und mir kann nichts passieren …"

Wie aufs Stichwort kam von irgendwoher ein Zitronenfalter angeflattert. Drei Augenpaare beobachteten, wie er sich auf der Armlehne eines Gartenstuhls niederließ. Seine Flügel klappten auf und zu, während er prüfte, ob dies der richtige Platz für ein kleines Sonnenbad war. Er war es nicht, aus einem geheimnisvollen Grund, den nur ein Zitronenfalter wissen konnte. Und so gaukelte er in der sanften Morgenbrise wieder davon.

Nach einigen Metern schien der Schmetterling es sich noch einmal zu überlegen, denn er kehrte zurück. Er kam direkt auf Marie zu, als hätte er ihr und nur ihr etwas Wichtiges zu sagen. Sie hielt ganz still, als er auf ihrem Handrücken landete und seine gelben Flügel ausbreitete, damit sie sie besser betrachten konnte. Sie waren ausgefranst von den Stürmen, denen sie getrotzt hatten. So lange kannten sie sich schon, und erst jetzt bemerkte sie, dass vier orangefarbene Punkte in dem Gelb schwammen, und wie vollkommen dieses kleine Wesen war.

Er wandte ihr das Köpfchen mit den großen Augen zu. Falls er sie erkannte, zeigte er es nicht. Er hatte keine Botschaft für sie. Er saß einfach nur da. Und als er fertig mit Sitzen war, flog er davon.

Eine Journalistin quartiert sich in Sankt Georg ein. Ihr Auftrag: eine Reportage über das Institut zu schreiben, das hoffnungslose psychiatrische Grenzfälle betreut.

Vera wird einer Gruppe von Patienten zugewiesen; nach anfänglicher Skepsis freundet sie sich mit den „Freaks" an. Doch je wohler sie sich in Sankt Georg fühlt, desto verstörender werden die Begegnungen mit dem rätselhaften roten Drachen: Er erscheint ihr immer und immer wieder — so lange, bis sie zu ahnen beginnt, dass es noch einen Grund geben muss, warum sie hier ist.

red.sign media

www.redsign-media.de/freakout

Es sind nicht immer die großen Umwälzungen,
die dem Leben eine andere Richtung geben.
Manchmal reicht eine Reise, um sich völlig
neue Horizonte zu erschließen.
Barbara Imgrund fährt nach Namibia auf der
Suche nach wilden Tieren und unberührter
Natur. Fesselnd beschreibt sie den Sehn-
suchtsort Afrika und ihr Engagement für
hilfsbedürftige Wildtiere und gefährdete
Raubkatzen. Zugleich zeigt sie, dass es nie zu
spät ist, sich selbst neu zu erfinden. Denn
diese Reise wird ihr Leben verändern – auch
jenseits von Afrika.

red.sign media

www.redsign-media.de/wildwoman

Auf der Suche nach alten und neuen
Leseschätzen? Unsere Bücherscouts auch.

Entdecken Sie Vergriffenes und Neues
in unserem Verlagsprogramm.

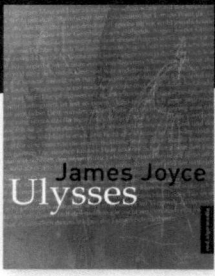

Klassiker und Kultiges für den E-Reader